彩鳳迎春

6 完

芳菲 著

文創風 464

目錄

第五十一章 005
第五十二章 031
第五十三章 057
第五十四章 081
第五十五章 109
第五十六章 135
第五十七章 161
第五十八章 187
第五十九章 215
第六十章 241
番外篇 271

第五十一章

第二天一早，楊老太便和楊氏一起去了大楊氏家裡頭。

趙彩鳳一早上都在店裡面整理訂單，這會子到了月底，又要把上個月的面料銀子結清，又要把欠紅線繡坊的人工費給結了，事情多得都脫不開身了。趙彩鳳原本想著去給侯府送衣服的，但是這麼一耽誤，便只能等到下午再去了。

楊老太雖然對大楊氏心裡有氣，但到底是自己的親閨女，除了拿幾塊鮮豔的面料過去，還帶了一些南北雜貨，又封了一個二兩銀子的紅包。按例說，楊氏生了娃兒，雖然沒辦滿月酒，但身為親姨娘，大楊氏總該表現表現的，但是兩家人也有些日子沒聯繫了，只怕大楊氏連楊氏生了兒子這事也不知道吧？

大楊氏家就住在侯府後街的下人房裡頭，楊老太和楊氏去的時候，大楊氏正好還沒進府服侍，瞧見兩人拎著東西過來，只當是趙彩鳳回去說了黃鶯要當姨娘的事情，所以楊老太和楊氏趕不及來拍馬屁了。

大楊氏的婆婆早幾年去了，她男人又不爭氣，她在府上也不得侯夫人的器重，楊老太有好些年沒來過大楊氏家了，如今瞧見了這樣的光景，也知道趙彩鳳說的都是實話，大楊氏是在他們跟前打腫臉充胖子呢！

大楊氏雖然心裡狐疑，臉上到底還端著笑，一邊迎她們進去，一邊開口道：「娘和妹子怎麼來了？我正打算過些日子去討飯街那邊瞧你們呢！大過年的太忙了，一直沒空，倒是我的不是了。」

楊老太聽了這話就覺得彆扭，一邊跟著大楊氏進去，一邊道：「我們來就是想告訴妳一聲，我們如今不住討飯街，搬去廣濟路住了。妳大外甥女有本事，在廣濟路上盤了一家綢緞莊，還把大家夥兒都搬到一起住了，妳要真是有心，以後就到我們廣濟路上的宅子裡走動走動。」

大楊氏半個月前瞧見趙彩鳳進侯府就覺得奇怪，上回見她的時候還是一個窮丫頭片子，怎麼一下子就成了趙老闆呢？如今聽楊老太這麼說，越發驚訝了，她原本以為趙彩鳳不過就是給別人打工的而已，怎麼如今變成了老闆？大楊氏聽楊老太這樣誇趙彩鳳，心下不是滋味了起來，開口道：「大外甥女果然是個能幹的，可惜我家黃鶯就沒這樣的本事，只會服侍主子。不過好歹二少爺瞧得起我們家鶯兒，直說要升我們家鶯兒當一等丫鬟了，一個月的月錢也有一兩銀子。」

楊老太原本已經打算落坐了，聽了這話又站了起來，心想趙彩鳳說得果然沒錯，那丫頭真是存了這樣的心思呢！臉上雖然有些著急，她到底沒發作出來，只又緩緩地坐了下來，旁敲側擊道：「我聽彩鳳說，之前侯府有個叫雪燕的丫鬟，就是二少爺房裡的，據說也不知道因為什麼事，被侯夫人給發賣了出去。這大戶人家規矩大，若是鶯兒真的升了一等丫鬟，那就更要用心當差了，可千萬別走了歪路了。」

大楊氏聽了這話，就覺得有些不對了，開口道：「娘妳這話說得就不好聽了，鶯兒是我捧在掌心長大的閨女，我如何能讓她走歪路？照妳這麼說，只有像大外甥女那樣嫁了人還出來拋頭露面的才能算是正路了？難得二少爺看得起我們鶯兒，願意抬舉她，怎麼就是歪路呢？」

楊老太原本就是一個直言直語的人，沒有一過來就說大楊氏的不好已經算是委婉了，沒想到這正題還沒切入呢，反倒讓大楊氏一頓說道，頓時沈著臉道：「妳真當妳家鶯兒是天上有、地上無的天仙嗎？滿屋子的丫鬟就只看上她了？還不是看著鶯兒單純，好欺負唄！那個雪燕是怎麼被趕出府的？那二少爺滿屋子的奴才都是傻子，只有鶯兒一個人是聰明的嗎？我告訴妳，聰明的丫鬟躲還來不及呢，就妳們削尖了腦袋往裡頭拱，早晚會吃虧的！」

楊氏見楊老太動怒了，急忙勸慰道：「娘妳別生氣，大姊她是沒想明白呢！鶯兒能升一等丫鬟畢竟是好事，若是她真的有這個造化，讓太太和老太太賞了給二少爺做通房，那也是她的福氣，我們也替她高興呢！」

「高興什麼啊？妳沒聽彩鳳說，她現在連一等丫鬟都不是嗎？就這樣還往少爺跟前湊，要是被太太和老太太知道，只怕打死都能有，還想著賞了做通房？她作夢呢！我勸她還是收收心吧，別到時候哭都來不及！」楊老太怒火沖天地道。

大楊氏聽了這話，氣得挺直了胸膛，指著楊老太的鼻子道：「妳從小不疼我就罷了，反正妳心裡都是向著那個不成器的弟弟，如今弟弟死了妳也沒看上我，這也就算了，可妳還要來管我家裡的事情！但凡那時候妳能給我配個好人家，我至於這麼大年紀了還要被人當奴才使喚嗎？如今鶯兒好不容易可以奔著半個主子去了，妳又來聒噪！我勸妳還是早些走吧，反正妳有妳能幹的大外孫女呢，還來我們這裡討氣做什麼！」

楊氏見大楊氏越說越不堪，忙勸慰道：「大姊妳也別生氣，娘真是為了妳好啊！想想那個被發賣的丫鬟，妳忍心鶯兒也走錯路嗎？」

大楊氏聞言，手指一轉，指到了楊氏的鼻尖，罵道：「妳少咒我家鶯兒！別以為妳女兒嫁了個舉人就了不起了，全京城滿大街拋妻棄子的進士爺呢，我看妳們能得意多久！」

楊氏原本就是一個不會潑婦罵街的人，被大楊氏這樣一嚇唬，還真說不出話來了。

楊老太見聞，當即拉著楊氏的手道：「我們走，別理這白眼狼了！她愛怎樣就怎樣，好好的閨女也被她教壞了！」

楊氏慌忙點頭，和楊老太一起走。

才到門口，楊老太忽然就停下了腳步，轉身飛快地走進了大楊氏家的客廳裡頭，把方才放下的那些布料及南北貨一股腦兒地又抱在了手中道：「給她我不如去餵狗呢！」

大楊氏見了，也不屑地道：「拿走拿走，誰稀罕妳們這些破玩意兒，我還看不上呢！」

楊老太走到門口，把手裡的東西塞到了楊氏的懷中，開口道：「狗咬呂洞賓，不識好人心！咱這就走！」

楊氏哭笑不得地看著動怒的兩人，想了想又回頭，把東西放在了大楊氏家院子裡的石桌上，勸大楊氏道：「大姊，妳別生氣，娘真的是為妳好，我也不是咒外甥女，只是這事情到底八字沒一撇呢，妳可千萬長些心眼，別讓外甥女給吃虧了！」

楊老太見楊氏又回來勸大楊氏，轉身一把拉著楊氏的袖子道：「快走，還等著別人指著妳鼻子罵呢！」楊老太說完話，只又彎腰把石桌上的東西給抱了起來，頭也不回地走了。

楊氏這回也顧不著勸了，忙不迭地追了出去。

趙彩鳳忙完店裡的事情，去楊老頭的拉麵店吃了一頓便飯，倒是沒遇上楊老太和楊氏，所以也不知道她們在大楊氏家的遭遇。

楊老頭親自端了一碗麵給趙彩鳳送了過來，還特意給她挾了一塊大肉，笑著道：「彩鳳，多吃點，最近妳都忙瘦了。」

趙彩鳳是現代防腐劑、甜味劑、雞精、鮮味劑養出來的人，所以對於古代的美食，說實話，比起現代的來，真的是不能比啊！但凡好吃的東西，她吃兩回也會覺得沒什麼味道的。幸好楊老頭的麵湯是他親手熬出來的，絕對無添加、原汁原味，所以趙彩鳳平常就愛來這邊吃中飯，但吃多了，也會有些膩味。

「姥爺，大肉不想吃，有沒有鹹菜？給我一些，最近嘴裡淡。」

「妳等著。」楊老頭說著，去廚房裝了一小碟的鹹菜過來給趙彩鳳吃。

趙彩鳳配著鹹菜，還算有些食慾，一碗麵條不費事就吃完了。

最近錢木匠沒有上工，趙文就在麵店裡面幫忙，他在拉麵方面實在沒有天賦，楊老頭教了好多次都沒有進展，如今便在這裡端端麵碗、做做粗活，多和人接觸一下，也算是讓趙文鍛鍊鍛鍊。

趙彩鳳吃完了麵，趙文親自過來收拾了桌子。

楊老頭看見趙文這樣子，多少還是有些遺憾，開口道：「原本老二是家裡的長子，養家餬口是他的責任，如今全落到妳一個姑娘家身上……也不知道老二什麼時候能開竅，不然彩鳳妳當真要養老二一輩子嗎？」

對於這種事，趙彩鳳倒是沒怨天尤人，誰讓穿越大神不給力，給她的配置有些坑爹呢……

「養他就養他吧，只要他乖乖的不闖禍，能聽話就好了。總比養個聰明的，一天到晚地闖禍給家裡惹麻煩來得強。」

趙彩鳳這句話是隨口說的，可楊老頭還是想起了楊振興來，開口道：「妳說的有道理，要是養了那樣的，還不如生一個傻子好！」

趙彩鳳和楊老頭又閒聊了幾句，便回到了店裡頭，拿了兩個大丫鬟的衣服，親自送去永昌侯府。

鄭瑤正為了昨天的事情鬱悶，聽說趙彩鳳送了丫鬟的衣裳來，倒是有些高興。她平素也不是可以受人欺負的個性，況且昨天的事情，早有丫鬟去打聽清楚了，分明就是那大楊氏從中作梗，那一架穿衣鏡最後也放在了黃鶯的房裡。

鄭瑤聽見丫鬟的通報，便吩咐道：「春竹，妳去領了趙老闆進來。」

春竹聽了，便出去迎人了。

鄭瑤便又把春梅喊到了跟前，讓她湊到自己的耳邊，小聲道：「妳去二少爺房裡說一聲，就說外頭的師傅來送衣服了，我要用那個穿衣鏡，妳讓她們趕緊送回來。」

春梅聞言，以為鄭瑤真的急著用穿衣鏡，笑著道：「姑娘若是著急，不如我帶了幾個婆子去搬回來便好了。」

鄭瑤冷冷地笑了一聲道：「她們哪些人搬過去的，妳就讓哪些人搬回來。只是昨晚下了一宿的小雨，興許這路上有些滑……」鄭瑤話還沒說完，嘴角就微微一翹。

春梅立時就明白了，問道：「姑娘，這一架穿衣鏡可是太太賞的，若是壞了，再弄一架來，只怕還要好些日子呢！」古代鏡子金貴，這一面鏡子只怕也是價值不菲的，春梅隱隱知道了鄭瑤的打算，忍不住說道。

「這鏡子雖說稀罕，不過也就是一個死物，每年西洋那邊進貢過來的也不少。若是我沒記錯，庫房裡頭還有一架去年皇上賞的呢，大不了再把那面求了來。反正這鏡子若是壞了，也跟我沒關係，都是那些下人們搬東西不走心鬧的！」

春梅聽鄭瑤這麼說，這才定下了心來，開口道：「奴婢明白了。奴婢這就去二少爺的房裡傳話，讓那幾個老奴再把東西給搬過來。」

趙彩鳳見來迎自己的不是春梅，倒是有些意外了。其實明眼人一眼就能看出來，鄭瑤身邊春梅和春竹這兩個大丫鬟，年紀較小的春梅能說會道，顯然很得鄭瑤的歡心，因此差事也多；年紀較長的春竹看著安靜些，平常不怎麼說話，但是說出來的話都有些道理，只怕是在太太跟前調教過才送過來的。

春竹迎了趙彩鳳進去，果然是只說了幾句寒暄的言語，兩人便一路無話地往鄭瑤的院子裡去了。昨夜下了一宿小雨，這時候路上還沒完全乾，走在鵝卵石的小徑上，腳底還有些打滑。趙彩鳳也顧不著遠處傳來的聲音，小心翼翼地看著自己腳底下的路走著。

忽然間，只聽見「嘭」的一聲巨響，似乎有什麼東西摔在了地上，緊接著又是乒乒乓乓的聲音，明顯是什麼東西碎了。趙彩鳳也被嚇了一跳，此時就瞧見一個小丫鬟急急忙忙迎了上來，見了春竹便慌張地福身。

「春竹姊姊，快去告訴姑娘一聲，婆子們搬東西不當心，把姑娘的那架穿衣鏡給砸壞了，春梅姊姊在那邊急得直哭呢！」

春竹聞言，嚇了一跳，又想起趙彩鳳還在，忙交代了那丫鬟道：「妳們帶著趙老闆慢慢過去，我先去跟姑娘說一聲！這穿衣鏡是太太賞的，姑娘喜歡得不得了，每次換新衣裳都要拿出來照幾下的，這下砸了，還不知姑娘要怎麼傷心呢！」

趙彩鳳聞聲望過去，果然見那穿衣鏡摔在地上，四周早已經撒出了零碎的玻璃屑子了，幾個婆子正跪在那邊安慰春梅，一個勁兒地說好話討好她。

春梅氣呼呼地道：「讓妳們小心些、小心些，妳們非不聽！這下好了，東西砸了，看妳們怎麼交差！」

「東西砸了是我們不好，可方才就跟姑娘說了，昨夜下過雨，這條路不好走，姑娘非要走這邊……」一位不明所以的老婆子開口道。

春梅聽了，越發哭得大聲了，頓了頓又道：「這些話妳們不要同我說，去同小姐說呀！小姐急著要鏡子，干我什麼事？原本昨日借了，昨日還了不是什麼事也沒有嗎？非要等我們來催了才肯還過來！難道我們小姐房裡的東西都是好的嗎？上回砸了一個白瓷梅瓶就算了，這回連太太賞的穿衣鏡也砸了，我看妳們就是存心的！」

大楊氏今兒一早沒頭沒腦地被楊老太教訓了一頓，心下已經很是不爽了，沒想到回了侯府又遇上了這樣的事情，心裡也是憋著一肚子火呢，如今聽春梅這樣能說會道的，忍不住開口道：「姑娘這是在誣陷什麼人呢？我們做什麼存心要砸五姑娘的東西了？」

春梅原本就看不慣大楊氏，如今見她還這般理直氣壯的，冷笑一聲道：「是不是故意的，妳們心裡清楚！橫豎這鏡子已經砸了，這東西不能不明不白的就沒了，這些都是入冊的東西，若是壞了，少不得要添補上去，各位還是回家數數銀子，看怎麼辦才好吧！」

春梅這話一說，方才那幾個自覺冤枉的婆子急忙道：「姑娘，我那邊活計還沒做完呢，是福順家的臨時找我幫忙的，我這邊一直小心翼翼地走著呢，是福順家的沒當心，給扭了腳，姑娘妳一直在一旁跟著呢，可得看清楚了。」

大楊氏一聽這話，罵道：「東西大家一起搬的，出了事讓我一人擔著，這算什麼事啊？」

另一個婆子也開口道：「這東西搬過去就妳家鶯兒用了，這事妳不擔著，難不成還找我們擔著啊？」

「周婆子妳！」大楊氏氣得快要吐血了。

春梅開口道：「既然妳們都認為是福順家的事，那我也只問她一個人要這架鏡子的銀子了！妳們幫我拉著她去小姐的院子裡認錯，沒準小姐就饒了妳們。」

眾婆子哪裡有敢得罪五姑娘的？聽了春梅這話，幾個人便把大楊氏拉拉扯扯地拉去了五姑娘的院子。

趙彩鳳遠遠地看著，覺得今兒自己出門沒看黃曆，怎麼偏生又遇上了這樣不省心的人了？趙彩鳳瞧著大楊氏那樣子，這時候若是讓她瞧見自己見了她的醜樣子，只怕下次見面，就要越發難看了。趙彩鳳心道，不過就是丫鬟的衣裳，也沒必要再進去了，便回了那領路的丫鬟道：「姑娘，我忽然想起我店裡頭還有一些急事，只怕這會兒要去一趟，這衣服就麻煩妳幫我送給五姑娘去吧？」

那小丫鬟聞言，哪裡肯放趙彩鳳走？又瞧見前頭那光景，心下也明白了幾分，開口道：「趙老闆快別為難我了，一會兒春竹姊姊不見妳人，肯定要罵我不會帶路呢！趙老闆哪怕只在一旁的茶房裡面坐一會兒，也是好的。」

趙彩鳳見自己脫不開身，也只好硬著頭皮跟在那一群人的後面，看著大楊氏被幾個婆子連拖帶拽地拉去五姑娘的院子裡。

那邊春梅瞧著那幾個婆子帶著人走了，便抬起頭瞧假山後面的趙彩鳳，拿起帕子壓了壓眼角的淚痕，笑著走上前來，迎了趙彩鳳道：「讓趙老闆看笑話了，府上幾個老奴才越發不本分了，竟欺負到了我們姑娘的頭上，也是該讓她們吃些苦頭了。」

趙彩鳳見剛才哭得唏哩嘩啦的姑娘，這一眨眼之間臉上已經帶著笑，且眉眼中分明沒有半點鬱悶的表情，心下也明白了幾分，這鏡子到底怎麼砸了，只怕這其中還有些貓膩呢！趙彩鳳想到這裡，到底是有了一絲想看熱鬧的心思，跟在春梅的身後笑著道：「昨兒晚上這衣裳就做好了，原本想著一早送過來的，可店裡有些事情耽誤了，所以來遲了。」

春梅聞言，笑著道：「不過就是我們兩個丫鬟的衣服，還勞動趙老闆親自跑一趟，真是過意不去。」

趙彩鳳便道：「我親自來，好歹看著妳們把衣服試了，若是有什麼不滿意的地方，也好拿回去修改修改，總比別人傳話傳不清楚的強些。」

兩人說話間便到了五姑娘院子的門口，只聽裡面傳來哭哭啼啼的聲音，春梅怕趙彩鳳尷尬，便領了她到一旁的小茶房裡面坐下，笑著道：「趙老闆先在這邊坐一會兒，我去去就來。」

趙彩鳳便坐了下來，這小茶房是正院兩個耳房之一，離正廳不過隔開了一堵牆，裡面丫鬟說了些什麼都聽得一清二楚的。趙彩鳳想了想，終也是想明白了為什麼兩個小丫鬟都勸著她留下了。鄭瑤一個未出閣的姑娘，昨日當著外人的面被一個府上的奴才落了面子，這口氣只怕是下不去的，今兒特意找了趙彩鳳來送衣服的時辰鬧出這些事情來，想來也是故意想讓趙彩鳳看一看的。

正廳裡頭，一排的婆子跪在下面，鄭瑤假裝壓了壓眼角，開口道：「別的東西，就算妳們弄壞了什麼，我也從來不多說半句，只是這架穿衣鏡是太太賞的，是我平常最心愛之物，如今被摔壞了，便是我不說什麼，以後太太問起來，我也不好圓這個謊話，只怕到時候太太還是要追究的。」鄭瑤的話裡面透著一股子傷心和為難，演技還是很到位的。

春梅跟著開口道：「姑娘何必跟她們費這樣的唇舌？讓她們賠銀子，咱們再去外頭訂做一個，這樣悄無聲息地過去了，或許還好一些！」

「這東西豈是這樣好得的？太太這一架還是從宮裡出來的呢！南方那邊還好些，好多船出海，能弄些回來，可京城這邊只怕就難了，就算是訂做的，如何能一模一樣？到時候太太問起來，還是一樣瞞不住的！」

春竹並不知道這裡面的隱情，一味地擔心了起來，擰著帕子不知道如何是好。

鄭瑤想了想，嘆了一口氣道：「既然橫豎瞞不過，那就去跟太太說了便是，這幾個奴才，看是要攆出去還是要發賣了，全憑太太處置罷了。」

那幾個婆子一聽，嚇得連連磕頭道：「姑娘開恩啊！老奴真的不是故意要砸了姑娘的東西，都是福順家的走路不穩當，這才砸了姑娘的寶貝，我們幾個實在無辜得很啊！」

大楊氏哪裡知道這幾個人居然聯手對付起自己來，急得滿臉通紅。她回想了一下方才自己摔跤的情形，分明是踩到了什麼滑溜的東西，這才一時沒穩住給摔了一跤，可昨晚下過雨，路上本就滑，她便是說有人故意要害她，只怕五姑娘也是不會信的，況且砸的還是五姑娘的東西，再怎麼樣，五姑娘也不可能自己砸自己的東西吧？

春竹見大家一口都咬住了大楊氏，擰眉想了片刻道：「姑娘還記得前幾日去珍寶坊的時候，瞧見的放在梳妝檯上的小鏡子嗎？那邊掌櫃的說，可以製定這樣的大穿衣鏡，只是銀子貴了些。如今沒有別的辦法，好歹也要做一個出來，先在太太那邊混過去才行。」

春梅見春竹提起了這事，倒是正中下懷，跟著道：「我聽說那一面鏡子要二百兩銀子呢，如何做得起？便是把她們全賣了，也值不了這麼多的銀子啊！」

大楊氏一聽要二百兩銀子，嚇得兩眼翻白，差點兒就要厥過去了，後背早已經一身冷汗。

只聽鄭瑤為難地道：「算我倒楣，二百兩銀子她們如何拿得出來？這樣吧，我出一百兩，剩下的一百兩讓她們幾個湊一湊，好歹先瞞過了太太。」

大楊氏這會兒已經嚇糊塗了，這事情若是侯夫人知道了，就算不發賣，一頓板子也是少不了的，她自己受些苦算不得什麼，若是連累得黃鶯升不了一等丫鬟，這可就是大事了！大楊氏急忙道：「謝謝姑娘恩典，我們……我們回去湊銀子去！」

那幾個婆子聽大楊氏答應得這樣痛快，怒罵道：「福順家的，妳有銀子，我們幾個可沒銀子！我們家可沒有閨女可以上趕著當姨娘的！」

原來那幾個婆子也是酸葡萄心思，早就看大楊氏不爽了，如今便借了這事情，狠狠地踩她一腳，也算是出了一口惡氣。

鄭瑤心裡好笑，這些下人婆子間的骯髒心思她也不是不清楚，便開口道：「福順家的，既然這樣，我給妳兩天的時間，妳回去湊銀子吧！」

大楊氏如夢初醒，微微抬起頭來，只覺得後背一片冰冷，此時還想再求情，卻怎麼也說不出口了，只得硬著頭皮道：「還請姑娘寬限幾日，這一百兩銀子，實在不是小數目。」

後面那幾個婆子便笑著道：「讓妳家鶯兒去問二少爺要呀！」

大楊氏的臉頰脹得通紅。

鄭瑤笑道：「沒什麼事情就出去吧。妳們幾個，去把花園裡的鏡子碎片清理清理，可別讓太太瞧見了。」

幾個婆子見鄭瑤放過了她們，千恩萬謝地走了。

趙彩鳳雖然只是聽戲，沒瞧見畫面，但也覺得這一場戲當真是精彩。她如今多少可以確認，那鏡子定然是鄭瑤自己要砸的了。這姑娘可真了不得，將來只怕也是一個厲害的當家奶奶。

眾丫鬟們瞧著大楊氏走了，冷笑了一聲。

春梅開口道：「姑娘也忒好心了，依我看，就讓她賠二百兩銀子好了，倒看看她還有幾個閨女可以賣的！」

鄭瑤直起身子，看了春梅一眼，略略清了清嗓子道：「聽說趙老闆來了，她如今在哪兒？怎麼還不把她給請過來？」

春梅笑著道：「哎喲，差點忘了，趙老闆就在隔壁的茶房坐著呢！」

丫鬟請了趙彩鳳進門，趙彩鳳此時再看鄭瑤，便覺得和頭一次看見的樣子到底有些不同了。這樣鐘鼎侯門養出來的姑娘，再單純也有幾把刷子，大楊氏這會子還不知道要怎麼哭呢！

看完給丫鬟做的衣裳後，鄭瑤誇讚了幾句，命人拿了自己的私房銀子出來，笑著道：「丫鬟的衣裳是我私下裡賞的，不能走公中的帳務，趙老闆就先把銀子收了吧！我那兩件衣服的銀子，昨兒王嬤嬤可有安排了？若是沒安排，妳告訴我，我派人去催一催。」

趙彩鳳笑著道：「五姑娘客氣了，昨兒的銀子已經收了，王嬤嬤還另外給了賞銀，真是讓我怪不好意思的。」

「這有什麼不好意思的？眼下大家都忙著備夏裝了，妳還能抽空給我做這兩件春衫，定然也是費了大功夫的。改明兒等我穿了出去，別人若是瞧了好看，只怕妳的生意還要更忙些呢！」

趙彩鳳聞言，笑著道：「那可要謝謝姑娘介紹生意了！」

鄭瑤也跟著笑了起來，又道：「介紹生意倒是小事一樁，只是不准做跟我一模一樣配色的衣服，以後若是還有好看的，也得先緊著我挑選。」

趙彩鳳聽見這麼說，眉梢稍稍抖了抖，開口道：「姑娘既然這麼說，那我回去後就把這兩個款式的衣服樣子給劃了，保證全京城只有姑娘這兩件衣服！只是……」

鄭瑤見趙彩鳳答應得爽快，忍不住問道：「只是什麼？」

趙彩鳳便低著頭笑道：「在商言商，若是這兩個款式的衣服都不能做了，那我自然是要虧本的。這世上獨一無二的東西，價錢自然也是要比一般東西貴一些的，原來的價格，只怕就有些便宜了，還請五姑娘補個差價。」

春梅聽了，正要開口說話，卻被鄭瑤給攔住了。

「趙老闆說的有道理，是我要求過分了些，你們開門做生意到底不容易。這樣吧，一百兩銀子，妳把這兩個款式從冊子上刪了，妳看成不成？」

趙彩鳳心裡其實還是有些捨不得的，可人家是侯府的嫡女，沒有仗勢欺人還肯給銀子就已經不錯了，她現在實在還沒有幾分能跟人抗衡的籌碼。況且方才鄭瑤對付大楊氏的那一手，趙彩鳳也見識到了，這姑娘實在也是厲害的，因此嘆息笑道：「姑娘都這麼說了，我若是還不同意，倒是駁了姑娘的面子了。我明日就把這兩個款式都刪了，從此之後這兩款衣裳只有五姑娘一人所有。」高級訂製的路果然也不好走，但趙彩鳳拿了銀子，也只能乖乖地辦事了。

鄭瑤聽趙彩鳳這麼說，笑著道：「這樣最好了。春梅，再去封一百兩銀子，給趙老闆帶回去！」

大楊氏從鄭瑤的院子裡出來後，整個人都呆傻呆愣的，早上罵楊老太和楊氏的厲害勁兒也不知道去了哪裡，見了那一群婆子，本想破口大罵一番，終究覺得寡不敵眾，便壓著火氣，急匆匆地往二少爺的院子裡找黃鶯去了！

今兒正巧二少爺不在家，方才又有小丫鬟來和黃鶯說了那幾個婆子砸壞了五姑娘鏡子的事情，這會兒黃鶯正心裡面沒底呢，瞧見大楊氏紅著眼睛過來找她，也知道肯定是出事了，急著問道：「好好的，怎麼就把東西給砸了呢？那東西金貴著呢，妳們怎麼不小心些呢？」

大楊氏氣得說不出話來，哽咽道：「怎麼會沒小心？我說了那鵝卵石路不好走，可那春梅非要往那邊走，結果就……」大楊氏說到這裡，氣得說不出話來，憋了半晌才又道：「還有，你們院裡那幾個婆子也是落井下石的，說是我一人砸壞的！我哪裡就得罪她們了？全一溜煙地數落我的不是！」

黃鶯聽了這話，面色頓時稍稍泛紅。她平常仗著二少爺寵她，在這院子裡向來是橫著走的，那些個老婆子沒敢得罪她，表面上看著還算老實，可心裡沒準就記恨上了，如今趁著這事情磋磨一把大楊氏，那也是有的。

「那些老婆子本來就不是什麼好東西，一個個都是一副惡人樣子，妳只當她們是惡狗罷了。如今五姑娘是怎麼說的？這事太太知道了嗎？」

「哪裡敢讓太太知道！太太的脾氣妳又不是不知道，寵五姑娘寵得厲害，那鏡子又是太太賞的，五姑娘說了，讓去外面重新訂做一面，好蒙混過去，只是這銀子……」大楊氏說到這裡，早已經胸悶氣短，忍不住哭了起來。「一百兩銀子啊，叫我從哪兒弄去呢！」

黃鶯原本以為頂多就是賠幾兩銀子，誰知道鄭瑤一開口竟是一百兩銀子，就是把自己賣幾回，那也拿不出一百兩銀子來啊！黃鶯這時候也算想明白了，開口道：「五姑娘這不是要逼死人嗎？一百兩銀子，我們從哪兒弄？娘妳也別硬扛了，乾脆去跟太太認了錯，沒準太太也沒這麼黑呢！」

大楊氏聽黃鶯這麼說，哪裡肯依？急忙道：「萬萬使不得！妳爹在太太面前已經很沒臉面了，太太本來就看不起我們一家人，如今妳好不容易在二少爺的房裡站穩了腳跟，眼看就要升一等丫鬟了，這時候我再弄出這些么蛾子來，太太怕會越發不待見妳，妳這一等丫鬟也不用升了。」

黃鶯見大楊氏說的有道理，也躊躇了起來，擰著眉頭道：「我身邊只有幾兩銀子，還有一些二少爺賞的首飾，只是過兩天便是上巳節，二少爺要帶著我們出門，那些首飾是不能當的。娘，不然妳出去找人想想辦法吧？」

大楊氏還以為黃鶯能有些銀子的，聽說她只有幾兩銀子，頓時就懵了，呆愣愣地開口道：「家裡的銀子，都被妳爹給糟蹋光了，我哪裡還有什麼銀子……」大楊氏說到這裡，又道：「妳表姊倒是在廣濟路上開了一家綢緞莊，沒準還能拿得出一些銀子，只是……」大楊氏想起今兒一早跟楊老太及楊氏指著鼻子對罵的事情，臉色頓時脹得通紅。

黃鶯聽聞，眼神一亮地道：「那娘趕緊去借了試試，怎麼說妳和二姨也是親姊妹啊！娘若是怕二姨不肯借，就去找姥姥、姥爺，他們兩個開麵館的，少說也有幾十兩銀子的流水，借來周轉一下總是可以的！」

大楊氏瞧黃鶯這著急的模樣，也說不出自己今兒一早剛把人都給得罪了。眼下也確實找不到能借錢的人，大楊氏覺得這一巴掌打得太狠了，不禁摀著臉哭道：「我這張老臉，今兒也只能豁出去了！」

黃鶯也不明白大楊氏在哭些什麼，急得咬牙道：「娘，妳還哭什麼？趕緊借銀子去啊！早些把事情解決了，也省得我在這邊擔驚受怕的了。」

大楊氏這會子實在也是走投無路了，黃鶯如今是他們家最後的希望，她也只能硬著頭皮點頭答應了。

大楊氏回家找了一圈，把能當的東西當了當，又湊出個十兩銀子來，還有另外那八十多兩銀子，實在是湊不出來了，一時間怔怔地站在天井裡看著天空發呆……

卻說趙彩鳳收了銀子回了家後，見天色尚早，又因為鄭瑤提出她那兩套衣裳不讓再給別人做，所以就回書房畫起了稿子。

楊氏見趙彩鳳又忙了起來，眼下又沒到吃飯的點，便去廚房給她弄了一碗銀耳湯來喝。說起來，這銀耳還是趙彩鳳買了，讓家裡兩個婆子給楊氏熬了催奶用的。趙彩鳳沒生過孩子，但也知道產婦多喝一些湯湯水水的可以催奶。如今雖然家裡過得富裕些了，到底還沒到請得起奶娘的地步，況且趙彩鳳心裡想著，自己生的孩子，肯定自己親自餵才有感情，所以便也任由楊氏自己奶孩子。便是以後自己若有了孩子，也肯定是要自己餵養的。

趙彩鳳見楊氏進來，倒是想起了今兒下午在侯府遇上大楊氏的事情，便問道：「娘，今兒妳們去大姨家，見到大姨了沒有？」

楊氏聽趙彩鳳問起，嘆了一口氣道：「快別提這件事情了，妳姥姥跟妳大姨吵了一架，這會兒直喊著心口疼呢！也不知道妳大姨是怎麼想的，非不肯聽人勸告，我們說什麼她都聽不進去。」

趙彩鳳雖然知道事情的結果多半會是這樣，可念在親戚一場的分上，她到底還是讓楊老太走了這一趟，可她沒想到，大楊氏居然連楊老太也敢罵，還當真以為自己腰桿子硬了呢！

「娘，這事妳也別多想了，我們也算是仁至義盡了。讓姥姥別生氣了，她也不靠他們家養活，犯不著為了這事情氣壞了身子，橫豎以後我們兩家不來往就是了。」

楊氏到底沒有趙彩鳳想得通透，嘆息道：「妳姥姥如今總共就只有我和妳大姨兩個閨女了，大家和和睦睦的不好嗎？上回妳姥姥還說，要問問明軒，看書院裡有沒有認識人品好一些的寒門弟子，讓介紹一個給黃鶯呢！」

趙彩鳳聽了，擺手道：「姥姥倒是好心呢，能進玉山書院裡面唸書的，誰家沒幾兩銀子的？我相公那是他自己聰明。再說了，不是我瞧不起表妹，可她那看人的樣子，眉高眼低的，正經人家娶個媳婦回家，那都是要掌家管事的，誰沒事要請尊菩薩回去整天供著？」

楊氏聽趙彩鳳這麼說，笑著道：「妳這丫頭，說話越發毒了。妳表妹雖說是眼界高了點，可也沒妳說的那樣不堪吧？她這是年紀小沒想明白，沒妳聰明，等以後就明白了。」

趙彩鳳想著大楊氏那得意的樣子，搖搖頭道：「怕是難了，有大姨那樣的娘在身後給她搖旗吶喊，讓她努力毛遂自薦當姨娘，她能想明白才怪呢！」

楊氏被趙彩鳳說得忍俊不禁，還要開口呢，就聽見家裡的婆子在門口回話。

「太太，有人上門找您呢，說是您的姊姊。」

趙彩鳳手裡的畫才下了幾筆呢，倒是比不過大楊氏的速度，竟這麼快就找上門來了？

楊氏聽說大楊氏來了，笑著道：「妳看，妳大姨八成是覺得上午和妳姥姥吵架，心裡過意不去，所以來我們家道歉了！」

趙彩鳳噗哧地笑了，放下畫筆，開口道：「娘，我這兒有一百兩銀子，妳可記得了。」

楊氏見趙彩鳳突然提起銀子來，疑惑道：「好端端的，妳提銀子做什麼？我不跟妳說了，妳喝了銀耳湯，好歹也出來跟妳大姨照個面吧！」

趙彩鳳端著銀耳湯喝了幾口，笑著道：「我這兒還沒畫完呢，正著急，就不去了，不然晚上又要熬夜了。」

楊氏心疼趙彩鳳，便點頭道：「那妳畫吧，我不吵妳了。」

楊老太聽說大楊氏來了，居然和楊氏一樣的想法，以為自己閨女終於知道錯了，過來給自己致歉了。

婆子把大楊氏給領到了客廳中，沏了茶過來。

大楊氏哪裡敢喝？端著茶盞送到了楊老太的面前，開口道：「娘，今兒一早是我的錯，我知道妳是為了我好，可……可誰不都是為了自己的閨女呢？如今鶯兒好不容易有這個造化，我自然是想著她好的。」

楊老太見大楊氏雖然還是執迷不悟，但好歹說出來的像一些人話了，也開口道：「我知道妳是什麼心思，按例姑娘在少爺的房裡做丫鬟，將來當通房也沒什麼不好的，可那也得讓主子點頭。如今侯府的二少爺還沒娶少奶奶呢，也不知道將來的少奶奶是個什麼樣的人，妳就這樣讓鶯兒湊上去，萬一要是一個厲害的，鶯兒的下半輩子可就苦了。」

大楊氏因是來開口借錢的，也不敢說楊老太不對，一個勁兒地點頭，又道：「可如今不是鶯兒湊上去，那是二少爺瞧得起我們鶯兒，這才給的恩典，便是以後有了少奶奶，鶯兒只要細心服侍著，不出什麼錯處，也沒什麼好讓少奶奶挑剔的地方，妳說不是嗎？」

楊老太見話說了一籮筐，也沒辦法打消大楊氏要讓黃鶯去做姨娘的想法，不禁氣得心口疼，可到底沒有別的辦法，便開口道：「我不是不讓鶯兒去做姨娘，只是想起之前那個叫雪燕的下場，所以給妳們提個醒，別一高興毀了姑娘一輩子。」

大楊氏聽聞，連連點頭道：「這個我自然明白，也時時刻刻提醒著鶯兒呢，只是……」大楊氏低下頭，左右看了一圈，見房間裡面安安靜靜的，只當趙彩鳳不在家，到底是膽子大了一點，便假裝哭了起來，道：「眼下我遇上個難關，若是不對付過去，只怕要連累到鶯兒了。二妹，妳瞧在我們姊妹一場的分上，好歹幫襯著些吧！」

楊氏聽大楊氏這麼說，頓時有些糊塗了，擰眉問道：「大姊，妳這是怎麼了？妳到底遇上了什麼檻？好歹先說出來聽聽。」楊氏雖然心善，但並不笨，也算是悟出了大楊氏這次前來的真正目的了。

大楊氏見楊氏問起，只用帕子壓了壓眼角道：「我今兒給侯府的五姑娘搬穿衣鏡，結果不小心腳打滑，把她的鏡子給摔了，如今五姑娘讓我賠一百兩銀子，我一下子拿不出這麼多銀子來，只好……」大楊氏見楊氏和楊老太臉上的神色都有些變了，急忙道：「妳先借我一百兩銀子，等我手頭寬裕了，我立刻就還回來！」大楊氏頓了頓，壓低了嗓子道：「如今二少爺正打算和太太說，把鶯兒升做一等丫鬟，要是在這個節骨眼上讓太太知道我犯了這樣的事，鶯兒的事只怕就沒譜了。娘，妳就當可憐可憐我，好歹讓我熬過這個難關，往後妳讓我怎樣我都聽妳的！」

楊老太聽大楊氏把話說完，氣得從椅子上站了起來，拿起手裡的茶盞想往地下擲，又想起這是自家的東西，忍住氣又放下了，指著大楊氏的鼻子罵道：「妳……妳還有臉來借銀子？妳忘了妳早上是怎麼指著我的鼻子罵的？我還真是……竟生下妳這麼個沒臉沒皮的閨女！」

大楊氏聽楊老太這樣罵自己，早已經臊得面紅耳赤的，可如今除了求她們，也沒別的辦法，因此只好陪笑道：「早上我怎麼罵妳和妹子的，這會兒怎麼罵回去都隨妳，只是一定要幫我這回啊，不然鶯兒的前程可就毀了！娘啊，當初妳幾兩銀子就把我嫁了，我什麼時候來求過妳幫忙的？這麼多年來，我可是頭一回向妳開口啊！」

不說起這些也就算了，一說起這個，楊老太的火氣也來了，開口罵道：「是誰說自己如今是侯府的管事嬤嬤，日子過得別提有多體面了？當初妳不孝順我和妳爹，我只當妳是嫌棄我們窮，如今又來說這話，有什麼意思呢！」

大楊氏原本就覺得臊，聽楊老太這樣一說，也知道必定是趙彩鳳把自己給侯府打雜的事情說給了她們聽，又氣又羞，偏生又無奈，故而憋著火氣道：「我有什麼辦法呢？家裡男人不爭氣，難不成整天哭喪著臉說妳沒給我找個好人家嫁了？」大楊氏說著，嚶嚶地哭了起來。「但凡鶯兒她爹爭氣一點，我如何會受這些閒氣？如何會窮得連一百兩銀子也拿不出來？如今五姑娘說了，要是我不賠銀子，她就要把這事情告訴太太，若太太生起氣來，只怕要把我們一家人都發賣了，到時也就如了妳們的意了！」

大廳裡吵吵嚷嚷地上演著一齣好戲，鬧得趙彩鳳沒辦法集中精神畫畫，此時聽大楊氏這麼說，便從房裡走了出來。

第五十二章

趙彩鳳開口笑道：「大姨說這話就好笑了，看你們家笑話，難道我們家就能多賺幾兩銀子嗎？有什麼好如我們意的？這會子妳不是來問我們家借銀子嗎？」

大楊氏原本憋著氣，可被趙彩鳳這麼一點，便想起了這次來的目的是借銀子，只生生就把這股怨氣給嚥了下去，臉上堆著點笑意道：「瞧大外甥女這話說的，是我錯了成不？我這就是一時著急嘛！我家鶯兒若是有妳這樣的福分，能當上舉人太太，我也就不心煩了，偏生她命薄，沒有一個能考上舉人的鄰里啊！」

趙彩鳳聽著大楊氏這酸不溜丟的話，冷笑道：「大姨妳放心，侯府的二少爺不也在玉山書院上學嗎？他上一屆沒考上，下一次必定是能考上的，表妹興許還有造化，當不成舉人老爺的太太，好歹能當舉人老爺的姨娘，這樣也算是皆大歡喜的吧？」

大楊氏原本以為趙彩鳳也就能幹些，這鄉下出來的姑娘家，嘴能有多厲害？可這才幾句話，就被她頂得沒話說了。偏生她還記掛著借錢的事情，只能陪笑道：「大外甥女真是好一張利嘴，我竟不知道要說什麼好。大外甥女既然知道鶯兒不如妳，好歹可憐可憐她，讓她度過這一個難關吧！」

趙彩鳳見大楊氏這一臉吃癟的樣子，心裡多少是有些爽快的，想了想開口道：「聽說今兒妳把姥姥和我娘罵了一頓，妳要是肯正兒八經地跟她們兩人道個歉，那我就借了銀子給妳周轉一下，只是我醜話說在前頭，這銀子是借的，妳得簽了借條才能把銀子拿走，若是日後妳不還銀子，我自然也能拿著這借據去向侯府要銀子，反正妳家是侯府家生的奴才，到時候就看侯府怎麼處置了。」

大楊氏聽說趙彩鳳肯借銀子，一開始差點兒就要笑出來了，可後來又聽趙彩鳳要讓她簽借據，還說了好一通嚇唬自己的話，偏偏句句都戳到她的痛處，她臉上的表情便越來越難看了。「大外甥女，妳說這……」

趙彩鳳見大楊氏說話不爽利，直接開口道：「妳要是不答應，那這銀子就免談了，誰家也不是開善堂的，妳從哪兒來，還回哪兒去。我就明明白白告訴妳，雖然這個家不是我說了算，但銀子是我管的！我娘心善耳根子軟，姥姥又是妳的親娘，我是看在她們的分上，才肯借銀子的，妳若是不願意簽借據，那這事就算了。」

楊老太雖然對大楊氏越來越看不上眼，但也不想他們真的一家人都給發賣了，眼下見趙彩鳳好不容易鬆口了，忙勸慰道：「欠債還錢，天經地義，簽個借據有什麼不能的？妳是我的親閨女不假，但彩鳳也是我的親外孫女，她的銀子，妳自然不能坑她半文！」

大楊氏這下子也沒話說了。

趙彩鳳見她還是這副支支吾吾的樣子，開口道：「姥姥、娘，妳們也瞧見了，大姨這哪裡是來借銀子的，分明就是想來訛銀子的吧？連個借據也不肯簽，我就算錢賺多了，也沒必要借給她呀！」

趙彩鳳原本就沒打算借銀子，只是想著給楊老太和楊氏掙回點面子，沒想到就這樣大楊氏還支支吾吾的，她才懶得理了。

楊老太見大楊氏這樣，真是氣不打一處來，站起來指著大楊氏的臉道：「行了，彩鳳說得對，妳壓根兒就不是來借銀子的，竟是想來訛銀子的！妳走吧！」

大楊氏這會兒還猶豫呢，聽楊老太這樣說，急忙道：「娘，我錯了，我真的錯了！這銀子我借，這欠條……我簽還不成嗎？」可憐大楊氏如此要強的一個人，也被趙彩鳳逼得無路可走了。

趙彩鳳見大楊氏答應了下來，冷笑道：「妳先跟姥姥和我娘道歉，我去裡頭寫欠條，限妳兩年內還清，不然我就帶著欠條去侯府，我這個人，向來是說得出做得到的！」

大楊氏被趙彩鳳的氣勢嚇了一跳，只跪下來，朝著楊老太磕了一個頭道：「娘，是我錯了，我不該那樣跟妳說話，我給妳賠罪了。」

楊氏也知道大楊氏的性子，見她如今這樣低頭，急忙道：「大姊，妳起來吧，先把銀子拿回去，好歹把這事過去了再說。」

大楊氏心裡這會子是有氣也說不出，憋得難受，手指頭掐得掌心都疼了起來，見趙彩鳳從裡面拿了借據出來，便裝模作樣地對楊氏道：「是我錯了，二妹妳也別往心裡去，如今振興死了，爹娘可就只剩下我們兩姊妹了。」

楊氏本就心軟，被大楊氏這麼一說，還真有些傷感了起來。

趙彩鳳見楊氏這樣，也慶幸她又遇上了一個錢木匠這樣有主見的人，不然的話，這後半輩子可就難過了。

銀子是方才從五姑娘房裡帶出來的，外面的包裹還是春梅姑娘親自給裹上的，足足一百兩的銀子，趙彩鳳原封不動的就拿了出來，放在了茶几上道：「這裡是一百兩的銀子，妳拿去用吧。記得，兩年時間，若是還不上的話……」

大楊氏瞧見趙彩鳳拿了銀子出來，這眼睛早已經亮了，見趙彩鳳這麼說，心裡暗罵了幾句趙彩鳳厲害，嘴上卻笑著道：「大外甥女放心，兩年這銀子一定能還上。大外甥女果然是個刀子嘴、豆腐心的大好人，我和妳表妹可就謝謝妳了！」

趙彩鳳聽了，覺得雞皮疙瘩又起了一身，連忙擺手道：「行了行了，受不起妳這麼誇，可別折了我的壽了，妳別肚子裡罵我就好了。」

大楊氏聽了這話，頓時又尷尬得笑不出來了。在趙彩鳳寫好的欠條上按下了手印，可她心裡卻跟吃了蒼蠅一樣，這銀子明明借到手了，就是開心不起來，總感覺自己把自己賣了似的。

趙彩鳳收起了大楊氏的欠條，將上面未乾的墨跡吹了吹，開口道：「大姨，銀子妳可以拿走了，我這也是照章辦事。俗話說得好，親兄弟明算帳，妳和我娘雖然是親姊妹，咱也得明算帳，可要記得還銀子呀！」

大楊氏伸手抱著那一包銀子，覺得燙手得很，又沒那個骨氣說不要，便「哎」了一聲道：「大外甥女妳放心，銀子我們一定盡快還上！」

趙彩鳳瞧著大楊氏那樣子，也知道這銀子只怕到時候自己不去催，她未必肯還回來，但是有了欠條在手裡，也不怕她再要出什麼么蛾子了。

楊氏送了大楊氏離開，回屋後又瞧見趙彩鳳在房裡頭畫起了圖稿，她仔細想了想今兒發生的事情，忽然就想起方才她出門的時候，趙彩鳳特意說了一句她那兒有一百兩的銀子，楊氏頓時就有些明白了，進去問她道：「彩鳳，妳知道妳大姨要來借銀子？」

趙彩鳳撇了撇嘴，一邊給畫好的新衣裳填色，一邊道：「我只知道她缺銀子，我可沒料到她真的有這麼厚的臉皮，跑到我們家開口來著。不過她既然來了，那必定就是來借銀子的。」

楊氏聽趙彩鳳這麼說，又想起方才自己誤以為大楊氏是來道歉的，臉頰頓時紅了起來，小聲問道：「妳都知道了，那妳若是不願意，不把錢借給她就好了。」楊氏瞧著趙彩鳳那表情，就知道趙彩鳳並不是心甘情願借出的銀子，所以雖然剛才大楊氏求她求得她有些動容了，她也沒向趙彩鳳開口。

「得了，我就算不看在娘妳的面子上，也得看在姥姥的面子上啊！大姨有一句話說得沒錯，姥姥和姥爺也就剩下妳們兩姊妹了。我這邊打了欠條借出去銀子，總比到時候姥姥被說動了，私下裡偷偷湊銀子給她強，到時候那些銀子，才真的是有去無還的。現在打了欠條，她家又在侯府當差，諒她也不敢賴帳的。」

楊氏一聽，果然就是這個道理！大楊氏的話說到了這分上，楊老太就算再氣大楊氏，對黃鶯到底也是心疼的，總會想著辦法拉他們家一把的，到時候要是偷偷湊銀子，那些銀子可不就真的有去無回了？楊氏頓時覺得還是趙彩鳳想得周到些，如今銀子也借走了，楊老太也不用擔心了，既占住了理，又立下了字據，將來就不怕大楊氏再耍什麼么蛾子了。

「妳到底是在外面做了生意，比我們懂得多。」楊氏嘆了一口氣道：「但願妳大姨能心想事成，妳表妹若是一心想當姨娘也沒什麼不好，至少大戶人家好吃好喝地伺候著，說起來我也能想明白她們的心思。」

卻說大楊氏拿著那一百兩銀子，馬不停蹄地回了永昌侯府，想想剛才在趙家的遭遇，心裡還覺得窩囊得很。可窩囊歸窩囊，好歹銀子總算是借來了，趕緊給五姑娘送去，也算是解決了一樁大事了。大楊氏原本那幾分心高氣傲的性子被趙彩鳳弄得七零八落的，就像是一隻鬥敗的公雞。

鄭瑤的院子裡，春竹聽春梅把事情的經過給說了，這才明白了原來這事情是她們串通好的，蹙眉道：「姑娘也還真是捨得，這麼好的一架穿衣鏡，說砸就砸了，就為了整治幾個奴才，要我是萬萬狠不下這心思的。」

春梅便笑著道：「姑娘就知道要是一早跟妳說了，妳準是不肯的，所以乾脆就沒跟妳說，省得妳還演不好，壞了大事了。」

春竹聞言，臉脹得通紅道：「就妳精明！我瞧見妳哭成那樣子，還真當是出了大事，害我一番好跑呢，連裙子都蹭髒了！」

「髒了就髒了，反正趙老闆把我倆的新裙子送了過來，咱正好穿新的！」

春竹跟著笑了一會兒，又開口道：「只是那麼多的銀子，妳說福順家的上哪兒弄去呢？」

「這妳就別管了，反正如今二少爺寵黃鶯寵得緊，沒準她讓黃鶯去二少爺那邊求一求，一百兩銀子對二少爺來說，那算得了什麼呢？」春梅不屑道。

「她要真有這個臉面，我還真佩服她幾分呢！二少爺雖然花銀子大手大腳的，那也不至於這樣沒心眼吧？一會兒我去問問翠香，讓她這兩日看緊了二少爺房裡的東西，可別讓人偷偷給拿出去了！」春竹眨著眼睛道。

兩人正說得高興，外頭小丫鬟興沖沖地走了進來，見了兩人便開口道：「回兩位姊姊，福順家的來了，說是來送銀子的。」

兩人一聽，頓時都好奇了幾分。

春梅心裡嘀咕道：今兒二少爺不在家，她從哪裡那麼快就弄到了銀子？不過想歸想，既然銀子都拿來了，自然是不要白不要，便對那小丫鬟道：「妳去把福順家的喊進來，我們進去告訴姑娘。」

鄭瑤正在裡間臨窗的軟榻上無聊地翻著書，她今兒心情不錯，整治了大楊氏之後讓她覺得渾身都有了精神。雖然沒指望著大楊氏真的能拿出銀子來，但是這種痛打落水狗的爽快，到底讓鄭瑤覺得心情愉悅，她已經能想像出來，大楊氏過兩日後期期艾艾來求情的模樣了，到時候她再小懲大戒，假裝發個慈悲，這樣恩威並施一回，看她以後還敢不敢托大！

鄭瑤嘴角帶笑，微微翹起唇瓣，就瞧見兩個丫鬟走了進來。

春梅壓低了聲音道：「姑娘，福順家的送銀子過來了。」

鄭瑤起身狐疑道：「這麼快？她從哪兒一下子弄了這麼多銀子出來？難道我二哥當真寵她閨女寵上天了？」

「那倒未必，我方才去二少爺房裡打聽過，說是福順家的拉著黃鶯哭了一場，就出門去了，興許是外頭借的銀子。」

鄭瑤聞言，冷笑道：「難為她還有這樣肯借她銀子的親戚，妳喊她進來吧。」

大楊氏抱著銀子進門，今天的事情也著實讓她嚇了不少，她低著頭走到鄭瑤房裡，見鄭瑤還在榻上歪著，福了福身子道：「姑娘大人有大量，原諒老奴這一回，這訂做鏡子的銀子，老奴給姑娘送來了，還請姑娘早些去訂一架回來，省得讓太太知道了。」

「妳放心吧，我向來是個說話算話的人，既然妳送了銀子過來，這事情就這麼過去了。只是，我看在妳是我們府上的老人了，給妳提點一聲，我雖然早晚是要出閣的，但畢竟還是這府上的主子，而有些人就算爬得再高，也頂多只能當上半個主子。二少爺房裡的事情我是管不著，但總有能管得著的人管著，妳也別高興得太早了。」

大楊氏一聽，嚇出一身冷汗來，急忙道：「姑娘說的什麼話，再沒有人要當什麼主子，姑娘是府上的正經主子，誰也不敢怠慢的。」大楊氏嘴裡雖這麼說，可心裡卻忍不住想：妳還是早些出閣好，這樣厲害，將來最好找個惡婆婆，好好把妳給磋磨磋磨，這才好呢！

鄭瑤見大楊氏低著頭，也懶得再多看她一眼，開口道：「行了，妳走吧。」

大楊氏聞言鬆了一口氣，將手裡的銀子遞給了一旁的小丫鬟後，一陣風似地落荒而逃了。

春梅見了，笑著道：「這老刁奴，哪裡來的福分，出了這樣有錢的親戚，也算是她的造化了。」春梅將小丫鬟手上的那一包銀子給接了過來，低頭看了一眼，疑惑地道：「不對啊……」

鄭瑤問道：「哪裡不對了？」

春梅便把那銀子遞過去給鄭瑤瞧了，道：「這銀子分明就是方才午後我包給趙老闆的那一包啊！姑娘妳瞧這包銀子的料子，是我做鞋面剩下來的，上面還有我繡的如意呢！」

鄭瑤見春梅說得這樣真真的，也知道這銀子必定是午後給趙彩鳳的那一份，納悶道：「趙老闆的銀子，怎麼就到了她的手上？妳快去把王嬤嬤找了過來，我讓她出去打聽打聽這福順家的和趙老闆有什麼瓜葛？」

王嬤嬤素來人面廣，且府上還有年長的下人是認識楊老頭老倆口的，因此第二天一早就打探來了消息，告訴鄭瑤道：「原來趙老闆還是福順家的親外甥女，想必福順家的昨兒就是去趙老闆家借的銀子，所以這一包銀子又回到了姑娘的手上。」

鄭瑤聽王嬤嬤這麼說，越發就瞧不起大楊氏來了，開口道：「這倒是好笑了，趙老闆來了府上三回，每回福順家的見了她就躲，原來卻還是親戚？也難為趙老闆還肯借銀子給她，這樣的親戚，照我說，還不如不往來得好。」

王嬤嬤笑著道：「我今兒一早也派人去問過趙老闆了，她說她也不是白借的，已讓福順家的打了欠條，不怕她到時候賴帳。」

鄭瑤心裡就覺得大楊氏是個老無賴，未免又同情起了趙彩鳳，攤到這樣的極品親戚，便吩咐道：「春梅，妳把那一包銀子給王嬤嬤拿出來，就說我說的，還給趙老闆。她一人打理一家店不容易，可沒能耐被這樣的親戚打秋風。」

王嬤嬤聽了，一個勁兒地說鄭瑤明理。

鄭瑤笑著道：「我不過就是想嚇唬嚇唬那老刁奴，也沒想著要她的銀子。嬤嬤妳把銀子還給趙老闆，就說我說的，欠條別撕了，等到了日子，照樣問那老刁奴要銀子還錢！」

趙彩鳳自己也沒料到，這借出去的銀子在外頭轉了一圈，又回到了自己的手上。原本一清早侯府派人來問話的時候，趙彩鳳也猜出來必定是鄭瑤認出了大楊氏賠償的銀子就是自己從侯府帶回來的那一包，只是她沒想到鄭瑤居然會這樣闊氣，就把銀子還給自己了，這倒是讓自己覺得有些不好意思了。

原本鄭瑤提出趙彩鳳那兩套衣服再不給別人做時，趙彩鳳雖然收了銀子，可心裡多少還是覺得這些大家閨秀真是難伺候得很，這要是以後人人都來這麼一招，她得想多少新款式出來？腦子只怕都要不夠用了。

如今鄭瑤又把這一百兩銀子送了回來，這要是折合一下人民幣，那也算是天價了，因此趙彩鳳也再沒有什麼怨言好說的，只在家裡面安心設計新款式的衣服，去把鄭瑤指定要的那兩款替下來。

過了上巳節，一晃就是端午，趙彩鳳這幾個月的生意可算是突飛猛進，就連彩衣坊的李管事都來找了趙彩鳳。原來有幾戶彩衣坊的常客想做趙彩鳳設計出來的服裝樣子，可又信不過紅線繡坊的技術，於是就讓彩衣坊的李管事來問趙彩鳳，能不能那幾戶人家在她這邊訂下了款式，拿到彩衣坊做去？

只要賺錢，其實也沒什麼不可以的，況且彩衣坊在做高檔面料方面，經驗畢竟比紅線繡坊的人豐富很多。再說，紅線繡坊今年光是做丫鬟的衣裳，這訂單都已經排到幾個月後了！

原本趙彩鳳早已經起了要自己組建繡坊的心思，可又覺得招聘繡娘是一門技術活兒，她在這方面的經驗也有限，心裡正尋思著是不是要跟彩衣坊合作合作，沒想到對方倒是先投來了橄欖枝。

趙彩鳳想了想，開口道：「李管事，你說的這意思，我也明白，那些都是你彩衣坊的老主顧了，她們看上了我的衣服，又去找了你來，必定是想讓你我談個合作的。我跟紅線繡坊合作，賺的是面料銀子，她在我這邊買面料，我提供幾個款式的丫鬟衣裳讓她們選。你也知道，丫鬟的衣裳，每次少說也要做上個二、三十套的，可姑娘小姐、奶奶太太們的衣裳就不一樣了，每次統共就只有一、兩套，我若把款式給了你，你做出一套來，往後誰都可以向你訂這些款式，我又有什麼賺頭呢？」

李管事也是老生意精了，聽趙彩鳳這麼一說，也知道這其中的為難之處，奈何他們彩衣坊這幾年設計出來的衣服，是越來越入不了那些貴婦們的眼了。以前他們從來沒重視過設計這一塊，很少有像趙彩鳳這樣畫好了樣子讓客人選的，大多數都是客人來訂做衣服的時候口口相授，也不用筆記下來，都是用腦子記下來，時間長了忘了的也常有。

瞧著趙彩鳳眼睛眨巴眨巴地看著自己，李管事也不知道說什麼好了。「趙老闆說的是這個道理，其實我們鋪子平常接的這些活計，料子也都不是自己備的，大多都是那些主顧自己帶了面料過來，再不濟也是她們去錦繡綢緞莊選好了料子，我們要多少，只過去取，她們也會自己付銀子的。」

趙彩鳳倒是沒想到，這享譽京城的彩衣坊，到如今還是這樣一個原始的加工作坊，也就相當於現代一個比較有規模的裁縫店而已。趙彩鳳想了想，開口道：「李管事，我這邊倒是有兩個合作的方案，你看行不行？若是行的話，那我們就繼續聊。」

李管事見趙彩鳳再次開口，忙不迭就點頭聽她說下去。

「第一種方案，讓你那些主顧直接來找我，她們選什麼衣裳，我放到你們彩衣坊去做，銀子從我這邊付給你們，至於我收她們多少銀子，你不要問，也不要打聽，那是我跟她們的事情；第二種方案，我給你一套冊子，她們看上了哪件，你到我這邊把版權買過去，我會讓我這邊的繡娘告訴你，這衣服應該怎麼做、怎麼配色較好，不過後面的事情，就要讓你們繡坊的人自己解決了。」

李管事聽了，猶豫不決了起來。第一種方案聽著不錯，可到底客人被趙彩鳳給拽在手上了；第二種方案看似簡單，卻也不知道她這所謂的版權費要多少銀子？李管事也覺得有點頭大了。

「趙老闆，我想請問一下，這版權費是多少銀子一套呢？」

趙彩鳳也知道李管事肯定是捨不得那些客人的，第二種方案明顯更合她的心意，便開口道：「上回永昌侯府的五姑娘在我這邊訂了兩套衣裳，一共花了二百兩銀子，把那兩套衣裳的版權買了去。」

「一套一百兩？」李管事睜大了眼睛看著趙彩鳳，他們繡坊平常自己不張羅面料，拿的都是手工費，一套再繁複的衣裳，除去料子，得個十兩銀子的加工費，那都是天價了，這要是再攤上一百兩一套的版權費，得做多少出去，才能把這銀子給賺回來呢？李管事臉上頓時就尷尬了，忍不住開口問道：「趙老闆，咱就沒有別的辦法合作了嗎？」

趙彩鳳想了想，道：「有啊，除非你能說動你那些老主顧，讓她們上我的綢緞莊來選料子，這樣她若是看中了什麼款式，我不收銀子，就讓她們做。」

趙彩鳳之前已經和徐家說好了，徐家掌櫃的也提供了好些上等料子過來，讓趙彩鳳做成了冊子，供那些侯門公府的太太奶奶們挑選。雖說沒有錦繡綢緞莊品種那麼多，但也足夠能做出最上等的好衣服了。

「這……趙老闆還真是一個生意人，算得這樣精明。」李管事有些不知道說什麼好，但到底還是屈從了，笑著道：「既然這樣，那我就試著勸勸我那些主顧，能不能從妳這邊拿料子。只是，若是有些人拿了自家的料子過來，又讓我如何說呢？」

「那你就讓她找我吧，我必定幫她搭配得好看些。」

李管事想不出別的辦法來，也只好就這樣應了。

趙彩鳳送了李管事出去，在店裡面盤了一下這半年的收益，加上手上的那些銀子，到底多出了近二千兩銀子的盈餘。雖然靠這些銀子在朱雀大街旁的文昌巷開一個鋪子還是遠遠不夠的，可要是只租一個小門面，開一個工作室，陳列一下設計的衣服款式，稍微放一些名貴的面料，應該也夠了。

趙彩鳳說幹就幹，第二天就拉著錢喜兒去文昌巷看鋪子。說來也正是湊巧，雅香齋隔壁的古董店正巧要關門歇業了，聽說是東家要回南方，所以才要關門的。趙彩鳳進去一問，才知道這幾間房子是永昌侯夫人的陪嫁，這古董店的東家一下子租了三年，如今還有兩年光景，這租金只怕也拿不回來了，聽說趙彩鳳想租下來，笑著應道：「姑娘若真是想租下來，不如明兒跟我一同去一次永昌侯府，我們跟王嬤嬤把這事情交代清楚了，也好讓她們心裡有個數，我這邊還能收回兩年的租子，好歹減少些損失。」

趙彩鳳想了想，道：「這鋪子要租下來兩年，必定是不便宜的，我如今手頭倒是有些緊，也不知道何老闆您能不能一年一收？不然銀子都花在了租金上頭，我也沒錢開鋪子了。」

何老闆一直聽隔壁雅香齋的掌櫃說趙彩鳳的好處，也知道她是個肯吃苦、會做生意的，況且她男人還是在玉山書院唸書的舉人，必定做不出坑矇拐騙的事情來，便應了下來道：「既然這樣，那我就應下了，反正北邊的生意也不是丟下了，一年半載的少不得要來跑一趟，妳就先付一年的租子好了。」

趙彩鳳見何老闆答應了，自是欣喜得很，兩人算好了租子多少，私底下都談好了，預備著明兒一早去永昌侯府把這事情給說一說。

錢喜兒如今跟在趙彩鳳的後面，瞧著趙彩鳳這一筆筆的生意談下來，她雖然沒學到多少生意經，到底手藝越來越好，兩人又有默契，只要趙彩鳳畫下來的東西，錢喜兒看個兩眼，就知道怎麼做了。

這日在文昌巷談好了鋪子，趙彩鳳便跟錢喜兒一起去了劉家，兩人研究新衣服的做法。李氏如今也是習慣了她們兩人在一起研究，等閒都不准丫鬟進去吵著她們。

趙彩鳳和錢喜兒把後面幾日要下給紅線繡坊和彩衣坊的訂單給理順了，這才來了廳裡面，和李氏閒聊了起來。

「妳們兩個，如今倒是比考狀元的還忙了。前一陣子我讓小廝去問八順，讓他們過端午回來，八順只說太忙，書院裡功課重，如今我瞧著妳們兩個，竟比他們還更忙些！」

錢喜兒聽了，興高采烈道：「大娘妳不知道，彩鳳今兒把我們天衣閣的鋪子談好了，在文昌巷上面，那地方原先是開古董鋪子的，裡面裝修得極好，到時候我們做好貨架，擺上料子，就可以開業了。」

李氏瞧錢喜兒這樣高興，笑著道：「鋪子總算要開出來了？這可是大好事啊！我去翻翻看黃曆，看看這兩個月有什麼黃道吉日沒有！」

趙彩鳳在劉家吃了一頓便飯，順便又訂下了天衣閣開業的日子。李氏翻了一下黃曆，說五月分的日子都不算好，況且新店開張總還是要籌備些東西的，所以就定在了六月初六，正是一個宜開業、上梁、破土的大好日子。

接下去的日子，兩人都沒法兒閒著了。有了自己的鋪子，多少也要做幾套漂亮的衣服出來擺擺樣子，因此錢喜兒選了幾套她最喜歡的款式，讓趙彩鳳配好了料子，帶過來讓她做起來；趙彩鳳則忙著選購面料，設計店鋪的擺放，也是忙得腳不著地。

幸好如今錢木匠的身體好了，這些木工活兒都可以交給他，錢木匠還按照趙彩鳳的要求，給她做了幾個胖瘦高矮都不一樣的木頭模特兒，用來陳列衣服之用。

楊氏見趙彩鳳這樣忙，高興歸高興，終究還是心疼，便越發殷勤地服侍她，每日裡噓寒問暖的，雖然如今天氣熱了，也不准她熬夜幹活，生怕她把身子給熬壞了。

忙了幾日後，錢喜兒託人送了口信來，說是五月十五要去紫盧寺上香，請了趙彩鳳和她一起去。趙彩鳳這時候正忙得很，等靜下來想了一想，才想起來這紫盧寺可不就正好在玉山書院的旁邊？兩個地方不過隔兩、三里地，到時候定然可以見宋明軒一眼的！

趙彩鳳想起宋明軒，嘴角忍不住勾起笑來。這掐指算算，已經又有三個多月沒見到他了，也不知道他是胖了還是瘦了，高了還是矮了？趙彩鳳想到這裡，便忍不住笑了起來，拿起丟在一旁的針線簍子，親手為他納起了鞋底。

自從一心撲在生意上，趙彩鳳有許久沒納過鞋底了。宋明軒夏天穿的衣服，都是楊氏抽空做的，有時候紅線繡坊裡面的管事也會送那麼一、兩件男式的衣服給她，料子也都是不錯的，這些趙彩鳳都讓劉家的小廝一起送給了宋明軒。只是宋明軒穿的鞋，鞋底都是她親手納的，彷彿這一針一線中飽含著自己對他的情意。

楊氏見趙彩鳳納起了鞋底，知道趙彩鳳是想宋明軒了，笑著進來道：「聽說喜兒姑娘約了妳十五的時候去紫盧寺上香？那邊靠玉山書院近些，妳抽空去書院看看明軒也是好的，有什麼東西要帶給他的，都給帶上。」

「他如今又不缺什麼東西，沒什麼好帶的，也沒什麼好看的。」趙彩鳳雖然這麼說，手裡的活計終究沒有放下。

楊氏見了笑著道：「妳最近也夠忙的了，就當是出去玩玩也是好的，等下個月鋪子開張了，妳可就抽不出空來了。」

楊氏這話說得沒錯，這要是天衣閣開業，一開始這幾個月必定是手忙腳亂的，到時候還想出去玩，那可就難了。這麼一想，五月十五這一趟，必定是要去的。

到了五月十五這一日，錢喜兒一早就過來接了趙彩鳳，趙彩鳳見李氏沒去，疑問道：「李大娘怎麼沒去呢？難道她不想八順？」

錢喜兒沒料到趙彩鳳一下子就說出了她此行的目的，臉紅道：「大娘說了，她就不去湊熱鬧了，讓我們去見一面就好，前幾天也已經派人給八順送信了，今兒他們也會去紫盧寺上香呢！」

趙彩鳳便笑道：「我就知道，這一日不見，如隔三秋，妳和八順都三個月不見了，可不得上百年了！」

錢喜兒見趙彩鳳笑話自己，開口道：「別光說我呀，妳難道就不想宋大哥？宋大哥的身子還沒八順結實呢，這幾個月不見，妳就不擔心？」

趙彩鳳得意洋洋地道：「我們老夫老妻了，有什麼好想的？你們沒成親的，才要多想想呢！」

錢喜兒摀著嘴巴笑了起來道：「還好意思說老夫老妻呢，也沒瞧見妳和宋大哥生個乖姪兒出來玩玩啊！」

趙彩鳳橫了錢喜兒一眼，忍不住笑了起來。「少笑話我了，反正不會落在妳和八順後頭的！」

錢喜兒聞言，低下頭來，眉梢帶著淡淡的笑意，絞著手中的帕子開口道：「日子過得真快，翻了年就又到了秋闈的年分了，不過這回他們都不用再考了，只等著再來年的春闈就好了。」

趙彩鳳便笑道：「是呢，等過了春闈，八順高中了，妳和八順的事情也該辦一辦了。其實他也執拗，非要等中了進士再辦。」

錢喜兒見趙彩鳳替她打抱不平，低頭道：「八順想的也有道理，他從小就挺有主意的，定好的事情從不輕易改，我也習慣了。」

兩人一路在車上閒聊了許久，終於到了紫盧寺。因為是十五，來紫盧寺上香的人特別多，馬車在山門下停了下來，就瞧見寺院的大門車來車往，遊人如織。

在那擁擠的人群中，兩個容貌清秀的書生正站在那其中翹首以待。

趙彩鳳和錢喜兒跳下車，就瞧見劉八順和宋明軒迎了過來。兩人都有些日子沒見到自己的心上人了，這一見之下，反倒不知說什麼好，一時間望著對方，竟然不知怎麼開口了。

趙彩鳳身上揹著一個小包裹，是帶給宋明軒的東西，她沒開口說話，只拿了包裹遞到宋明軒的手中，扭頭不去看他。

宋明軒接了包裹，視線停留在趙彩鳳的臉頰上，忍不住開口道：「娘子，妳又瘦了。聽說妳最近又要開新鋪子了？錢夠花就好，沒必要那麼拚命的。」

趙彩鳳見錢喜兒和劉八順這會子還一個低頭、一個凝神的，知道他們在外人面前必定是不好意思，故而沒理宋明軒，只伸手拉了一把錢喜兒道：「我們分開逛逛吧，一個半時辰後廟裡的齋房見。」

錢喜兒還沒應下，趙彩鳳便一把拉著宋明軒往前走了。那邊宋明軒回頭往劉八順的方向看了眼，還想開口說話呢，趙彩鳳已笑著道：「我們老夫老妻的，杵在那兒白讓他們害臊罷了，等我們走了，他們倆自然就熱絡了。」

宋明軒聽趙彩鳳這麼說，點了點頭道：「娘子，這兩個月書院小考，我都得了頭籌，夫子賞了好些東西，妳不用每個月都給我捎那麼多銀子，我夠花銷的。」

趙彩鳳抬頭看了宋明軒一眼，見他確實比來時白潤了不少，也知道他並沒有騙人，便拉著他躲到沒人的地方，兩人靠著寺廟的牆頭，忍不住擁吻了起來。

宋明軒伸手將趙彩鳳纖細的腰肢往身上靠了一下，覺得趙彩鳳越發柔若無骨了，她那唇瓣的香甜讓自己一下子就恍惚了，彷彿什麼都記不得，只知道拚命地攫取她口中的甘甜。

兩人擁吻了片刻，呼吸都有些急促，趙彩鳳忙推開宋明軒的束縛，小聲道：「行了行了，再這樣佛祖可要生氣了，這可是佛門清淨之地呢！」趙彩鳳全然忘了，方才挑起火來的，分明就是自己。

宋明軒也沒反駁趙彩鳳，紅著臉頰道：「寺廟裡頭人太多，我們去後山逛逛吧？」

趙彩鳳便往宋明軒的懷中倚了倚，笑道：「順便幫相公求些狀元泉回去，喝了好考狀元！」

宋明軒見趙彩鳳提起他這窘事，鬱悶得臉都變色了，瞧著趙彩鳳這一臉壞笑的樣子，忍不住又低頭封住了她的唇瓣，勾引著她的熱情。

趙彩鳳原本就想宋明軒想得厲害，被這樣親了半晌，身子都有些發軟了，連連求饒道：「相公，我錯了還不行嗎？我家相公天生聰明過人，便是不喝那狀元泉，也能考上狀元來！」

宋明軒見趙彩鳳這麼說，這才放過了她，兩人手牽著手，往後山去了。

不是科舉之年，來後山取水的人並不多，遊客也不多，原本供取水人歇息的涼亭裡面便空著。趙彩鳳和宋明軒拉著手坐在裡面，趙彩鳳把宋明軒肩上的小包袱給拿了下來，裡面放著陳阿婆做的貓耳朵。

「阿婆說你小時候就喜歡吃這個，所以非要讓我給你帶一些過來，你嚐嚐？」宋明軒拿了一塊貓耳朵吃了，開口道：「小時候家裡太窮了，沒什麼零嘴，也就這個便宜又好吃，所以就一直吃了。」

趙彩鳳聽出了宋明軒的言外之意，心疼他小時候沒什麼東西吃，又慶幸自己穿來的時候已經長大了，不然要讓她吃著高粱飯長大，還是滿困難的。

兩人在亭子裡坐了片刻，就瞧見錢喜兒和劉八順遠遠地也過來了，大概是也想起了後山有這麼一處好地方，所以才來的。趙彩鳳急忙收起了東西，用肘子碰了碰宋明軒，兩人趁著對方還沒發現前，給他們倆騰了個地方出來。

五月分雖然已經炎熱，但後山綠樹成蔭，一點兒都不覺得悶熱，趙彩鳳和宋明軒一邊閒聊一邊散步，兩人自成親之後，倒是少有這樣的閒暇時光。

「我下個月初六要開鋪子，之後可能會比較忙。你今年中秋回家過嗎？去年就沒回來！」趙彩鳳才問出口，就已經在控訴了。

宋明軒笑著道：「今年應該會回家過的，就算我們不回去，夫子也不可能年年不回家過中秋，師娘也要生氣的。」

趙彩鳳點了點頭，又想起一件事來。「錢大叔讓你給小五取個名字，他說他是大老粗，取不好名字，你最近好好想想，等過一陣子想好了，就差人帶信回來，小五都五個多月了，還沒個名呢！」

宋明軒低頭應了一聲，再抬起頭的時候，只目不轉睛地看著趙彩鳳，視線停留在她低垂的眉宇上。這後山四下無人，山道上只有他們兩個，宋明軒一把將趙彩鳳攬入了懷中，低下頭又在她的唇瓣上落下吻來，女子身上的馨香縈繞在鼻息，本就嬌軟的身體越發柔弱了。

趙彩鳳用手肘頂著宋明軒的胸口，喘息中小聲控訴。「這裡還是佛門清淨之地呢，你竟做這些欺負人的事情！」

宋明軒的舌尖舔去趙彩鳳唇瓣上的一道銀絲，笑著道：「佛家還供奉歡喜佛呢，我們是夫妻，這有什麼關係？」

趙彩鳳現在算是知道，找個讀書人嫁就別想在理論上勝過他了！他以前就算不說，其實肚子裡也藏著一籮筐能反駁自己的話，如今厲害了，這藏在肚子裡的話也就哧溜哧溜地說出來了。趙彩鳳也不想去反駁他，反正他說的也有他的道理，便索性往他身上靠了靠，一隻手裝作若無其事地往宋明軒的胯下蹭了一下，只見那個地方早已經鼓鼓脹脹的了。

宋明軒原本只想吃一記豆腐的，沒想到便宜沒占到，反倒讓趙彩鳳來了這麼一下，這如今已是初夏，大家都穿著單衣，下面鼓著，真是要多尷尬有多尷尬！

趙彩鳳見他的臉不由自主地紅了起來，忍不住笑出聲來，往他身上靠了靠道：「幾個月沒有回來，你想啦？」

宋明軒知道自己這娘子說話總是這樣直白，也不忸忸怩怩，小聲問道：「妳不想嗎？」

趙彩鳳當然不會告訴他實話，一本正經地道：「我才不像你這樣飢渴呢！」趙彩鳳說完，推開宋明軒，笑嘻嘻地就往前去了。

五、六月分的天氣，說變就變，方才還是豔陽高照，這會子忽然就陰了下來，兩人身上沒有帶什麼雨具，眼看著就要下雨了，宋明軒便開口道：「我聽說這兒後山有一處山洞，我們找找看去？」

趙彩鳳見宋明軒說起這個，抬起頭往宋明軒依舊紅潤的臉頰掃過去。

宋明軒被趙彩鳳看得越發覺得臉上熱了起來，開口道：「這……這……我是聽書院裡面的同窗說的。」

趙彩鳳噗哧地笑道：「你們書院裡的學生，可真是博學多識啊，連這紫廬寺後山有個山洞都知道！」

宋明軒被說得越發沒言語反駁，只拉著趙彩鳳一路尋、一路走，終於找到了那個所謂的山洞。原來這山洞是以前有苦行僧清修時會來住的地方，裡面還有鍋碗瓢盆，地上鋪著一方草垛，坐在那邊還算乾淨。

宋明軒把草垛整理乾淨了，靠在趙彩鳳邊上坐了下來，外面正好開始下起了唏哩嘩啦的雨來。

趙彩鳳把裝著貓耳朵的紙包攤開了，放在兩人跟前道：「怎麼辦，這雨也不知道要什麼時候才停下來，肚子餓了也只能吃些這個了。」

宋明軒拿了一片貓耳朵餵到趙彩鳳的口中，笑著道：「夏天的雨來得快，去得也快，只怕現在喜兒和八順也被困在那個小涼亭裡面出不去呢！」

趙彩鳳一邊笑一邊點頭，古代就是這點不好，連個天氣預報也沒有，出來約會全靠運氣。幸好他們運氣還算不錯，還有這麼一個小山洞讓他們避雨。趙彩鳳想到這裡，越發覺得甜蜜，忍不住聳著肩膀笑了起來，不一會兒卻發現自己的身子動不了，完全被宋明軒給抱住了。趙彩鳳略略掙了一下，扭頭就迎上宋明軒眼眸中的一團慾火，身上便多了些酥酥癢癢的感覺。外面雖然下著大雨，可山洞裡的草垛卻乾燥得很，宋明軒一個翻身，將趙彩鳳壓在了身下。

全身的慾望似乎都在叫囂著，趙彩鳳迷離著雙眼，抱住宋明軒的雙肩。

外頭的雨越下越大，彷彿一道雨簾，故意幫著兩人遮羞……

趙彩鳳坐在草垛上，將自己身上的衣服繫好，背對著宋明軒，臉上還帶著幾分事後的嬌羞，沒好氣道：「你們玉山書院的人就沒一個好的，只怕這裡都成了他們的朝聖地了吧？」

這句話宋明軒倒是沒聽明白，不過說起來還真要謝謝這一場及時雨，若不是這一場雨，他也就是個有賊心沒賊膽的性子。要是不下雨就把趙彩鳳給帶來，那才叫司馬昭之心路人皆知呢！宋明軒得了便宜還賣乖，笑著道：「我也就是偶然間聽見的，沒想到派了這麼大的用處，不然我們倆可都要成了落湯雞了。」

趙彩鳳見宋明軒大言不慚地說派了大用處，恨不得就給他一拳，明明原本羞澀可人的小秀才，怎麼如今污到了這個地步？趙彩鳳剜了宋明軒一眼，不想理他了。

夏天的雨都不長，沒過一會兒，雨就停了下來。趙彩鳳方才被宋明軒操弄得厲害了，這會子還覺得有點腿軟，才一起身，腳底差點兒就打滑了，幸好宋明軒將她扶住了。

宋明軒急急地問道：「娘子，妳沒事吧？」

趙彩鳳哼了一聲，甩開宋明軒的手，自己往外走去了。

第五十三章

兩人走到了山下的小涼亭附近，果然瞧見錢喜兒和劉八順兩人還在涼亭中。不過他們倆可就不像趙彩鳳和宋明軒這般不知羞了，兩人尚未成婚，畢竟要遵守一些禮義廉恥，就連位置都坐得隔開了老遠。

趙彩鳳笑咪咪地走過去，正想開口喊他們，忽然就被他們給發現了，就瞧見兩人原本握在一起的四隻手飛快地都藏到身下去了。趙彩鳳只當作沒看見，笑著道：「這雨都下了一場了，你們不餓嗎？不然就去齋房吃點東西吧？」

趙彩鳳天生吃得少，可也禁不住方才宋明軒的那一番折騰，這時候倒是真的有些餓了。錢喜兒來的時候，也帶了一些劉八順愛吃的糕點，可那些都是甜食，做零嘴也無所謂，若真是當正餐，肯定是不行的，所以這會子兩人也都飢腸轆轆的。

雖說錯過了紫廬寺用午膳的時辰，但到底今日香客多，這時候還有人在齋房用膳，四人一行去齋房用了一點齋菜後，便到了分別的時候了。

從紫廬寺到玉山書院約莫有兩里路，雖然從紫廬寺的山門口往下去，就能瞧見玉山書院的大門，但錢喜兒還是讓兩人都上了車，用馬車送他們一程。

馬車趕路，兩里路不過片刻的工夫，前頭車夫說到了的時候，錢喜兒還嘀咕道：「怎麼這麼快就到了？我看著還有好遠呢！」

趙彩鳳便笑著道：「早知道，我們應該走著送他們過來，然後再走回去坐車才好呢！」

錢喜兒知道趙彩鳳開她的玩笑，略略有些臉紅，抬起頭來對劉八順道：「既然到了，那你就下車吧，我也好早些回去，不讓太太擔心。」

劉八順最近個子拔高了不少，看著比以前瘦了點，見錢喜兒這麼說，紅著臉道：「那妳們就回去吧，告訴母親不用半個月就派人來一趟，這邊什麼都不缺，到中秋之前我肯定回去。」

「你愛回不回的，誰管你呢！反正我最近也忙得很呢，彩鳳的店面要開了，我也沒空再給你拾掇東西了，現在我做的衣服，一套都要十幾兩銀子呢，給你穿太浪費了。」錢喜兒以前是大門不出、二門不邁的閨秀，自從結識了趙彩鳳，也算是活得越來越有滋味了，性格也越發活潑外向了。

劉八順假裝鬱悶地看了趙彩鳳一眼，委屈道：「嫂子，妳把我未過門的媳婦都教壞了！」

趙彩鳳見劉八順這樣油嘴滑舌的，睜大眼睛朝他瞪了一眼道：「你媳婦我倒是越教越好了，不過我相公到底是被你們教壞了！」

錢喜兒聞言，哈哈笑了起來，又想起一件事情來，開口問道：「彩鳳，妳和宋大哥方才下雨的時候去哪兒了？怎麼倒是沒淋濕呢？」

趙彩鳳說起這個還覺得鬱悶呢，抬起下巴朝劉八順那邊指了指，開口道：「問妳家八順唄！」

劉八順整日都和宋明軒在一起，如何不知道那後山小山洞的事情？被趙彩鳳這麼一戳破，面紅耳赤道：「啊……這個……這個我可不知道了，沒準……沒準他們自有他們的好去處唄……」

宋明軒見劉八順越說越不像樣了，急忙開口道：「八順兄弟，馬車都在門口停半天了，咱們還是先下車吧，別耽誤她們回京了！」

趙彩鳳忍著笑，抬起頭來看了宋明軒一眼，臉上依稀還有些熱辣辣的。

這日子一晃就到了六月初六，天衣閣開業的日子，趙彩鳳和錢喜兒一大早就來了店裡面布置。趙彩鳳為人低調，並沒有請什麼客人，只告訴了隔壁雅香齋的掌櫃，說是今兒店面要開業，請她過來湊個熱鬧。

因為這天衣閣裡頭有了錢喜兒的股分，所以李氏也特別熱心，一早就派了小廝過來給她們送鞭炮，還特意訂做了一面生意興隆的牌匾。

大家夥兒在外面放了鞭炮，熱鬧了一番，撒過喜錢、散了喜糖之後，便開始正常營業了。因為時辰尚早，並沒有什麼客人，趙彩鳳倒是一點兒也不擔心，本來這京城富貴人家的姑娘家要出門就不是一件容易的事情，還非都趕在同一天出門，那更是不可能的。既然走了高級訂製的路線，趙彩鳳到底也要跟雅香齋和珍寶坊的掌櫃們學學，平常若是有好東西，不能等著主顧們上門看，要先自己出馬才行。

錢喜兒卻沒有趙彩鳳這心性，站在門口看了半日，一邊往外頭看，一邊又往店裡面角落裡的沙漏上看了一眼，嘴裡還嘀嘀咕咕道：「也不知道大姑奶奶今天還來不來……」

原來李氏怕錢喜兒和趙彩鳳頭一天開業沒有生意，所以請了劉七巧喊了一幫的貴婦要過來給她們長臉呢！可是到了說好的時辰，卻沒見劉七巧過來，錢喜兒這才著急了起來。

錢喜兒原本是打算給趙彩鳳一個驚喜的，可自己等到現在人都還沒來，倒是有點擔心了，正想把這事情跟趙彩鳳和盤托出呢，就聽見不遠處傳來骨碌碌的馬車聲。

錢喜兒忙不迭地就迎了出來，倒是沒有瞧見杜家的馬車，只見頭一輛馬車停了下來，後面一溜跟著的四、五輛馬車也停了下來。錢喜兒走到馬車跟前，這才看清來的是禮部尚書湯家的馬車。只見一個小丫鬟從馬車上跳了下來，扶著一位少婦打扮的女子下來。

錢喜兒見了忙上前行禮道：「給夫人請安。」

後面的馬車上依次下來了幾個少婦，都是劉七巧喊來的貴婦。

錢喜兒到底和劉七巧在一起的時間長，這些人也都認識，便一個個地向趙彩鳳介紹道：「這是禮部尚書湯家的大少奶奶、這是王將軍的夫人、這兩位是我家大姑奶奶的小姑、這位是工部尚書陳大人家的大少奶奶，還有這一位是洪家大少奶奶。」

趙彩鳳一一給眾人行了禮數，將大家的身分都記住了，這才發現其實外界都傳杜家大少奶奶人脈極廣，如今瞧著，她到底也不是最愛和那些豪門貴胄之家的人親近，這幾位怕都是她最至交的好友了，都是清貴之家。

眾人進了店中，挑選起各色款式和衣服料子，到底都是貴婦，穿著上頭各有講究，趙彩鳳一邊拿著料子供她們選，一邊將她們要求的記錄下來，兩人一直忙到了中午，才把這些人都送走了。

大家夥兒都選好了讓自己滿意的衣服款式，自是都離開了，唯有洪家大少奶奶卻還坐在一旁看著畫冊，趙彩鳳便讓小丫鬟又給洪家大少奶奶換了一盞茶，親自迎了過去。

這位洪家大少奶奶，趙彩鳳是聽過的，洪家原本就是江南首富，在南邊極具盛名，據說家裡頭還有好大一個雲錦作坊。趙彩鳳如今生意做得大了，各種名貴面料都有涉獵，只是雲錦實在是太貴了，她一時也負擔不起，遇上這樣的訂單，這些料子也只有讓客人自己提供了。趙彩鳳瞧見洪家大少奶奶正悠閒地翻看著她畫的小冊子，纖纖細指上蔻丹的顏色分外鮮亮。她親自奉上了茶水，笑著問道：「洪夫人沒看上什麼款式的衣服嗎？」

洪家大少奶奶的嘴角微微一翹，將那冊子合上了道：「每一套都那麼好看，我竟選不出來了。」

趙彩鳳便謙遜地笑著道：「不過就是隨手塗鴉而已，難得大家夥兒能看得上眼。」

洪家大少奶奶低著頭，端起了茶盞，略略抿了一口茶，開口道：「只是這些衣服好看歸好看，到底有些花樣是後頭繡上去的，沒有天生就長在面料上的好看。」

趙彩鳳聽了她這話，心下倒是有些明白她話中的涵義了，笑著道：「那是自然的，上好的雲錦價格昂貴，一疋都要價值千金，我這裡只是小作坊，自然負擔不起，也只能用刺繡彌補一些先天的不足了。」

洪家大少奶奶聽了這話，坦然道：「我還當我這麼說妳會動氣，如今卻是我小看妳了。我沒來之前就跟七巧說了，我是來談生意的，她讓我只管過來，我心裡還有些嘀咕，如今瞧著，到底是我多心了。」

趙彩鳳如何不想攀上洪家這條大船？可她如今資歷尚淺，怕自己攀上去人家還看不上，沒想到如今洪家大少奶奶親自來了，她豈有把人推出去的道理？

「不怕夫人笑話，我這家店面開下來也沒花多少銀子，可我知道那些雲錦精貴，花樣複雜、做工精美的，更是進貢的上品，我雖有心想做，卻也擔心做不好，我也賠不起那料子。」

洪家大少奶奶看她說得實在，笑著道：「可不是？那樣貴的料子，便是我們自己賣這個的，平常也不常穿，夏日裡也都是穿杭綢、蜀錦的多。」

趙彩鳳見洪家大少奶奶說了半日，也沒說起要合作的事情，腦子就想起了他們洪家在朱雀大街開的那家寶祥綢緞莊。雖然和錦繡綢緞莊在一條大街上，但是錦繡綢緞莊是京城的老字號了，基本上大多數的當地貴冑官家都喜歡去那邊買料子，就連彩衣坊也是指定和他們家合作的，這樣看來，寶祥綢緞莊的生意比起錦繡綢緞莊，必定是要差一些的。

趙彩鳳低頭想了一下，這才開口道：「我倒是有個想法，只是不知道夫人肯不肯？」

洪家大少奶奶見趙彩鳳這麼說，抬眸問道：「妳先說說看，我聽著。生意上的事情，我也不精通，都是男人在打理，回頭我告訴他，他若是覺得好，那我們就接著談。」

趙彩鳳點了點頭，說道：「我如今鋪子小、東西少，那些貴的面料著實進不起貨，可我這邊到底是想著要走進高門大戶裡頭的，不光姑娘們的衣裳，往後奶奶們、太太們、那些個誥命夫人們的衣裳，我這裡都要做的。夫人不如回去問問妳家大爺，他肯不肯讓我去挑一些面料過來，放在我的店裡頭代賣？如此我這裡客人來了，也好有更多的選擇。」

洪家大少奶奶聽趙彩鳳說完，到底有些明白了。怪道劉七巧說這宋夫人不是一般二般的聰明，這主意分明就是無本的生意嘛！可是對於洪家來說，似乎也沒吃到什麼虧，反倒是免費多了一個陳列自己面料的鋪子了，說到底卻是雙贏了！

「這主意確實不錯，我竟想不到。」洪家大少奶奶忍不住欽佩了起來。

趙彩鳳便笑著道：「我這裡還有幾本畫冊，都是最近新設計的衣服樣子，夫人不如拿回去，放在你們的店鋪裡頭，讓客人選料子的時候也看著冊子，這樣也好知道怎麼搭配才好看。」

洪家大少奶奶聞言，笑著道：「我正有此意呢，只是不知道怎麼開口。」她原本是官宦人家的閨女，出來談生意到底是生疏了很多。

趙彩鳳命小丫鬟進去庫房取了兩本新冊子出來，笑著遞到了洪家大少奶奶跟前，開口道：「那妳回去跟洪爺商量一下，我等著你們的消息。」

洪家在京城開寶祥綢緞莊也有七、八年光景，只是生意卻一直不甚火熱，不過也難怪，人家錦繡綢緞莊在朱雀大街可是有三、四十年的歷史，便是韃子打進來的時候，這綢緞莊還是照樣開著的，他洪家一個外來戶想在幾年內把錦繡綢緞莊幹掉，確實有些困難，而就在這個時候，出現了異軍突起的天衣閣。

洪家大少爺聽洪家大少奶奶說完，撫掌高興道：「原來妳今兒去的就是天衣閣啊！最近我倒是聽過不少他們家的名頭了，有故交家的閨女指明了要在天衣閣做衣服，其他家的衣服還不穿呢！這要是真的能跟他們家搭上，那綢緞莊的生意必定能好上不少！」

洪家大少奶奶點頭道：「我也是上回回娘家的時候，瞧見我那兩個外甥女穿的衣服，這才知道的這家店！我那兩個外甥女還說，她們還有幾個閨中密友，平常都是在彩衣坊做的衣服，如今也只讓彩衣坊的繡娘去找天衣閣要樣子去。我心裡尋思著，彩衣坊素來是和錦繡綢緞莊較好的，這要是被他們捷足先登了，倒是我們家的損失了，所以今兒就去了。」

洪家大少爺聽了，一個勁兒地點頭稱是，摟著洪家大少奶奶不放，笑著道：「生下了耀兒之後，妳越發旺我了！上回誠國公家銀礦的事情，我差點兒就著了道了，幸好銀子還沒付出去，誠國公家就先倒臺了。我們洪家自從有了妳，真是福星高照啊！」

洪家大少爺哪裡知道，他上次能避過一劫，那也是得了宋明軒的好處呢！

趙彩鳳的天衣閣開了之後，生意是一日好過一日，和洪家的合作談了下來後，便有好些侯門的貴婦直接到她這邊訂了料子做衣服的。趙彩鳳入了這一行，才知道前世上班的那些小資花一個月的薪資買個名牌包根本算不上什麼，這些豪門貴婦花幾百兩的銀子訂做一套衣服那都是不眨眼的啊！

更有甚者，直接讓趙彩鳳按照她的要求專門設計了面料的花形，送去洪家的雲錦作坊直接織出來，從面料、款式到工藝，無一不是訂做的。這樣的衣服，趙彩鳳每次送出門都要喊上馬車，連手上都還要抹好些個護手霜，深怕手指太粗，勾到了絲線。

趙彩鳳雖然忙碌，可撥著算盤算了下銀子，臉上多少露出些許笑意來。如今天衣閣的生意上了軌道，店裡早已經另外請了掌櫃，只有月底盤帳的時候，趙彩鳳才會親自算算店裡的帳務。

合上帳本，看趙彩鳳那一臉的笑意，定是對上個月的盈餘滿意的。

這時候小丫鬟從外頭簾子外閃了進來道：「喜兒姊姊帶著另外一位姑娘來店裡了。」

如今錢喜兒比起以前外向了不少，她來京城多年，又有劉七巧這層關係，時常帶一些客人來，趙彩鳳也都習慣了。趙彩鳳放下了算盤，起身迎了出去，卻瞧見程蘭芝和錢喜兒兩人有說有笑地從門外進來。

程蘭芝見了趙彩鳳，略略垂下頭，瞧著比以前越發溫婉嫻靜了。早先就聽說程老將軍一家回了老家彭城祭祖，說是得了皇上的聖旨賜婚，特意回去的。其實趙彩鳳心裡明白，程老將軍只是想避一避這京城的風頭，畢竟這樣一個來回，少不得半年的時間，等他們回來後，原先的事情也淡了。

兩人互相見了禮，趙彩鳳引了她們坐下，親自奉了茶上來，這才開口問道：「我聽說邊關的仗已經打得差不多了，也不知道是不是真的？」

程蘭芝捧著茶，對趙彩鳳終究是帶著幾分感激的，點頭道：「父親說今上已經派了去邊關和談的人了，只怕這仗是打完了，年底之前，蕭將軍就可以班師回朝了。」

趙彩鳳聽了越發高興了，又問道：「日子定下了嗎？」

程蘭芝略略臉紅，小聲道：「定了明年正月十八。」

趙彩鳳掐著手指數了數，也不過才四個月的時間了。「那倒是快了，東西都準備齊全了沒有？」姑娘家嫁人是大事，尤其像她們這樣的大戶人家，嫁妝都是幾年前就開始準備的，就連成親用的嫁衣，那都要提前好些日子就開始繡了。

程蘭芝見趙彩鳳問起這個，眉頭就擰了。

錢喜兒開口道：「如今就是著急這個，蘭芝說嫁衣還沒開始繡呢！她前幾個月一直在路上，也沒有空弄這些，等回了京城，就聽說蕭家把日子都給定了……」

程蘭芝不等錢喜兒說完，鬱悶道：「都怪我小時候貪玩，沒好好學這些，如今倒是急不來了。喜兒說妳這邊也有幫人訂做喜服的，我知道了，就央著她帶我過來了。」

趙彩鳳這兩個月倒是真的接了一筆訂製喜服的生意，不過那戶人家也是京城的土財主，嫁到外地的大地主家，從小嬌生慣養的不會針線，又瞧著她這邊的衣服好，這才躲了這把懶。按照這京城的傳統，喜服到底還是要新嫁娘自己親手縫製較好，不過如今只剩四個月，要是沒有人幫程蘭芝一把，只怕她那個喜服做起來，終究是不像樣的。

趙彩鳳想起蕭一鳴來，心下到底有些虧欠，又覺得他自從邊關回來之後，整個人越發有了擔當，再不像那時候莽莽撞撞的樣子，她雖和他沒有男女之情，卻也對他有幾分敬佩之意。

趙彩鳳想了想，從一旁的茶几上拿起了她平常常用的皮尺，拉著程蘭芝道：「妳起來，我先給妳量一下尺寸。當年我和我相公成親的時候，一窮二白的，就連喜服都是喜兒送的，如今我算是手頭寬裕了，也沒什麼好送的，就做一件像樣的喜服送給妳吧！」

程蘭芝聞言，忙開口道：「那怎麼好意思呢？做喜服的料子我家裡有，妳只要幫我加工一下就好了！」

趙彩鳳搖了搖頭道：「不用那麼麻煩。我最近新設計了幾個花樣，洪家那邊說要拿去雲錦作坊裡面，讓織工直接做成花樣，這樣就不用再另外繡了。那些鳳凰、鴛鴦的，圖案又大，繡起來又費時間，穿在身上也顯得笨重，我倒是想了個辦法，只畫上一些妳喜歡的花樣，讓她們直接織出來，做成裙子，只怕還好看些。」

錢喜兒聽了，直開口叫好道：「這樣就最好了！聽說皇帝穿的龍袍就是直接織出來的，所以這雲錦一般人還穿不起呢！」大雍皇室還算開明，並沒有限制百姓穿價格昂貴的衣服，只是有些紋樣唯有皇室才可以用罷了。

趙彩鳳自從開了天衣閣，就把家裡頭那些畫畫的玩意兒搬了一半過來，這時候便走到了書桌前頭，攤開了一張宣紙，在上面畫起了圖樣。

先勾勒了一個裙子的雛形，在上面添補一些花樣後，三個人便一起在書桌邊上研究了起來，最後大家確定，八幅裙還是按照以前傳統的花樣，只是從前繡花的工藝改成了織錦織出來，到時候拼接起來，好看又不累贅。只是雲錦做起來也很費事，若是配色複雜，花費的人工比繡花來得更費事，但是趙彩鳳想著要送這樣一件禮給程蘭芝，自然是要全力以赴的。

趙彩鳳昨夜畫了幾幅紋樣，今兒一早就送來給程蘭芝過目。

程夫人也親自迎了出來，瞧著趙彩鳳畫的這些樣子，忍不住開口道：「妳們如今是越來越會玩了，還有這樣做嫁衣的！我之前就跟蘭芝說了，這事情偷不得懶，她偏不肯聽。」

趙彩鳳笑著道：「夫人您就放心吧，我保證把她打扮得漂漂亮亮地出閣。雖說會針線是件好事，可如今有錢人家誰還自己做針線呢？要都是家家戶戶自己做針線的，那我開這個天衣閣也沒有生意呀！」

程夫人也被趙彩鳳給說動了，又瞧著她拿來的畫實在好，自己也動了心，問道：「那不知道妳那邊，有沒有像我這個年紀的人穿的衣服？」

程蘭芝不等趙彩鳳回答便笑著道：「自然是有的，彩鳳的店裡如今接的都是大生意，好多達官貴人家的夫人都找她做衣服呢！前幾日我出去串門子，到了幾個朋友家，她們穿的也是天衣閣做的衣服呢！」

趙彩鳳一個勁兒地笑，又替程夫人也量了尺寸，只說下午的時候會派了掌櫃的帶上款式冊子和面料過來讓程夫人選。

下午，趙彩鳳便將程蘭芝選定的花樣都整理好了，託人送去了洪家。

這雲錦織起來確實費功夫，這一等便是三個月的時間。

因為裁剪縫製衣服的時間用不著太長，所以趙彩鳳也沒有去催洪家，只是每次洪家夥計來送貨的時候順帶問上一句。如今很多雲錦的花樣都是那些太太奶奶自己定下來的，等上三、四個月都是常有的事情，趙彩鳳也是見怪不怪的了。

趙彩鳳檢查完洪家送來的雲錦之後，便讓夥計送去了彩衣坊。程蘭芝的大婚之期是正月十八，說起來也只剩下一個多月的時間了，年後繡娘上工又晚，少不得就要在年前把這嫁衣給趕出來。

這日正巧是臘八，是玉山書院放寒假的日子，趙彩鳳前一陣子換季著了涼，好些日子沒來店裡，今日便抽空過來瞧了一眼，見馮掌櫃把店裡都安排得井井有條的，到底也是安慰。因如今天黑得早，這古代也不像現代，到晚還有人逛街，所以趙彩鳳便讓馮掌櫃早些打烊，早點回家烘暖爐子。

馮掌櫃在趙彩鳳的店裡面也幹了幾個月的光景，早知道東家今兒的心思不在店裡，笑著道：「東家有事就先回去吧，我這裡把前天洪家送來的面料再點一點。馬上就年底了，該結清的帳務也要結清一下，省得到時候忙不過來。」

趙彩鳳聽了覺得很有道理，便先自己回去了。因為入了冬，天氣太冷，從廣濟路走到朱雀大街畢竟有些遠，所以趙彩鳳雇了一輛馬車，平常除了接送自己之外，店裡面有去客人家送貨、介紹新款式什麼的，也都用得著。

鋪子盤得大了，這銀子也確實花得多了起來，趙彩鳳卻還是和以前一樣省儉，平素她最喜歡的首飾就是宋明軒在珍寶坊裡頭買給她的那根銀釵，就連珍寶坊的老闆娘都笑著說：「從沒見過趙老闆這樣的人，這是我家大閨女閒暇時候亂掐的簪子，妳也不嫌棄，整天頂在頭上戴呢！」趙彩鳳也笑著回道：「這是我相公送我的，自然是最好的，那些金銀玉石，如今就算我買得起，可也不如我相公送我的這銀簪子好。他日等他買得起這些東西的時候，我自然戴更好的。」

今兒趙彩鳳的馬車從珍寶坊的門口經過時，她倒是想起了一些事來。宋明軒上回中秋回來的時候，她就瞧見他頭上常戴的那根木簪子有些開裂了。雖然男人在這方面從來不講究，但趙彩鳳還是放在了心上，抽空到珍寶坊裡面訂了兩根黑檀木髮簪，因為簪子的花樣是她親手畫的，所以要等一段時日，誰知道她前一陣子病了，倒是把這件事情給忘了。

趙彩鳳命車夫停了車，往珍寶坊裡頭去。因為天冷，門口掛著如意吉祥祥雲紋樣的簾子，車夫停好了馬車，上來為趙彩鳳掀了簾子，見裡頭打雜的小丫鬟迎了上來，這才低著頭退了出去。

趙彩鳳之前每隔小半個月也會來一趟珍寶坊，主要是來換天衣閣的冊子，以及跟這裡的掌櫃結算傭金。雖說如今天衣閣開業了，這傭金也越來越少了，可這好衣服和好首飾天生就是相配的，姑娘家在選首飾的時候如若看上了相配的衣服，直接出門左拐進了文昌巷，就可以去趙彩鳳的天衣閣裡了。

丫鬟才迎了趙彩鳳進來，珍寶坊的王掌櫃就親自迎了過來，上下打量了趙彩鳳一眼，笑著道：「上回我派丫鬟去天衣閣報信，說妳給宋舉人訂製的黑檀木簪子做好了，妳那店裡的小丫鬟說妳病了，如今瞧著倒是真的瘦了一圈呢！」

趙彩鳳穿越之後，雖說不滿意的事情還挺多的，但最不滿意的就是這個身子。原本以為一個村姑的身體必定是經歷過摔摔打打的，硬朗得很，可趙彩鳳自己心裡卻明白，這身子還真沒她前世的硬朗，不管怎麼加班通宵，一杯咖啡也能熬幾個時辰。

「誰說不是呢？每年入冬都要病一場，我自己都習慣了，倒是讓王掌櫃掛心了。」趙彩鳳笑著和王掌櫃寒暄了幾句，又說花紅的銀子年底之前一定送過來，倒是鬧得王掌櫃都有些不好意思了。

「我們東家說了，以後不讓我再收這一項銀子了。前幾日到我們店裡頭訂首飾的，都是妳天衣閣的客人，這要是真說起來，我們還要反過來給妳銀子才成哩！」

趙彩鳳掩嘴笑道：「也沒幾個錢，不過就是意思意思，若是你們東家不肯收，那我就在這裡選幾樣首飾罷了。」趙彩鳳對自己的穿戴算不得講究，一些行頭都是為了接待客人之用。不過好在有教養的大戶人家的太太奶奶都是懂道理的，並沒有幾個瞧不起趙彩鳳。況且她如今雖然從商，可宋明軒是舉人，到底是個舉人太太，有些人知道了這一層，只又越發敬佩起趙彩鳳來。

「那敢情好，趙老闆多挑幾樣！其實我們東家就經常說起，咱們做這些生意的，無非就是要讓別人瞧著好看了，才會過來買咱們的東西，要是自己也捨不得打扮，別人瞧不見，東西如何賣得出去呢？故而我雖然就是一個打雜的，我們東家也讓我整日裡打扮得花枝招展的。」王掌櫃笑哈哈地開口，隨即請了趙彩鳳入座，又讓小丫鬟將做好的簪子送了過來。

趙彩鳳打開錦盒看了一眼，見裡面放著兩支黑檀木的簪子，尾部分別雕刻著如意和祥雲的紋樣。雕刻師傅手工精湛，上面的紋路柔和飽滿，趙彩鳳很是滿意。

因說好了要選首飾，所以王掌櫃又特意端了兩盤首飾過來，都是花樣簡單卻常見的款式。

趙彩鳳如今雖手頭寬裕了，但平時那些雲錦料子價格不菲，有時候訂單多了，也有銀子不湊手的時候，所以到底不敢亂花銀子。

在幾個盤子裡挑挑揀揀地看了一遍後，趙彩鳳選了三支金簪，看款式就不是她這個年紀用的，上面連一顆鮮豔的寶石也沒有。

王掌櫃見了，開口道：「趙老闆也真是孝順，這大過年的也不給自己選一個，竟是給別人的。」

趙彩鳳低頭笑了笑，比起金子的金黃璀璨，她更喜歡銀子的銀光閃爍。取了東西，付過了銀子，趙彩鳳正要出門呢，就聽見外面傳來男子的聲音。這珍寶坊男人來也正常，但都有專門的大廳候著，趙彩鳳為了避嫌，是要稍稍避過的，只是還沒等她轉身，門外的簾子一閃，凍得滿臉通紅的宋明軒已從外面探進來一個腦袋。

宋明軒見是趙彩鳳在這裡，臉頰頓時又紅了些，可眉宇中還是透著幾分驚喜，但瞧見趙彩鳳略清瘦的臉頰時，又皺了一下眉頭。後面劉八順推了他一把，宋明軒這才走了進來。

劉八順瞧見趙彩鳳也在這邊，恭恭敬敬地作了個揖，喊了一聲嫂夫人，又道：「我們剛從書院回來，我想起在這邊還有些東西，就帶著宋兄一起過來了。」劉八順說完，又對宋明軒道：「宋兄，既然這麼巧嫂子在這邊，那你就不用等我了，先回去吧！」

趙彩鳳也沒預料居然在這裡遇上了宋明軒，她手上的簪子還打算在過年的時候送給他呢，如今倒是被他撞了個正著，她一緊張，手便不聽使喚地往後躲了躲。

宋明軒瞧見趙彩鳳這麼一躲，覺得有些奇怪，但也沒問什麼，反正他這個娘子實在是太能幹了，如今全玉山書院都知道，他自己是個吃軟飯的了。

不過宋明軒雖然小男人，到底在這方面還是不拘小節的，並沒覺得有什麼不好，他將來有大半輩子可以補償趙彩鳳，但他絕對不會阻攔趙彩鳳用自己的能力創造出更好的生活。

上次書院裡有人說他的閒話，他一個不高興，還寫了一篇用詞精妙、情真意切的文章來反駁那人的論點。對方的主要論點是：宋明軒大好男兒，竟要靠自己娘子養活，是沒用的小白臉！宋明軒的論點則是：靠娘子養是暫時的，將來總有一天可以養娘子，但你們這群沒靠娘子養的，卻一直在靠爹娘養，用爹娘的銀子和用娘子的銀子有什麼區別呢？你們爹娘尚在，自然可以用爹娘的銀子，我爹娘早已歸西，有這樣的娘子是我的福氣，你們這群人，無非就是娶不上像我這樣的好娘子，酸葡萄心理罷了！

那文章也不知道怎麼的，最後竟落到了韓夫子的手上，韓夫子看完後，哭笑不得地道：「明軒啊明軒，我聽說你以前做過狀師，你其實還可以做諫官啊！你這文章寫的，便是皇上看了，也要被你說服的。」宋明軒那不過就是一時氣憤之作，沒想到會被韓夫子看見，早已經羞紅了臉，小聲回道：「夫子你也取笑我，我三年前來書院的時候，為了一百兩銀子把自己的文章賣了，夫子當初還教育過我，要不是我娘子，只怕我也走不到這一步。」

宋明軒原本因為才思敏捷、文辭秀麗，在書院裡小有名氣，後來又因為這一篇〈辯妻書〉，讓所有人都認識了他，如今玉山書院人人都知道宋明軒有一個能幹的媳婦了。

劉八順瞧見兩人沒動，想起宋明軒的〈辯妻書〉來，忍不住笑了起來，對趙彩鳳道：「嫂子快把宋兄帶回去吧，他最近在書院可受了不少委屈呢！」

趙彩鳳哪裡知道宋明軒在書院會受什麼委屈，瞧他倒是氣色好得很，臉上白皙紅潤的，一點兒也沒瞧出來有什麼被欺負的痕跡啊！

宋明軒聽劉八順這麼說，蹙眉道：「妳別聽他胡說，如今還有什麼人敢給我氣受？就連夫子都看重我得很。」

宋明軒這話說得沒錯，玉山書院每年因為給朝廷輸送人才，都是有禮部的獎賞的，要是宋明軒下一科能考上前三甲，書院自然會得到褒獎，所以書院裡面從山長到打雜的，對學習好的尖子生都很友待。

趙彩鳳見他紅著臉，一時也不知道他說的是真是假，上前搖了搖他的袖子道：「那我們回去吧，讓八順好好給喜兒選樣東西。」

宋明軒聽趙彩鳳這麼說，忙問道：「那妳不要嗎？我在書院還剩下幾兩銀子，原本也想給妳買一個的……」宋明軒抬起頭瞧見趙彩鳳戴的還是以前他送的那個，到底覺得自己太對不住趙彩鳳了，連首飾都送得這般少。

趙彩鳳偷偷從身後把那錦盒拿到宋明軒的眼前晃了一下，笑著道：「我這不買好了嗎？都在這裡頭呢！回家給你看去。」

宋明軒聞言，點了點頭，跟劉八順告別之後，和趙彩鳳一起上了馬車。

趕車的人見了宋明軒，恭恭敬敬地喊了他一聲「爺」，倒是讓宋明軒很不好意思。

兩人上了車後，趙彩鳳倚到了宋明軒的懷中，抬起頭用額頭蹭了蹭宋明軒略有些小鬍子的下巴。二十歲的男人，鬍子都還是軟軟的，趙彩鳳蹭著蹭著，就忍不住抬起頭，順著宋明軒的下巴吻了上去。

宋明軒也早已忍不住了，抱著趙彩鳳只覺得她又瘦了一圈，瞧見趙彩鳳合著纖長的睫毛吻上來，低下頭就撬開了她的唇瓣，捲舔起她的一腔蜜液，覺得她的檀口中彷彿還有一些中藥的苦澀氣息。

趙彩鳳軟軟地靠在宋明軒的身上，胸脯隔著衣服被宋明軒揉捏得變了形狀，她擰著眉頭推開宋明軒的手掌，卻被宋明軒一個用力給抱到了大腿上。趙彩鳳輕呼一聲，兩條長腿已經跨坐在了宋明軒的身上，下身隱秘的地方互相摩擦觸碰著。趙彩鳳紅著臉埋在宋明軒的胸口，摟著他的腰，抬起頭來凝著宋明軒，帶著幾分心疼，小聲地問道：「快說說，到底是誰讓你在書院受委屈了？」

宋明軒可不想讓趙彩鳳知道那些事情，支支吾吾地道：「哪、哪有啊？妳聽八順瞎說呢這是！」

趙彩鳳低下頭，在宋明軒的胸口捶了一把道：「你不說，我也有辦法知道！」

因為宋明軒回了家，趙彩鳳有兩日沒有去鋪子裡，每日陪在宋明軒的身邊，還像以前一樣，他看書、她做針線；他寫字，她磨墨。在床笫之間，兩人更是像新婚夫婦一樣，天亮了都捨不得下來。

這日趙彩鳳倒是醒得早了，因知道將近年底了，兩邊鋪子裡的帳務都要理一理，她也不能再躲懶了，可惜昨夜又累得緊，趙彩鳳只稍微動了一下，就覺得下半身癱了一樣的無力。抬起頭看了一眼還合眸睡著的宋明軒，到底恨不起來，只伸手在他的鼻尖上捏了一把。

宋明軒正睡得香，忽然間被動了一下，一個翻身，一條大腿就壓在了趙彩鳳的身上。

趙彩鳳原本就覺得無力負擔的雙腿登時越發沈重了。「豬一樣的！」趙彩鳳恨恨地瞪了宋明軒一眼。男孩子十七、八歲的時候長個頭，所以那時候宋明軒瘦得跟竹竿一樣，壓根兒沒多少分量，可這兩年宋明軒的個頭已經不長了，倒是身上的肉開始緊實了起來，再不像以前一樣，所以看著似乎沒胖多少，這分量當真和以前是不能比的。

趙彩鳳用雙手搬開宋明軒的大腿，手指無意中觸摸到了那處每日一早就會一柱擎天的地方，嚇得急忙就閉上眼睛裝睡了起來，片刻後，見宋明軒沒有動作，這才稍微鬆了一口氣，撐著身子打算起來，卻不想，那被子鋪天蓋地地就罩了上來，把她整個人都給蓋住了！

宋明軒到底還是疼人的，並沒有折磨趙彩鳳多久，早早的就歇下來等著趙彩鳳還魂。看著趙彩鳳那紅透的臉頰和略微有些愣怔的眼神，宋明軒趴在趙彩鳳的身上，舔咬著她的耳垂道：「娘子，再多陪我一日吧？」

趙彩鳳聽了這句話，腦門就突突地跳了起來，怎麼還要「日」？不才……來過一回嗎？

趙彩鳳扭頭看了宋明軒一眼，這才反應過來，宋明軒說的一日就是單純的一天的意思。果然這事情幹多了傷及智商，趙彩鳳沒好氣地扭了扭身子，背對著宋明軒道：「都兩天沒去店裡了，肯定有好些事情要處理。」

「有事他們也會過來找妳的，妳不用自己跑去，就再留在家中一日吧？」宋明軒實在是捨不得趙彩鳳走，恨不得拿根繩子將兩人綁在一起。

趙彩鳳終究也是心軟的，伸手點了點宋明軒的鼻頭道：「那就再陪你一天，明天我肯定是要去店裡的。」

宋明軒見趙彩鳳答應了，伸手為她揉著腰線，眼見著外頭天亮了，兩人這才從床上爬了起來。

如今住的這個院子大，宋明軒的書房門前還有一株臘梅花，這個時節開得正好，稍稍露一道細縫，外頭的梅花香味就透了進來。他們都是過過苦日子的人，如今過這樣的日子，跟以前比起來，到底好得不是一點、兩點的。

宋明軒低頭看著坐在一旁墩子上納鞋底的趙彩鳳，柔聲問道：「妳那麼忙，這些東西就放著吧。」

趙彩鳳卻不願意，挑眉道：「我不做你穿什麼？難不成你是嫌棄我做的不好？」

宋明軒聞言，臉頓時就皺了起來。「娘子做的是一等一的好，誰敢說我娘子做的不好，我就——」宋明軒的話沒說出口，就想起當初一時意氣用事地寫了〈辯妻書〉的事情，頓時臊得面紅耳赤的。

趙彩鳳瞧著就覺得有些奇怪，問道：「你就怎麼樣？」

宋明軒便支支吾吾地道：「我……我能怎樣？自然是幫娘子討回公道的！」

趙彩鳳聽了這話心裡就樂了，笑著道：「毛還沒長全呢，就想著討回公道了，你打得過人家嗎？」

「打不過，自然可以用別的方式！」宋明軒握著拳頭道。

趙彩鳳便笑道：「你們這些文人，能有什麼別的方式？別說你要寫一篇文章罵人一頓，若真是這樣的話，我可是要名流千古了！」

宋明軒哪裡知道居然就被趙彩鳳給說中了，越發的臉紅，推開了書桌前的窗戶，裝作去聞那梅花的香味，突然就聽見外頭傳來婆子的說話聲。

趙彩鳳家裡平常也沒什麼人來，便是有掌櫃的過來回話，也都是安安靜靜的，趙彩鳳便放下了針線瞧去，就見楊氏從廂房門口出來，聽那婆子說了幾句，臉上多了一些好奇，往趙彩鳳和宋明軒住的正院看了一眼。

趙彩鳳起身走到門口，挽起了簾子問道：「娘，外頭誰來了？」

楊氏上前道：「說是妳大姨來了，這還沒到年底呢，難道妳大姨來還錢了？」

趙彩鳳用腳趾頭想也能想到，大楊氏怎麼可能是來還錢的呢？聽說上回黃鶯升一等丫鬟的事情就這樣不了了之了，她能從哪兒弄那麼一大筆銀子過來還呢？若說過了年，主子賞了花紅，手上攢多了幾個銀子，那還有人信一點。

「去請她進來吧，我倒是要看看她還能有什麼好事。」反正趙彩鳳這次打定了主意，借錢是絕對沒有的，這樣的人家幫一次那是沒辦法，幫兩次就是傻子了。

楊氏見趙彩鳳這麼說，這才讓那婆子去把人請了進來。

正巧，楊老太也哄了小五睡下了，從房裡走了出來。

趙彩鳳幾個人便在正廳裡面坐下來等著，婆子沏了茶上來後，她們就瞧見大楊氏低著頭，從門外進來了。

第五十四章

楊氏瞧見大楊氏身上穿著一件半新不舊的綢緞棉襖，臉上的皺紋又深了一些，瞧著到底有些落魄，便迎上去道：「大姊，妳過來坐吧！」

大楊氏原本就是偷偷來找人的，誰知道趙彩鳳也在呢，不禁抬眸瞧了她一眼，尷尬地笑道：「大外甥女也在呢！」

趙彩鳳見了大楊氏倒是覺得有點好笑，以前從不拿正眼看人的大楊氏如今見了自己，倒是有點老鼠見了貓的態勢，再沒有那股子張狂勁兒了。趙彩鳳心裡覺得好笑，隨口道：「大姨妳坐吧！」

大楊氏還是不肯坐，紅著臉，一副欲言又止的樣子。

趙彩鳳也不知道她肚子裡到底憋著什麼事，見她這副樣子，便忍不住道：「大姨有什麼話就說吧，這裡又沒有什麼外人。是不是又有什麼難處了？反正妳若是沒難處，也不會想到有我們家這門親戚。」

趙彩鳳說話直白，大楊氏聽了，臉越發紅了幾分。

一旁的楊老太也是看著大楊氏不吭聲，倒是楊氏出來打圓場道：「別聽妳外甥女胡說了，她是刀子嘴、豆腐心。大姊妳有什麼難處，就儘管開口吧！」

大楊氏想起這事情來心頭還火著呢！她雖然很想黃鶯能升一等丫鬟，可她沒想到黃鶯竟用了最下等的辦法，直接爬上了二少爺的床！這爬了也就爬了，偏生運氣不好，和那雪燕一樣，居然有了種了！這種事情若是讓侯夫人知道了，那可是要發賣出去的！大楊氏想來想去，覺得不能冒這個險，只勸黃鶯一定要先按住了這件事情，她則出門找了楊老太她們，求她們買一副落胎藥來，悄悄地把孩子打了。

大楊氏在這件事情上，也算是謹慎了，她認識的其他人都在侯府做事，這要是讓她們知道自己出入藥鋪買了落胎藥，那黃鶯的名聲只怕是全毀了。況且打了孩子，少不得還要休養一陣子，到時候想瞞也沒辦法瞞著了。為今之計，也只能借個由頭，讓黃鶯到府外頭避一陣子，把事情解決了，養好了身子再回侯府去。可如今能幫這個忙的，也只有趙彩鳳一家了。

楊老太看她那不爽快的樣子，早就沒了耐心，開口道：「有什麼話就說吧，只一點，銀子我們家沒有！彩鳳做生意辛苦，妳別想著又來坑她的！」

大楊氏臉一紅，急忙道：「不……不是銀子的事情！」說著嘆了一口氣，撲通一聲跪在了地上，給楊老太磕了幾個響頭道：「娘，這事妳怨我好了，是我沒把鶯兒教好，她如今……她……」大楊氏咬著牙齒，恨恨地道：「她如今懷了二少爺的種了！這可怎麼辦好呢？」

楊老太一聽，也是嚇了一跳，這沒名沒分地懷了少爺的種，說出去跟娼婦有什麼兩樣？況且侯夫人的手腕也不是一般的厲害，上回那個雪燕就是個例子啊！

「現在知道怕了？妳早幹什麼去了？妳真以為妳閨女是仙女下凡、西施投胎啊？哪個男人喜歡小姑娘不是為了身子來的？我跟妳說了多少次，這些紈袴弟子最不懂得珍惜姑娘家的身子，她若是個通房，那還得吃幾年藥呢，現在沒名沒分的，等著侯夫人發賣去吧！」楊老太也是恨鐵不成鋼，撂下了狠話後，撇過頭去不說話了。

趙彩鳳早就預料到了黃鶯準得出事，別說那鄭玉是個有前科的，便是宋明軒和自己，到底也沒守到最後一刻進洞房。況且黃鶯除了把身子給那人，還能有什麼法子可以勾得一個少爺團團轉的呢？這就是自作孽，不可活啊！

大楊氏見眾人的臉色都鐵青著，也不知道再說什麼好了。她自然知道男人圖女人什麼，可蓋不住想掙那個名分，推著黃鶯上去的念頭。雖然私下裡提醒過多次，還沒成事前千萬別讓人沾了自己的身子，可那死丫頭到底沒長心眼，被騙得乾乾淨淨的。

「娘啊，我這不是沒辦法了嗎？這事要是太太知道了，那別說鶯兒，便是我們一家怕都不知道要被賣去哪兒了啊！」

大楊氏要強了一輩子，可她也不想想，就她這身分，本就是為奴為婢的命了，能朝誰要強去？無非就是在幾個窮親戚跟前充大爺，可現在好了，窮親戚不窮了，她徹底沒了充大爺的地方了。

「那妳說，這事應該怎麼辦？肚子要是大了起來，妳想瞞都瞞不住呢！妳以為二少爺房裡那群丫鬟都是瞎眼的？只怕都等著看笑話呢！」楊老太終究是在侯府服侍過的人，這些骯髒事情自然是懂的。

大楊氏稍稍抬起頭看了楊老太一眼，開口道：「要不然這樣，我回去向管事的告個假，就說今年鶯兒要上她姥姥家過年，就不在府裡伺候了，等過完年再回去。咱偷偷地把那個孩子給打了，神不知鬼不覺的，不就成了？」

楊老太聽大楊氏這話，分明還是作著美夢呢！等孩子沒了再回去？回去做什麼？侯府那麼多新嫩的小丫鬟人家不要，還非得要妳一個打了孩子的？楊老太搗著胸口道：「妳這如意算盤打得也忒精了，人住到我們這兒來，藥我們這兒買，人還要替妳服侍著？這世上沒這麼好的事情，大過年的，少給我們家添堵了！」

楊氏聽楊老太這樣說，到底是鬆了一口氣，她心裡也不願意這樣。如今宋明軒回來了，黃鶯又是這樣的品性，雖然她信得過宋明軒，可這小姨子太不可信了，說什麼也不能讓黃鶯住到家裡來。

大楊氏一聽楊老太都先不答應了，又哭著道：「娘啊，我也只有這麼個閨女，妳不看在我的面子上，也要看在妳外孫女年輕不懂事的分上，好歹拉她一把啊！」

楊老太聽了這話，越發生氣了起來，指著大楊氏的鼻子罵道：「妳大外甥女十六歲的時候都開起了麵館，養活我們這一大家子了，她只知道往男人床上爬，能怪得了別人嗎？我告訴妳，這忙我們家是幫不了的，她們誰要是肯幫，我也不讓！一會兒落胎藥我親自給妳送過去，讓她好好在家裡待著，別整出什麼事情來，連累得一家老小大過年的被發賣出去！」

大楊氏見楊老太罵得狠，站起來一邊哭一邊道：「我算是看明白了，如今她們養著妳，妳就一個勁兒地說她們好，我不過就是請妳幫個小忙，妳就數落我的千般不是！我跟她一樣都是從妳肚子裡蹦出來的，我怎麼就不如她了？我想著閨女能有個好差事，我有什麼錯？妳們是過慣了順心日子，不知道我的苦處，但凡我男人爭氣一點，我至於要靠著閨女嗎？既然妳這麼說，橫豎我也不管了，鶯兒肚子裡還有二少爺的種呢，我今兒就帶著她跪在太太門前，看太太是不是就這麼狠心，非要弄死自己的親孫子！」

趙彩鳳一聽這話頓時就嚇了一跳，這大戶人家門風最是要緊，鄭玉雖然是個無賴，但若是這事情傳出去，必定也是不好的，到時候大楊氏討不到好處，還弄到侯府一團烏煙瘴氣的。況且這種事情傳出去，臉面上多少過不去，這過年交際又多，若是出了這樣的事情，永昌侯府這年也就不用過了。她和鄭瑤素來交好，也委實不想大過年的讓她遇上這樣一團糟心事來。

「大姨妳還是省省心吧，別說我不幫妳，如今大過年的，妳這麼一鬧，全京城誰不知道永昌侯府的笑話？便是侯夫人原本喜歡表妹的，被妳這樣一鬧，到底也遷怒了。」趙彩鳳的手攏在袖子裡想了片刻，接著道：「就按妳說的，把表妹接出來吧，只是我家裡不能讓她住。姥爺麵館後頭，前兩個月我才租下一個小院子，原本是打算翻了年等新招的短工來了，讓他們搬進去的，如今就先讓表妹住到那兒去吧。」

大楊氏哪裡知道，她在楊老太這邊碰了一個釘子，卻在趙彩鳳這裡討到了好處，一下子都有些不敢相信了，愣了半天才道：「大……大外甥女，妳這是說真的？」

雖說這可憐之人必有可恨之處，但趙彩鳳到底也不是那種棒打落水狗的人。況且眼下永昌侯府是天衣閣的大主顧，雖說侯夫人興許不會為了這件事情牽扯到自己的身上，但她到底也要為侯府揭過這個麻煩。

「我從來不說假話。原本出了這樣的事情，就妳這為人，我站在一旁看笑話還要拍手呢！」

大楊氏一聽這話，頓時臉脹得通紅，可到底是自己理虧，只敢偷偷地看了一眼趙彩鳳。

趙彩鳳繼續道：「可是妳家如今還欠著我家銀子，萬一到時你們家被發賣了，我找誰要銀子去？說到底，虧的還是我。」

楊氏聞言，就知道趙彩鳳又是刀子嘴、豆腐心了，開口道：「妳就別跟妳大姨開玩笑了，妳都應下來這事情了，還說這些傷感情的話。」

大楊氏原本是再要強不過的一個人，方才也是真的走投無路才說了那麼多渾話，這會子聽楊氏這麼說，又羞又愧，忍不住落下了淚來，開口道：「不怕娘妳笑話我，我這也是窮怕了！自從鶯兒她奶奶去世之後，家裡就被她老爹給敗光了，我是作夢都想著鶯兒能過上好日子，一輩子不愁吃不愁穿的，可我們這些天天在裡頭服侍的，除了掙個姨娘外，也沒別的法子好想了。」

楊老太聽了這話，也是抹了一把老淚，恨道：「妳以為我不知道妳嗎？也是心比天高、命比紙薄的性子，可妳沒那個金剛鑽，別去攬瓷器活啊！妳大外甥女說的那個地方，雖說院子小了點，但乾淨得很，原本是打算讓我們店裡幾個夥計搬過去的，如今也只好讓他們先湊合著擠一擠，等讓鶯兒躲過這一陣子再說了。」

大楊氏把事情安排好了，心裡真是千恩萬謝。若說上次她來借銀子，最後還是帶著一肚子火氣回去的，那麼這一次她到底是對趙彩鳳多了一些感激的。又想起自己以前那做派，如今她都是大老闆了，跟她比起來，自己才是地上的泥巴了。

大楊氏一回侯府，就去二少爺的房裡找黃鶯，卻被告知黃鶯已經被太太房裡的人喊了過去，大楊氏頓時急得後背都濕了。原先她好不容易跟黃鶯說好了，自己出去求人，讓她先好好地在府裡待著，等她的回話。可誰知道她才出去一趟，人怎麼就已經被侯夫人給帶去了呢？

大楊氏忙不迭地就奔去侯夫人的院子，聽見裡面傳來淒厲的幾聲慘叫，她頓時就腳下一軟，跌倒在地上爬不起來。雪燕那會兒，侯夫人好歹還賞了一碗落胎藥，難道這回，連落胎藥都省了嗎？大楊氏頓時就急得哭了。

幾個小丫鬟從邊上經過，見她摔倒了，忙過來扶起她道：「楊嬤嬤，妳走路可小心著點啊！」

大楊氏一把拉住了個小丫鬟問道：「姑娘，裡面到底是怎麼了？我聽著怎麼是上了刑了？」她一個外院打雜的婆子，要進侯夫人的院子不容易，走到這裡就不能再向前了，這要是再過去，問話的人就多了。

「是二少爺房裡的銀蝶，今兒太太正好興致高，想去二少爺的房裡看看，結果就瞧見銀蝶正坐在二少爺的腿上呢！太太一生氣，就把一屋子的丫鬟都叫到這邊來了，正一個個問話呢，銀蝶已經被打了好幾十個板子了！」

大楊氏嚇得臉色蒼白，抓著那丫鬟的手問道：「還有別人被打了嗎？妳鶯兒姊姊被打了嗎？」

「別人不知道，我出來的時候，太太就打了銀蝶。」小丫鬟如實開口道。

侯夫人的院子裡，二少爺房裡的幾個大丫鬟、小丫鬟都跪在地上，看著被打成了一丈紅的銀蝶，幾個人的臉上都已經面無血色。黃鶯因為有了身孕，聞到了血腥味便覺得一陣陣噁心，強忍著嚥下了口水，額頭上早已經冷汗漣漣。

「我讓妳們在院子裡是服侍少爺，不是勾引少爺的，妳們腦子都給我放清醒些，別以為我離得遠就不知道妳們在院裡的事情了。今兒是我親眼瞧見的，我沒瞧見的那些，妳們自己心裡頭也有數。」

黃鶯聽了這話，嚇得手指都要掐進肉裡頭去了，抖著身子，跟著幾個丫鬟一起道：「奴婢們知道了！」

侯夫人冷眼瞧了那銀蝶一眼後，擺了擺手道：「把這丫鬟拖出去，讓她爹娘來領回去，就說她不會當差，得罪了二少爺，被攆出去了。」

眾人看著銀蝶被拖走的軟綿綿的身子，身下還拉出好長一條血跡來。

黃鶯下意識地把手往自己小腹上搭了一下，心道這幾棍子若是打在自己的身上，只怕命都已經沒了！後面侯夫人又說了什麼話，黃鶯一句也沒有聽見，只知道侯夫人進了房，院子裡的人越來越少了。

幾個小丫鬟陸陸續續地起身，有人湊到黃鶯身邊道：「鶯兒姊姊，太太說讓走了。」

黃鶯就著那小丫鬟的攙扶站起來，就瞧見幾個婆子提了水桶進來洗那地上的血跡，一盆冷水澆在地上，嘩啦一下，那麼大的聲音把黃鶯給嚇了一跳，這才算回過了一些神來。

黃鶯走到院子外面，遠遠就瞧見大楊氏躲在一棵樹後面等著她，她打發了那個小丫鬟，拖著有些虛軟的步子往大楊氏那邊去。

大楊氏方才看見幾個婆子把銀蝶拖出來，嚇得渾身哆嗦，這時候瞧見黃鶯還能走著出來，總算鬆了一口氣。

黃鶯走到大楊氏跟前，這還沒開口呢，忽然間身子就一軟，忍不住哭起來道：「娘，妳快……妳快……把我弄出去，不然我就沒命了！二少爺是個不頂事的，今兒銀蝶被太太打成這樣，他連吱聲都沒吱！」

大楊氏瞧見黃鶯被嚇得不輕，一邊安撫她一邊道：「妳姥姥不肯幫忙，幸好妳大表姊答應了，讓妳出去住一陣子。」

黃鶯這時候嚇得路都不能走了，只能由大楊氏扶著走出門。

當夜，大楊氏就給侯夫人身邊的孫嬤嬤遞了話，說黃鶯這幾日身子不適，且今年要回她姥姥那邊過年，想請一個月的長假。

孫嬤嬤把話傳給了侯夫人，侯夫人本就瞧著黃鶯不順眼，又還在氣頭上，便開口道：「告訴福順家的，那丫頭不用回來了，賞她自己在外頭配個小子。」

大楊氏聽了這話，瞬間心都涼了，可一想到閨女好歹留下一條命，比起那個銀蝶也不知強了幾倍，心下又覺得有些慶幸。

誰知道黃鶯經了這麼一個驚嚇，回家就受了涼，還沒等搬去趙彩鳳說的那個小院，就滴滴答答地落起了紅來，倒是自己留不住孩子了。

大楊氏急得要死，又不敢出去請大夫進家門看，畢竟這事情要是傳了出去，黃鶯下半輩子都沒法做人了，最後只又求到了趙彩鳳家裡。

趙彩鳳讓車夫去將黃鶯接到了小院裡，又讓請了大夫去看。這裡頭到底涉及了一些臉面上的事情，趙彩鳳沒辦法，只好拉著宋明軒一起過去，好歹撐個場面。那大夫見家裡頭男主人、女主人都在，也只當黃鶯是家中沒留住孩子的姨娘，便沒了什麼疑心。

大楊氏瞧見趙彩鳳做事這樣細心，一時間感動得都說不出話來了。想想之前自己那做派，真是恨不得打自己的嘴巴。

趙彩鳳見事情都安排好了，便讓宋明軒先去馬車裡等她一會兒，她還有幾句話要敲打敲打那黃鶯來著。

遇了這樣的事情，是個姑娘誰都高興不起來。黃鶯見趙彩鳳進來，臉上便沒好氣色，扭過頭不去理她。

趙彩鳳見她這樣子就想笑，開口道：「妳倒是還挺懂得給妳娘省錢的，連落胎藥的銀子都省了。」

黃鶯聽了這話，臉頰頓時脹得通紅，狠狠盯著趙彩鳳道：「我……我……我遲早回去！」

趙彩鳳冷笑道：「還回去呢，侯夫人已經發話了，賞妳在外面自己配個小子！」

黃鶯原本對鄭玉確實也有些失望，可心裡卻還想著，說不準自己還能回去，小心服侍個兩年，等少奶奶進門了，沒準少奶奶瞧她老實，也能留著她在跟前做事。可哪裡知道，她前腳才出侯府，後腳太太就已經攆了她！

黃鶯眼眶裡的淚水瞬間就湧了出來，抱著被子哭了起來，嗚咽了半天才停下來，對趙彩鳳道：「妳還在這邊待著幹麼？是要看我的笑話嗎？」

趙彩鳳才懶得看她的笑話呢，笑道：「妳有什麼好笑的？比起那雪燕，還有那銀蝶，妳都是幸運的了。我只是要告訴妳一句，我留妳在這裡，是瞧著姥姥的面子，妳別再生事，老老實實的才好。」

黃鶯擦了擦眼淚，也說不出反駁的話來，酸溜溜地道：「妳如今過得好了，當然可以這樣說我，可我何嘗不想要過得好一點呢？哪個女的不想吃香的、喝辣的過一輩子，誰天生就想當奴婢的？」

換作是古代人，興許趙彩鳳聽了這話會說一籮筐黃鶯不安分的話，可趙彩鳳畢竟是現代人，她也不喜歡這種一出生就確定了等級的社會制度，也認為好日子是要靠自己爭取的，只是這爭取的方式有多種多樣，而黃鶯偏要走一條最不實際的捷徑。

「妳說的也有道理，可我的好日子，是靠我一分一毫賺來的；妳姊夫的舉人，也是他寒窗苦讀十幾年才考來的，我們從來都沒有做過半件不勞而獲的事情，也從來沒想著只指望對方，自己不做一點貢獻，所以這些都是我們應得的，便是妳酸得牙癢癢的，妳沒付出過，自然是得不到的。」

黃鶯被趙彩鳳說得臉紅耳赤，卻也沒什麼話反駁，開口道：「我一個府裡頭的丫鬟，除了當姨娘，還有別的出路嗎？」

趙彩鳳被她這句話逗得都要笑出來了，開口道：「那我一個村姑，是不是除了種地就沒別的出路了？」

黃鶯一時語塞，又沒話回了。

趙彩鳳其實倒是不討厭黃鶯的，畢竟這個時代的姑娘，要能長成黃鶯這樣有些氣性的，還不容易了。

黃鶯低下頭去，想了半日，這才抬起頭，有些茫然地問趙彩鳳道：「表姊，我現在都成了這樣子，還能有別的出路嗎？」

趙彩鳳瞧著她到底有些開竅了，笑著道：「路是自己走出來的，妳想著要有出路，自然就有了。」

黃鶯聽了趙彩鳳這話，多少有些臉紅。她以前瞧不起趙彩鳳，到後來聽說她有錢了，又氣自己沒有她能耐，便想著把二少爺這棵大樹拿下，這樣趙彩鳳嫁了個窮舉人，她到底在侯府做了姨娘，也算是掙上了臉面。可她從來不明白，趙彩鳳向來都不是依靠宋明軒的，她就算沒有宋明軒，也是自己撒腿跑也追不上的。

趙彩鳳見黃鶯低著頭，似乎有些悔過之意，便開口道：「一個人有奔頭是對的，但這路不能走偏了。」

黃鶯抬起頭看著趙彩鳳，似乎趙彩鳳說了什麼駭人聽聞的話一樣。「……表姊，我小時候說我要當二少爺的姨娘，我奶奶便拿鞭子抽我，說我心太大，打主子的主意，我娘又是沒遠見的，只想著過好日子，讓我為她長一把臉。」

趙彩鳳瞧著黃鶯這樣子，不過就是一個高中生模樣，怒氣便也少了一半，數落她道：「說的像是妳有遠見一樣，有遠見會讓人把身子都占了去，還沒撈上個一等丫鬟？」

趙彩鳳這句話又戳到了黃鶯的痛處，低下頭道：「捨不得孩子套不著狼，那時候人已經傻了。」黃鶯說到這裡，想起銀蝶被拖走時那滿地的血跡，還覺得有些犯噁心。

趙彩鳳瞧她臉色蒼白，知道她這時候需要休息，便起身道：「妳安心在這邊住著，往後的路，若是不想再走偏了，等妳身子好了，就來找我。」

黃鶯到底是年輕的姑娘，原本遭了這樣的事情，早已經心灰意冷了，可以前最看不順眼的表姊居然願意幫她，她是當真沒想到的。原本對趙彩鳳沒幾分好感的黃鶯，瞧見趙彩鳳關上門離去，到底有些羞愧。

大楊氏熬了藥進來，見趙彩鳳走了，開口問道：「鶯兒，妳表姊都跟妳說啥呢？」

黃鶯瞧了大楊氏一眼，撇撇嘴道：「我表姊說妳不好，竟帶著我走偏了，不然我也不至於這樣倒楣。」

大楊氏垮下臉來，鬱悶地道：「我怎麼就讓妳走偏了？要不是我來求妳表姊，妳這會兒小命都沒了。」大楊氏說完，聽見外頭馬車骨碌碌走了的聲音，嘆了一口氣道：「以前到底是我們不好，如今到了這步田地，也只有妳表姊她們肯幫我們一把了。」

趙彩鳳出了院門，宋明軒聽見聲音就幫她挽了簾子，拉著她上去，見她手指都冰冰涼的，握在手中暖了暖，又道：「裡面的事情都安頓好了嗎？」

「都好了，也沒什麼事情。」趙彩鳳見宋明軒頭髮上還有未化開的雪花，伸手幫他理了一下，開口道：「畢竟才十六歲，往後的日子還長著呢，能幫就幫著點，況且這事對永昌侯府來說，到底也不是光彩事，要是鬧出去，到時滿城風雨的。他們家可是我的老主顧了，客人心情不好，也會影響店裡生意的。」

宋明軒笑著道：「妳不用解釋我也知道，妳就是狠不下心腸罷了，瞧著是親戚，就想幫一把，我能不清楚？」

趙彩鳳瞥了宋明軒一眼道：「少來，我是開善堂的嗎？沒好處的買賣我可不投資！」

宋明軒眨眨眼睛，問道：「那敢問娘子，妳最掙錢的買賣，是哪一項？」

趙彩鳳忍不住噗哧地笑了出來，伸手在宋明軒的腦門上戳了一把，開口道：「春天種下去一個窮秀才，秋天收穫一枚狀元爺，這才算賺錢呢！只可惜，你還差一點點……」

宋明軒聞言，立馬開口道：「鍾叔，快趕車回去，我要溫習功課去！」

因為趙彩鳳安排得妥當，年底總算是諸事安穩。趙彩鳳也難得提早歇業，到了二十四那天，便放了掌櫃們的大假。只有程蘭芝的嫁衣，拖到了臘月二十八才算做完，趙彩鳳包了好大一個紅包，給了那位接活兒的繡娘，歡歡喜喜地把嫁衣拿回了家裡。

趙彩鳳把嫁衣拿回家來只有一個目的，就是想讓錢木匠也看一眼。當日在蕭家的情形大家也都知道，錢木匠這輩子和程姑娘算是沒有交集了，可雖然話說得這麼絕，但趙彩鳳明白，有一些骨肉親情的東西，其實是很難磨滅的。正巧如今年底到了，錢木匠外頭的活兒也結了，這幾日便歇在家裡，在後院給小五做搖搖馬。

趙彩鳳把那做好的嫁衣攤開，放在客廳的長條案上。

楊氏見了，也挪不開眼地道：「這是誰家訂做的衣服？竟然這般好看！這些蓮花、石榴、鴛鴦竟是織上去的，不是繡上去的？」

楊氏想伸手摸一把，又怕自己的手太粗，勾到了上頭的絲線，顫巍巍地收回了手來，眼中滿是讚嘆。

趙彩鳳便笑著道：「這是給程姑娘做的嫁衣，她和蕭公子的好日子就是開年正月十八，我特意拿回來讓錢大叔看一眼的。雖說錢大叔不能親眼看著程姑娘出閣，但到底看見這嫁衣，和看見程姑娘是一樣的。」

楊氏聽趙彩鳳這麼說，眼睛都要紅了，笑著道：「那我這就喊了妳叔過來，讓他瞧一瞧這嫁衣，他看見了，指不定有多高興呢！」

楊氏出去不多會兒，錢木匠就抱著兒子從外頭進來了。

楊氏接了小五抱在手上，推錢木匠上前道：「當家的，你快看，這是程姑娘的嫁衣，彩鳳幫做的，好看不？」

錢木匠一雙眼睛盯著那嫁衣就挪不開了，他昔年也是在將軍府當過差的，好東西也見過不少，自然知道這要花費多少時間和銀子，忍不住開口問道：「彩鳳啊，這一件衣服，得要多少銀子啊？」

說起這一套嫁衣的銀子，趙彩鳳到底也不想提了，確實真是放了她一筆大血啊！不過沒想到做出來效果這樣的好，花再多的銀子，倒也值得。況且這次若是做得好了，以後有客人也來訂製嫁衣，那趙彩鳳就是坐著收銀子了。

「叔你這就不對了，這嫁衣能用銀子算嗎？再多的銀子也買不來我這一片心意。這嫁衣是我親手畫的樣子，程姑娘親手選的，然後送去洪家，請了南邊最好的師傅織出來的面料，光這幾疋料子，就花了整整三個月的時間。」這世上的好東西，想來是不惜工本做出來的。趙彩鳳瞧著這樣鮮豔華美的嫁衣，也忍不住感嘆了起來。

錢木匠聽了，開口道：「這銀子怎麼能讓妳一個人付呢，這不行的！妳開店做生意那麼累，這件東西，便是我看一眼也知道要花費不少銀子，不行，這銀子我來給！」

趙彩鳳知道錢木匠實心思，見他那著急的模樣，笑著道：「叔你說這話就見外了，你是程姑娘的親爹，如今又是我的繼父，那程姑娘就是我的妹子，我這個做姊姊的，送一件嫁衣給妹子，你還要跟我搶嗎？」

錢木匠聽趙彩鳳這麼說，終究也是不好意思再堅持了。況且趙彩鳳心裡清楚，錢木匠的銀子老早就交給了楊氏，他要出錢，還不得去楊氏的兜裡掏出來呢，說到底，還是一個籮筐裡的東西！

趙彩鳳又把那嫁衣拿起來，前前後後地給錢木匠看了一遍。

錢木匠看了這嫁衣，就像是看見程姑娘穿著嫁衣一樣，忍不住就笑了起來，抱著兒子問道：「小五，快看姊姊穿這衣服好看不？」

小五如今才一周歲，剛剛會喊爹娘，流著口水咿咿呀呀的，指著那嫁衣，一雙眼珠子都亮了起來，搆著身子要去摸呢！

趙彩鳳急忙把嫁衣給收了起來，笑著道：「這可不能給你碰，要是沾到了鼻涕，那就麻煩了。改明兒等咱五兒娶媳婦了，我也給你媳婦做一件這樣好看的！」

趙彩鳳說起這個來，楊氏倒是有了點念想了，看著趙彩鳳收拾嫁衣，留下來道：「過完年妳就十八，老二也十七了，前兩天我和妳姥姥商量，妳表妹如今出了這個事情，往後也不好找人家，不如讓老二娶了她，到底也親上加親了。」

趙彩鳳聽了這話，差點兒噴出一口血來，嘆了一口氣，抬起頭看著楊氏道：「娘啊，表妹這事我們心裡清楚，可外頭人並不知道，她不嫁給老二還好，要是嫁給老二，外頭人肯定得問，怎麼好好一個俏生生的姑娘，要嫁給一個傻子呢？到時候妳們怎麼回那些人？說表妹喜歡老二？」趙彩鳳雖然不想承認趙文是傻子，可是在某些方面，他確實達不到一個成年人的要求，便是相處時間長一些的鄰里，也總能看出趙文和正常人之間的不一樣。

楊氏畢竟還是向著兒子的，聽趙彩鳳這麼說，多少有些尷尬，開口道：「我們幫了她們這麼大一個忙，這又是為妳表妹好的事情，妳大姨不該不答應吧？」

趙彩鳳見楊氏還有些堅持己見，開口道：「便是我大姨答應，我也不答應，我就是養老二一輩子，也不讓他娶表妹。」

「妳這是為什麼呢？我倒是不明白了。」楊氏忍不住開口問道。

趙彩鳳便索性問楊氏。「那娘我問妳，妳跟錢大叔好上了，是喜歡他人呢，還是只是因為覺得他人好，跟著他將來有個倚靠？」

楊氏聞言，紅著臉道：「怎麼說到我身上了？我那……當然是……」

趙彩鳳沒等楊氏說完，接著道：「表妹那是什麼樣的人？心比天高，老二會是她喜歡的人嗎？妳這是要招著大姨過來，再指著妳鼻子罵一回啊？」

楊氏到底沒能駁回趙彩鳳的話，有些鬱悶地道：「那聽妳的，就當沒這事吧。」

宋明軒在隔壁書房看書，方才趙彩鳳兩句話大聲了一點，他到底是聽見了，見趙彩鳳嘆著氣進來，笑著道：「妳娘也是心疼老二。老二是你們趙家的長子，若是他真的能成家立業，自然是好事。」

趙彩鳳嘆了一口氣道：「你也瞧見我那個表妹的，她能看上老二，那就奇了怪了。我不是瞧不起老二，只是覺得咱不能這樣坑了別人。」

宋明軒明白趙彩鳳的心思，開口道：「妳也別生娘的氣，她也是好意。當初我跟妳這事，不也是她們長輩私下裡先說好了的嗎？我們兩個誰知道呢？」

趙彩鳳抬起頭看了宋明軒一眼，捏了捏他的臉頰，伸著脖子親了一口道：「幸好你爭氣，不然的話，看我要不要你！」

又過了幾日，便到了年底，宋明軒還是老規矩，買了好些紅紙裁寫成春聯，送給討飯街上的街坊們。趙彩鳳也跟著他一起回去了一趟，雖然在討飯街上不過住了一年半載的時間，但那些老街坊們到底比現在的新街坊熱絡很多。

余奶奶瞧見趙彩鳳和宋明軒回來了，笑著迎了兩人進屋裡頭坐，笑著道：「你這舉人老爺，年年還記掛著我們，倒是讓我們不好意思了。」

趙彩鳳便笑著道：「也就今年這一回了，明年一翻年就要下場子，只怕到時候沒空過來了。」

余奶奶掐著指頭算了算，抬起頭道：「日子過得可真快，這一眨眼又快到了下場子的時候了？」

「可不是？明年秋天有秋闈，後年春天就是春闈了。」趙彩鳳一邊說，一邊抬起頭看了一眼宋明軒，想著那年春闈他受的那些委屈，便想起了翠芬來，開口問余奶奶道：「她如今還在這兒住嗎？」

余奶奶便點了點頭道：「住著呢！說起來我還有件事要問妳呢，妳家老二隔三差五的就往這邊來，一開始我還以為他腦子不好，你們家搬家了，他找不著路，就走到這邊來了，我還告訴他，讓他回家怎麼走，可他隔三差五的又走錯了，有一回，我還瞧見他從翠芬的屋子裡出來呢！」

趙彩鳳聽了余奶奶這話，嚇了一跳，這半年來她都在忙天衣閣的事情，哪裡有時間管著趙文，他一開始在楊老頭的店裡面打雜，後來錢木匠身子好了，他就跟著錢木匠出去做工，不過那些雇主家也都是在這一帶附近，都是伍大娘介紹的生意，這小子到底是怎麼抽空過來的呢？趙彩鳳壓低了聲音道：「余奶奶，他來這裡見到的人多嗎？這事我可一點兒都不知道。」

「不多，大白天的，年輕人都在外頭幹活呢，也就我們幾個老的在家，其他人也不認識他，就我記得他，別人還以為他是翠芬新看上的姘頭呢，只是瞧著年紀也忒小了點，有點不合適。」余奶奶說話到底也直白，自己都忍不住笑了起來。

前幾日楊氏還和趙彩鳳提起了趙文的婚事呢，趙彩鳳雖說沒放在心上，可終究還記著。趙彩鳳扭頭看了宋明軒一眼，兩人心照不宣。她開口對余奶奶道：「余奶奶，這事您可別再說給別人聽了，我家老二腦子不大靈，他要是做出什麼來，我到底還不能說他。一會兒我偷偷去翠芬家裡問她兩句，若是這事真成了，到時候我肯定得給您補一份喜糖的。」

兩人出了余奶奶家，手上正好還剩下幾副春聯。趙彩鳳抬眸睨了宋明軒一眼，想了想道：「這事你說怎麼辦？到底進不進去？」

宋明軒臉上也是一本正經的表情，聽趙彩鳳這麼說，只開口道：「去吧，好歹問一下到底怎麼回事？老二畢竟大了，我們能養他一輩子，可是有些事情也不能替他作主。」

趙彩鳳剜了宋明軒一眼，嗔怪道：「你這姊夫倒是挺開明的，我也想為老二好呀，可是娶了個媳婦要是整天欺負他，那我還不如留著他在家裡爽快呢！」

宋明軒知道趙彩鳳是刀子嘴、豆腐心，便笑著道：「行了，知道娘子是最好的了，一家人誰都少不了妳操心，都瘦了，害我傷心。」

趙彩鳳見他臉上流露出來的那小樣，沒好氣地推了他一把道：「你敲門去，上回我把她罵得那麼難聽，這會子讓我見她，我可拉不下臉來。」

宋明軒便走在了前頭，來到翠芬家門口，才到門口就聽見裡面有小孩子哈哈的笑聲，嘴裡嘰嘰喳喳道「騎大馬、騎大馬……」，宋明軒聽見裡面憨厚老實的嘿嘿聲，立馬就反應過來了，拉著趙彩鳳到門口，小聲道：「今兒一早老二就出門了，妳娘說他現在認得路了，也沒管他……」宋明軒說著，往門裡頭指了指，趙彩鳳伸著脖子往門縫中看了一眼，果然見一個穿著灰色緞子棉襖的身影趴在院子裡的地上，一圈圈地爬著！

趙彩鳳頓時就氣得牙癢癢的，恨不得上前就把門給踹開，還是宋明軒拉住了她。

「娘子別上火，先進去問問再說。」

趙彩鳳氣得收回了手，那邊宋明軒便伸手叩了三下門，只聽見門裡頭一陣焦急，過了小半刻，才有人迎了上來道：「來了來了！這是誰在外頭呢？」

門吱呀一聲開了，露出翠芬蠟黃清瘦的一張臉，雖然看著有幾分疲態，好歹臉上多了一絲笑意，似乎日子過得比之前也好了不少。

翠芬瞧見是趙彩鳳和宋明軒站在門口，嚇得臉都白了，退後了幾步，侷促得絞著手指，不知道如何是好。

趙彩鳳便上前道：「翠芬姊，過年了，我們來這兒看看老街坊，怎麼，不請我們裡頭坐坐嗎？」說完，在院中隨意掃了一圈，也沒看見趙文的身影，便笑看著站在一旁的翠芬。

翠芬咬了咬呀，便要跪下。

宋明軒給攔住了，開口道：「翠芬姊，有什麼話，我們裡面說行不？」

翠芬點了點頭，放了趙彩鳳和宋明軒進去，轉身把門關上。

趙彩鳳往裡面走了兩步，瞧見曬東西的架子後面躲著一個人，便開口道：「別躲了，我都看見了，出來吧！」

趙文縮著脖子從架子後面出來，瞧見趙彩鳳，嚇得跟小孩子一樣，低著頭，只拿眼珠子偷偷地瞟她。

宋明軒見趙文這個樣子，也忍俊不禁了，開口道：「娘子，妳別板著臉，嚇著老二了。」

「他又不是孩子，怕我做什麼？跟我進屋去！」

趙彩鳳擺起長姊派頭的時候，趙文到底是害怕的，宋明軒也喜歡趙彩鳳這個樣子，讓他有一種媳婦特別能幹的感覺，拍了拍趙文的腦袋道：「快進去吧！」

客廳裡擺著八仙桌，上面放著幾樣糖果，趙彩鳳看了一眼，可不就是她前幾天給趙文吃的嗎？這小子胳膊肘往外拐的本事也是夠可以的了。

幾個人一同跟著趙彩鳳進去，趙彩鳳轉身，看了一眼趙文，開門見山地道：「老二，你知不知道有句話說『寡婦門前是非多』，你是不能隨便進翠芬姊的門的，這樣會給翠芬姊招來是非，除非你肯娶她進門，讓她當你的媳婦，這事情才能擺平了。」

趙彩鳳說這話時，心裡頭還有些打鼓，趙文這樣的智商，成親對於他來說，到底是好事還是壞事，她自己心裡也沒底。可他都這樣撲到人家家裡了，那肯定是有這個心思的，要是翠芬嫌棄他，那她立馬就帶著他離開；要是不嫌棄，這事情沒準還有一些商量的餘地。

趙文聽趙彩鳳這麼說，果然就著急了，支支吾吾的不知道怎麼開口，直拉著宋明軒的袖子，急得眼淚都要掉下來了。

宋明軒就和趙彩鳳唱起了雙簧，一邊安撫他，一邊故意道：「你別急啊，你這是不想娶翠芬姊嗎？」

趙文見宋明軒會錯了他的意思，越發急了，開口道：「不……不不……不！」憋了好半天，才憋出這幾個字來，到底是說不全一句話。

翠芬看在眼裡，低下頭，抱著孩子在懷中，紅著眼眶道：「彩鳳，妳別逼老二了，他能懂什麼呀？不過就是一個不懂事的老好人罷了。我這輩子就這麼過了，也不指望別的了，你們把他帶走吧，以後也別讓他來了，他有妳這樣的姊姊，又有一個當舉人老爺的姊夫，將來有的是齊頭整臉的姑娘願意跟了他。」

趙彩鳳聽翠芬這話，倒是有點意思，便索性狠下心道：「這可是妳說的，別到時候怨我沒給妳機會！我是什麼樣的人，妳也知道，妳要是對我好，我也能對妳掏心掏肺的，可當初郭老四是怎麼害明軒的，妳心裡也清楚，雖說郭老四最後也沒得了好報，到底這些苦我們也都是吃過的。如今事情過去那麼久了，我也不想再提了，可妳說這話倒是什麼意思？是我家老二配不上妳嗎？他一個大小夥子，雖說不夠聰明，可配妳這個帶著拖油瓶的寡婦，總也是夠的吧？」趙彩鳳一狠心，咬牙把話說得狠一些，倒要看翠芬怎麼回她。

「不不不，妳誤會了！老二自然是好的，是我配不上他！我這把年紀了，還帶著一個小的，還能有什麼念想呢？不過就是撐著一口氣，把孩子養大罷了，到底是沒有什麼用的人了……」翠芬抹著眼淚道。

「妳咋沒用啊？妳做的燒餅就好吃，我一頓可以吃好幾個，我就喜歡妳做的燒餅！」趙文忍不住一邊擦眼淚，一邊插嘴道。

趙彩鳳聽了他這讓人哭笑不得的話，忍著笑道：「你一邊去，著什麼急啊！」那邊趙文又著急道：「姊，我就喜歡翠芬姊，她做的燒餅好吃！」

趙彩鳳再也忍不住笑，一個爆栗敲到了趙文的腦門上。「那我問你，要你娶了翠芬姊，你願意不？」

「我願意！我為什麼不願意？有燒餅吃，還能跟旺兒玩！」趙文一個勁兒地點頭道。

宋明軒這下也忍不住了，憋著笑問趙文道：「老二，你懂什麼叫娶媳婦嗎？」

趙文看看趙彩鳳，又看看宋明軒，開口道：「我知道啊！不就是以後我可以抱著翠芬姊睡了嗎？姊夫你不就天天抱著我姊睡嗎？」

宋明軒扶額，被這個小舅子弄得哭笑不得。

那邊趙彩鳳到底沒笑出來，扭頭對翠芬道：「我家老二就是這樣的，妳可想清楚了。妳要是不願意跟他，我現在就帶他走，可妳要是跟了他卻不好好對他，到時也別怪我說狠話！」

翠芬瞧著趙文那張年輕又懵懂的臉，想起這麼長時間他真心實意地對她和孩子，低下頭去，嘴角帶著笑點了點頭道：「我也不指望他能有什麼大出息，可以幫我推推攤子就夠了。」

趙彩鳳知道她是想起了郭老四，嘆了一口氣道：「妳指望有大出息的人，他心裡沒妳，又有什麼用呢？」

翠芬咬牙點了點頭，抬起頭來看了一眼趙文，心下又有些羞澀，到底又不好意思地低下了頭去。

趙文便嘿嘿地笑了起來，走到翠芬跟前，拉著她的手，笑著道：「我……我……我說我姊能答應的……妳怕什麼！」

趙彩鳳聽了這話，才反應過來，開口道：「什麼我能答應的？難不成你們一早就想好了要說？」

趙文這時候得償所願了，高興得一股腦兒全說了。「我說我要娶翠芬姊，翠芬姊說妳不會答應……我著急……我不敢說……我……」

「行了，別你你我我的了，回頭娘知道你要成親了，還不知道會是個什麼表情呢？娘倒是前幾天還想幫你張羅件婚事呢，幸虧我沒應下來。」趙彩鳳想起這事情還覺得好笑呢，偏就這麼巧了，這小子居然還有點腦子，知道要找媳婦了！趙彩鳳抬起頭來，一本正經地看著趙文，理了理他身上的衣服道：「以後，不准你再說喜歡吃燒餅了。」

「為什麼呀？」趙文不理解地問道。

「因為你喜歡一個人，不應該是為了一樣東西或是一件事，而是只因為這個人而已。」趙彩鳳看著趙文，一字一句地教他，又問他道：「如果我讓你選的話，你是願意一輩子吃燒餅呢，還是一輩子和翠芬姊在一起？」

趙文想了半天，為難地問道：「我就不能又吃燒餅、又和翠芬姊在一起嗎？」

這下子連宋明軒都看不下去了，拉著趙彩鳳道：「妳跟他說這些做什麼？他又聽不明白。」

趙彩鳳便笑著問道：「那你明白不？」

宋明軒臉頰一紅，點頭如小雞啄米，斬釘截鐵地道：「我當然明白，我喜歡妳，就是因為喜歡妳這個人！」

第五十五章

聽說趙文要娶翠芬，楊氏到底還是開心的。雖說翠芬是個寡婦，而趙文沒娶過媳婦，但明眼人都知道，就趙文那樣，便是娶了一個黃花閨女當媳婦，將來也未必會有子嗣。翠芬那孩子如今不過五、六歲的樣子，乾脆認了趙文當爹，倒也算是了了楊氏的一樁心願了。

這事是趙彩鳳趁著吃完了晚飯之後，喊了大家夥兒在客堂裡面說的。

趙文就像是一個做錯事的孩子，低著頭站在一旁，臉上還帶著幾分害羞和害怕。

趙彩蝶站在趙彩鳳的身邊，小聲問她。「大姊，二哥也要娶媳婦了嗎？那我是不是又要有小弟弟跟我一起玩了？大姊妳說生個小弟弟跟我一起玩的，都沒有生！」

趙彩蝶的臉上還有著被欺騙後的沮喪神色，到底讓趙彩鳳紅了臉，笑著道：「妳急什麼？馬上就有一個小姪兒跟妳玩了，說起來，他還比妳大了一歲呢！」見趙彩蝶眨巴著眼睛看著她，趙彩鳳便道：「就是以前住我們家隔壁的旺兒，他以後跟妳一起玩好不好？」

趙彩蝶高高興興地點了點頭。

見楊氏並沒有表示異議，趙彩鳳便開口道：「我是想著，既然這事已經這樣了，不如早些讓他們成了禮，這樣也好一些。翠芬那邊的房子，我也瞧過了，倒是夠住，只是從來沒有男的成婚了住到女方家去的，所以我打算抽空去問問伍大娘，那院子賣不賣？若是賣的話，我們作主買下來；若是不賣，那我們就另外尋一處房子，讓他們搬過去。」

雖說趙文實在沒為這個家做出多大的貢獻，可古代就是這樣禮教森嚴的社會，趙文作為長子，享受的權利自然是比其他人要多一點的，趙彩鳳也不想在這事情上和楊氏起什麼分歧，畢竟趙文也是自己的親弟弟，且本身智商低下就已經夠讓人心疼的了。

楊氏聽趙彩鳳這麼說，頓時感動得不知道說什麼好。按照古代的規矩，趙彩鳳現在是宋家的兒媳，所謂嫁出去的女兒潑出去的水，趙彩鳳如今其實賺再多的銀子，也和趙家沒關係了。

「就聽妳的安排吧。」楊氏看了趙彩鳳一眼，又往趙文那邊瞧了一眼，開口道：「老二，還不快謝謝你大姊！」

趙文雖然不大明白他們商量的這些事情的重要性，但到底也知道自己馬上要跟別的男人一樣，有一個屬於自己的家了，只興奮地跪下來，要給趙彩鳳磕頭。

趙彩鳳急忙拉住了他，開口道：「你傻了，朝我磕什麼頭？給爹娘磕頭！」

趙文便高高興興地給楊氏和錢木匠磕了頭。

趙彩鳳又開口道：「叔，老二雖然成家了，可他還是個孩子，叔以後還是帶著他做工吧，他賺那些銀子，養家餬口雖說不頂用，可多少也能讓家裡好過一點，翠芬自己帶著一個孩子，也不容易。」

因為說好了要給趙文和翠芬把大事辦了，所以陳阿婆特意找了萬年曆過來，大家夥兒翻來翻去，過年之後最好的日子就是正月十八，也就是程蘭芝和蕭一鳴成婚的日子。趙彩鳳雖說收到了蕭一鳴的帖子，可其實心下並不打算過去。蕭將軍這次又打了勝仗，封侯拜相那是指日可待的事情，他們和蕭一鳴實在說不上有什麼過命的交情，況且如今還多了錢木匠這一層，也不知道蕭夫人心裡的氣消了沒有，實在不好意思再湊到人前給人添堵了。

「我看，不如就正月十八好了？」趙彩鳳在心裡過了一遍，到底還是選了這個日子。他們這裡忙一些，也好過錢木匠想著程蘭芝的事情。況且翠芬是二嫁，自然不用那麼隆重，只悄悄地過了門，一家子吃一頓便飯就好了，還能成一個推託的理由，何樂而不為呢？

晚上，趙彩鳳洗漱好了，先上了炕，靠在那邊閉目養神。

宋明軒正隨意地翻看一本札記，見她臉上帶著幾分疲憊之色，便放下了書，上去替她揉了揉太陽穴，問道：「老二的事情，妳娘也同意了，妳這還在想些什麼呢？」

趙彩鳳享受著宋明軒的服侍，悄悄睜開眼睛，擰眉道：「我是在想，眼下正是年節，到處都關著門，雖說翠芬是寡婦再嫁，但我們家也不能太委屈了她，明兒我還是得去一趟店裡，給拿幾疋面料出來，送過去給她。如今請繡娘怕是來不及了，也只能她親自動手了。」

宋明軒見她說得一板一眼的，笑起來道：「妳這大姑子，也算是稱職了。」

趙彩鳳便睨了宋明軒一眼，笑道：「那你這大姑爺，是不是也該表示表示？」

宋明軒見趙彩鳳問起了這個，倒是有些為難了。他能幫上什麼忙呢？到底自己關心過頭，這下要引火自焚了。「這……那個……」

「切，就知道你是個吃白食的！」趙彩鳳嬌嗔道，忽然就想起了之前宋明軒寫的〈辯妻書〉那件事情。那事情她後來太忙，到底給忘了，還是有一回錢喜兒到店裡的時候跟自己說起的，趙彩鳳聽了，當時只是調笑，可錢喜兒走後，趙彩鳳到底感動得落下了淚來。

這個時代對女性寬容的人太少了，大多數人不尊重女性、苛待女性、把女性視為生育的機器而已，並沒有任何尊重可言。但宋明軒到底是與眾不同的，他似乎讀懂了自己，所以他對這些言論非但討厭，而且還站起來反駁，成為自己的守護者。

趙彩鳳想起這些，忍不住抱住了宋明軒的腰，貼在他的胸口道：「如今店裡的生意也上了軌道，等後年你中了進士，不拘是在京城留用，還是去外地上任，我都不親自出門攬生意了。到時候請幾個靠得住的人就好，我就在家裡安安心心地當官太太。」

宋明軒聽了這話，有些不明白地道：「眼下聽說妳那個天衣閣在京城紅得不得了，好些成衣作坊都想著要跟妳合作，妳這時候不出去管著生意，就不怕別人家趕上來，搶了店裡的生意嗎？」

誰說趙彩鳳不擔心的？可擔心歸擔心，到底還是要有取捨的。在趙彩鳳心裡，宋明軒過得好不好，比自己的生意好不好重要得多。趙彩鳳便合著眸子想了想，噘嘴道：「生意是做不完的，可寶貝相公只有一個，我可不希望你為了我，將大好的才華都用在寫〈辯妻書〉上頭了。」

宋明軒聽了，只覺得面紅耳赤，按著趙彩鳳太陽穴的手指都抖了三抖，最終低下頭去，小聲道：「妳都知道了？」

趙彩鳳忍不住捣著嘴笑了起來。「相公你大概還不知道吧，你因為這〈辯妻書〉，已經一文成名，成了你們書院的風雲人物了！」

宋明軒聽了這話笑得有些謙虛，又帶著幾分得意地道：「我就算不寫這個，照樣也是風雲人物的！」

趙彩鳳被他逗樂了，捏著他的臉皮道：「這麼厚的臉皮，到底是怎樣練成的？」

宋明軒不說話，只低下頭，含住了趙彩鳳的唇瓣。

第二天一早，趙彩鳳便去廣濟路上的庫房裡頭，選了好幾疋料子，打算給翠芬送過去，走之前又去了一趟黃鶯住著的小院。黃鶯如今在坐小月子，自然不能隨意出入，年紀輕輕的萬一弄出什麼毛病來，到底是下半輩子遭殃。

大楊氏因為在侯府還要當值，所以也不能天天過來，楊老太到底也是捨不得這外孫女，每次都藉著去店鋪幫忙的由頭過來看黃鶯，不是熬藥就是燉湯的，雖然給不了好臉色，到底事事都做得妥妥貼貼的。

後來侯府又傳出了消息，說二少爺房裡另外一個叫秋蟬的丫鬟也被查出來不檢點，侯夫人賞了一頓板子，抬出去沒兩天就死了。黃鶯這時候早已嚇破了膽子，越發覺得自己當初真是鬼迷了心竅，怎麼就傻成了那樣？心裡又是愧、又是羞，見了楊老太也越發老實了。

這日趙彩鳳來的時候，瞧見她正靠在軟榻上做針線，她見趙彩鳳進來，就隨手把針線放在一旁，趙彩鳳瞧了一眼，覺得她的針線活做得到底不錯，不愧是在侯府近身服侍過主子的奴婢。

黃鶯見了趙彩鳳也不像以前那樣高傲，倒是朝著她點了點頭，臉上帶著幾分欲言又止的神色。

趙彩鳳原就是順便來瞧她，又想著過年人人都做新衣服，她一個人住在這邊也可憐見的，就挑了一疋鮮豔的料子，給她送了過來。「今兒去鋪子裡看了一眼，見這料子挺襯妳的，就剪了一塊過來，等妳出了月子，做一件春衫也不錯。現在還是少做這些針線活，聽說對眼睛不好。」趙彩鳳也不懂這坐月子的規矩，但是似乎在現代的時候，長輩們也會這樣關照坐月子的晚輩。

黃鶯輕輕「嗯」了一聲，臉上依舊是那副欲言又止的神色。

趙彩鳳心道，這丫頭還真轉了性子了，以前那般的心直口快，這會兒還跟自己打起了啞謎來？趙彩鳳便故意沒給她好臉色，還是那種不冷不淡的神色，說道：「妳有什麼話就說，藏著掖著我可就當不知道了！」

黃鶯也不知道為什麼，以前她挺討厭趙彩鳳的，可如今瞧見了她的真本事，雖然還是這種不善的態度，卻覺得她沒以前討厭了，急忙開口道：「表姊，妳上回說的那話，還算數嗎？」

趙彩鳳見黃鶯問得認真，她也回得肯定，只在她炕頭對面的一張靠背椅上坐了下來，開口道：「那是自然的，做人不就是應該說到做到嗎？要是一個人連自己說了些什麼都不能做到，那她還有什麼可信度呢？」

黃鶯看趙彩鳳的眼神到底透著幾分驚訝，她是大戶人家出來的丫鬟，平常大楊氏教她的理論都是少信別人說的、多信自己見的，久而久之，她自己隨口謅幾句胡話那都是信手拈來的事了，她也習慣了笑嘻嘻地聽人家說的假話。這會兒聽趙彩鳳這麼說，到底是有些奇怪的。

趙彩鳳看她的眼神就知道她必定是不信的，笑著道：「妳說不說實話是妳的事情，別人當不當真話聽，那是別人的事情。打個比方，就妳這事，姥姥勸了妳娘不止兩、三次，可就是因為妳娘沒聽進去，妳才吃了這麼大一個虧不是？日子是自己過的，所以主動權得掌握在自己的手裡。」

黃鶯聽了覺得雲裡霧裡的，可就是沒找出什麼可以反駁她的地方，便蹙眉問道：「表姊，我以前跟著侯府的繡娘學過兩年針線，妳的店裡頭缺針線師傅不？我想著，到底出去了也要尋個正經活計做一做。」

黃鶯這半個多月在這裡想了很多，侯府是回不去了，可這日子也要過下去。她爹不爭氣，有些銀子都拿去賭錢了，這陣子跟著府上二房的爺們去了外地，什麼時候回來也不清楚；她娘到底還是侯府的奴才，還算有一份生計，只是她自己到底是落了單。一想到這些，黃鶯便越發覺得趙彩鳳不容易，她是怎麼做到從一個村姑到現在在京城裡開上店面的呢？黃鶯心裡好奇，可又問不出來。

趙彩鳳瞧著黃鶯有些誠懇，又想起這丫頭其實腦子也算是聰明的，就是之前沒走對路而已，如今她既然想明白了，又曾是侯府裡服侍過主子的，待人接物方面到底有些底子，倒是可以朝著掌櫃的方向去培養。

雖然趙彩鳳如今請的天衣閣的馬掌櫃也是經驗豐富的老人家了，可畢竟是男子，跟那些太太、夫人談生意還算能說上幾句，換了年輕的姑娘家，就只能趙彩鳳親自出面了。趙彩鳳為了宋明軒，起了退居二線的心思，可這一線到底也不能缺人，就看這剩下的一年時間，到底有沒有辦法把黃鶯帶出來了。

趙彩鳳便笑著開口道：「做什麼針線師傅？上回妳娘砸了五姑娘的穿衣鏡，我借她的一百兩銀子她可還一分錢都沒還呢，我說什麼也不能讓妳當個針線師傅，那樣妳們得啥時候才能還上銀子？」

黃鶯見趙彩鳳這麼說，臉就紅了一半了，心道這大表姊還真就是個刀子嘴、豆腐心的人，這忙也幫了，如今還非要說出這些讓人生疏的話來，倒是和自己的性子有點像，喜歡看別人跳腳的樣子。黃鶯想到這裡，就對趙彩鳳又多了一層親切感，開口道：「那表姊要怎樣？讓我到妳跟前做個使喚丫頭嗎？」黃鶯以前就是做丫鬟的，這腦子一轉就想到了這個。

趙彩鳳擺了擺手道：「用妳做丫鬟，我可不敢。先跟著我到處走走，妳要是個有能耐的，我就讓妳在店裡當二掌櫃。」

黃鶯哪裡知道趙彩鳳一開口就是二掌櫃，睜大了眼睛，不可置信地看著趙彩鳳，心下高興是高興，到底還有些擔憂，開口道：「大表姊妳這是開玩笑的吧？我可什麼都不懂！」黃鶯服侍人倒是有些能耐，做生意可就一竅不通了。

趙彩鳳瞧她那緊張的模樣，倒是有幾分小女孩的樣子，比起之前做丫鬟時目中無人的樣子瞧著要讓人親近了幾分，便笑著道：「也不需要妳懂什麼，只把客人當主子一樣服侍好了，便是我們要做的。」

黃鶯似懂非懂地點了點頭，這會兒還覺得有些受寵若驚。小丫頭片子得了一點好處，便高興地露在了臉上，只拿起一旁的繡花又縫了幾針後，遞到趙彩鳳的跟前給她看了一眼，道：「表姊，妳說這個繡好了做一件小衣怎麼樣？」

「看著倒是挺好的。」趙彩鳳瞧了一眼，繡的是並蒂蓮花的樣子，看著就很喜慶，應該是時下侯府裡面流行的花樣，便隨口誇了一句。只是這花樣多是成婚的年輕主子用的多一些，小丫鬟們一般只怕是不會用這些花樣的，趙彩鳳不禁疑惑，這黃鶯難道腦子又不清醒了？

黃鶯有些不好意思地開口道：「那我就送給表姊了，表姊可不能推辭！」

趙彩鳳點了點頭，心道不過就是一個孩子，也就跟現代叛逆早戀的孩子一般大小，倒是還能矯正得過來，便笑著道：「我幹麼要推辭？妳欠我那麼多，我就收妳一件小衣，我還受不起嗎？」

黃鶯見趙彩鳳又開起了玩笑來，也跟著笑了，又想著要去做針線，卻被趙彩鳳攔住了。

「行了，等過了小月子再做吧，我一個做衣服的老闆娘，難不成就等妳這一件小衣呢！」

黃鶯知道趙彩鳳是關心自己，便沒再堅持，放下了手中的活計，又躺下來休息了。

去翠芬家送過了布料後，趙彩鳳又順路去了伍大娘家，因為今兒正好是除夕，伍大娘家也忙得很，趙彩鳳去了就很不好意思，笑著道：「原是打算過了年再來找大娘您商量的，可這事情擺在心上，我怕我這年過不好呢！」

伍大娘也是許久沒見趙彩鳳了，見她送了面料又買了年貨，笑著道：「有什麼事情就說吧，在我這裡有什麼好客氣的！」

趙彩鳳知道伍大娘是最熱心不過的人，便一五一十地將趙文和翠芬的事情說了說。

伍大娘聽了，也恍然大悟道：「妳家這二小子可以啊，看著呆頭呆腦的，竟還是個有主意的呢！」

趙彩鳳也跟著笑了。可不是？以前到底小看了趙文了，看來男人在把妹這一點上，其實和智商也無甚關係。宋明軒那麼聰明，也不過爾爾。

「我想著他既是自己看上的，難得翠芬又肯跟了他，我們自然沒有不答應的道理。只是我那邊到底不方便他們住著了，所以就是想來問問大娘，翠芬租的那小院，您賣不賣？」

伍大娘是這一帶出了名的大善人，家裡有些家私，她男人又是保長，受人尊敬，趙彩鳳剛來京城那會兒，也虧得她照顧，才能有那麼一個落腳的地方。

伍大娘想了想，開口道：「那宅子是祖上傳下來的，雖說不值什麼銀子，賣倒是不賣的，只是這些年我瞧著翠芬帶著孩子實在艱難，就沒漲租子，所以那房子，我也沒有閒錢去修它，瞧著破落了點兒。如今既是要成親，我拿出幾個銀子來，把那房子修一修，還讓他們繼續住著吧！」

趙彩鳳一聽，到底有些不好意思，連忙開口道：「哪有讓您出錢修房子的道理？既然是這樣，我另外找房子給他們住好了，總不能讓您虧了。」

伍大娘見趙彩鳳有這個意思，便索性開口道：「就妳家原來住的那個房子，今年那住戶回老家去了，妳若是不嫌棄，那邊房子還多幾間呢，且我去年又粉刷了一下，比起翠芬那房子倒是好了不少，不如讓他們住那裡去吧，我也算妳便宜點，畢竟是老主顧了。」

趙彩鳳便想起了之前自己住過的那個小院，三間正房，後面三間後罩房，前頭又有兩間倒座房，給翠芬和老二住，那是綽綽有餘了。趙彩鳳當下就答應了，道：「那可就這樣說定了，我定了正月十八給他們辦親事，要真是搬去了那裡，光院子裡也能放兩桌菜了！」

伍大娘見趙彩鳳答應了，也沒先說收租子的事情，倒是先把鑰匙給了她，又道：「妳現在是不得了了，見的都是高門太太，我平常也不怎麼去文昌巷那邊，去了也不敢進去，裡面裝修得太好了。」

趙彩鳳也知道這京城的人際等級就是這般，便笑著道：「我一般每個月初三都會去廣濟路的店裡，您要是有事找我，就去廣濟路那邊，那裡都是平頭百姓，您總不怕了。」

伍大娘便笑著說好，又親自送了趙彩鳳出門。

趙彩鳳回到家裡的時候，楊氏正在祭祖。他們客居在外的人，祭祖也只能對著牌位供一些吃食，到底沒有在鄉下時候講究，趙彩鳳便把給趙文找好房子的事情說了說。

沒想到楊氏聽了，居然開口道：「彩鳳，討飯街那院子挺大的，若是妳答應的話，我倒是想搬過去跟老二一起住。」

古代的女人在家從父、出嫁從夫、夫死從子。如今楊氏改嫁了，按道理是應該和錢木匠一起住的，但是因為之前錢木匠受傷了，兩人出去住也不方便，所以一家人才一直都住在了一起。後來錢木匠傷好了之後，其實也有了住出去的心思，可到底沒好意思開口。

如今趙彩鳳見楊氏開了口，想必是私下裡錢木匠和她提過了，所以楊氏才會提出來的。

趙彩鳳想了想，趙文是家裡的長子，她是嫁出門的女兒，楊氏這麼做其實也是有她的道理的。況且趙文這情況，也確實少不了人照顧，就這樣讓他和翠芬住在一起，楊氏肯定還是會擔心的。

趙彩鳳想了片刻後，開口道：「既然娘這麼想，我也不攔著了，到底那樣也合規矩一些。只是這邊的床鋪我也就不收拾起來了，妳若是想回來，只管隨時回來住。」

楊氏見趙彩鳳答應了下來，到底鬆了一口氣，開口道：「明軒以後是要當大官的人，妳也是當官太太的，我們一家子住在一起，到底不大好。妳如今是宋家的人，要多為明軒考慮才是。」

趙彩鳳心道：我為了他都打算退居二線了，難道還不夠為他考慮嗎？只是這話終究沒說出來，趙彩鳳笑著答應道：「娘，我知道。要不是為了他，我也就不這樣累了，咱一家人夠吃夠喝就成了，何必還要去跟那些官家太太打交道呢？我也是為了日後明軒有了功名在身，可以更好地融入京城，能在這圈人中間走動開來。」

這些人脈上的事情，楊氏自然是不懂的，便也糊裡糊塗地點了頭。

晚上一大家子吃過了團圓飯，楊氏讓孩子們先睡了，他們大人也學著城裡人的樣子一起守歲。趙彩鳳想起去年大年夜時候的事情，還覺得世事無常，不過到底如今大家夥兒都在一起，也算是安慰了。

孩子們聽說宋明軒買了煙花爆竹，誰都不肯睡，非要留在這裡跟他們一起守歲，結果才過了亥時，趙彩蝶和趙武兩個人就都打起了哈欠來，趙彩蝶最後扛不住，在楊氏的懷中睡著了，錢木匠便抱著趙武，讓他也靠在自己肩膀上睡覺。

趙武這兩年個子猛竄，但比起以前倒是沈靜了不少，大概是因為肚子裡的書多了，也知道了一些規矩，況且在外面唸書總不比在家裡活絡，久而久之，反倒讓性子安靜了下來。

趙彩鳳見兩個孩子打著哈欠也要強撐著看煙火，便用手肘戳了戳宋明軒，湊到他耳邊小聲道：「我們先放爆竹吧，讓孩子們看過了就去睡吧，不然他們賴著不肯走。」

宋明軒唯老婆的命是從，便笑著起身道：「那就我們打頭陣先放吧，沒準我們這邊鞭炮聲響起來了，其他人家也就跟著放了。」

趙武聽說終於要放爆竹了，一個激靈就醒了過來，開口問道：「爆竹？爆竹在哪兒呢？」

宋明軒笑著捏了捏他的臉道：「走，我跟你一起去院子裡放爆竹！」

趙武從錢木匠的身上跳下來，跟著宋明軒一起去廚房隔壁的飯間裡面拿了爆竹和煙火出來，一副躍躍欲試的樣子。

宋明軒見了他那個樣子，便索性把手裡的火摺子遞給他。

趙武嚇得連連往後退了幾步，睜大眼睛躲到了楊氏的後面。

趙彩鳳便笑著道：「你別逗他了，多大的人了，還這樣貪玩！」

宋明軒便笑著把煙火和爆竹先一字排開，等排好了，才開始從左到右地點了起來。火摺子燒著了導火線，發出噗哧哧的聲音，宋明軒便急忙轉身就跑，那衣袍在冷風裡頭甩得都飄了起來，偏生天氣太冷，這會兒又結了冰，地滑得很，宋明軒一個不留神，差點兒就要滑倒了！

趙彩鳳急忙扶住了他，只見身後的煙火發出金黃的火星，隨著一聲輕響，衝上黑夜中的天際。

孩子們都被這五彩的煙火給迷住了，只有趙彩鳳站在宋明軒的邊上，笑著道：「瞧你那熊樣，點個煙火而已，竟嚇成了這樣！剛才還嚇唬小武呢，我看你自己也就是一隻紙老虎！」

宋明軒牽住了趙彩鳳的手，兩人十指糾纏，想了想，不服氣地湊過來對趙彩鳳道：「這個也要術業有專攻嘛！」

接下去的煙火都是錢木匠放的，看著錢木匠從容不迫地點導火線的樣子，宋明軒深深覺得自己離一個合格的男人還有很長的距離。

宋明軒說得沒錯，他們放了爆竹之後，果然有幾戶人家大約是守夜守得吃不消了，所以就跟著他們後面也開始放了起來。

這下可就熱鬧了，京城周圍的天空中，到處都是五光十色的煙火，將整個京城的天際都照得雪亮，孩子們都興奮得忘記了睡覺。

說起來，這是他們到京城之後，過得最熱鬧和開心的一年。

大年初一，趙彩鳳早就給大家夥兒準備好了新衣服，一家人都穿著簇新的衣服。這俗話說得好，大年初一穿新衣，一家都有新衣服穿。不過趙彩鳳今兒起得早的原因還有一個，那就是要和楊氏一起去梅影庵上香呢！

這個時候過去雖然算不得最早的，但梅影庵香客如雲，就是去得再早，只怕也就是人多擠得慌，因此兩人索性等天亮了，庵堂裡面的人散去了一些，這才拿著香燭貢品，一起去了梅影庵。

趙彩鳳想著今年總算是諸事順利，就特意多磕了幾個響頭，還添了不少的香火錢。

這一晃就到了十五，京城裡頭大多數的鋪子都是到這個時候才開門的，往年趙彩鳳為了做生意，早早的就開門了，為的就是能趕上正月十五梅影庵的廟會。今年綢緞莊裡面剩餘的料子不多，且廟會來錢自然沒有訂做衣服快，所以趙彩鳳便沒讓羅掌櫃再去參加廟會。

開業這日，黃鶯也出了小月子，她穿了一身杏色的對襟小襖，站在趙彩鳳邊上，倒的確有點像小丫鬟一樣。趙彩鳳先將她帶到了廣濟路的綢緞莊裡面，讓她跟著羅掌櫃認面料，哪天能把這滿鋪子的面料都認得八九不離十了，再去找她。

黃鶯以前在侯府當差，那些好面料都是見過不少的，有不少都認得，因此學起來倒也快。

趙彩鳳便不去管她了，把事情都安頓好了後，就去了天衣閣裡頭。

天衣閣的馬掌櫃也是一早就過來開的門，見趙彩鳳來得有些遲了也沒說什麼，只是把一早開門時各家送來的禮交代了一下。

趙彩鳳便讓馬掌櫃也買了幾樣東西，送至洪家、彩衣坊、紅線繡坊這些合作的商家去。趁著在家休息的日子，趙彩鳳又設計了幾套今年的新款式，春裝、夏裝都有，吩咐馬掌櫃先按照衣服款式打個樣子，好更新這殿堂裡面的掛樣。事事安排妥當之後，都已經是下午的申時了。

趙彩鳳回到家，就瞧見楊氏已經把東西都給整理好了放在牆角。再過兩日便是趙文和翠芬成親的日子，楊氏想要早兩日搬過去。之前錢木匠已經過去新打了家具，趙彩鳳也過去瞧過一次，比起當初他們住在那兒的時候，條件又好了不少。

趙彩鳳便讓人先幫他們把東西送了過去，又對楊氏道：「今兒是十五，人就先別過去了，在這邊吃了團圓飯，明兒再住過去也是一樣的。」

楊氏點頭稱是，又對趙彩鳳道：「等妳懷了孩子，我再回來。」

「娘，等我的小丫鬟買來了，送一個到妳那邊。」趙彩鳳這幾日正在讓人牙子物色幾個小丫鬟，要求不是本地人、老家最好越遠越好，瞧著腦子靈活些，年紀小一點倒是不打緊。

楊氏連忙道：「我要丫鬟做什麼？怪作孽的，那麼小的孩子，就要出來給人當牛做馬的。」

趙彩鳳笑著道：「我們這是給她們活路呢，到了我們家，至少不會讓她們挨餓受凍的，妳也不會動不動就打罵她們，只怕比她們在家還過得好些呢！」

楊氏連連擺手道：「算了算了，我做不出這種事情來。妳小時候我都沒捨得讓妳幹過什麼家務事，我可開不了口。」

趙彩鳳見楊氏這麼說，也只好作罷了。

第二天一早，廣濟路上的人牙子就帶了七個小丫頭過來，說是讓趙彩鳳選一選。這些小丫頭都是窮苦人家的孩子，小的不過六、七歲，大的也不過才十歲出頭的光景。因為家裡窮，一個個瘦得跟豆芽菜一樣，倒是瞧著就讓人心疼了。

楊氏瞧著這些孩子，就說不出的心疼，心裡想著：這還果真和趙彩鳳說的一樣，只怕到了我們家裡，還能過得更好些呢！小丫頭不過十兩銀子一個，如今年紀小，養在身邊也不用給什麼月銀，不過就是給一頓吃喝而已，楊氏便有些動心了，想著是不是要一個，正好可以跟趙彩蝶做個伴兒，又可以幫襯著帶帶小五子。

趙彩鳳瞧見楊氏臉上帶著幾分好奇，就知道她必定是改了主意，只笑著上前，拉了她過來道：「娘，妳也過來一起挑挑，眼下牙婆才開始做生意，還有幾個好的，等過一陣子，就只剩下歪瓜裂棗了。」

那牙婆笑著道：「夫人說得是呢，這幾個都是前兩天才送過來的，各家還沒挑過呢，您招呼得早，所以留著給您先挑了！」

趙彩鳳掃了一眼那幾個孩子，有幾個是從來沒抬起頭過，一直就只盯著自己的斜面看；也有偷偷想抬頭卻不敢抬的，眼睛直滴溜溜地轉來轉去，到底不敢抬起頭；還有兩個頭倒是沒低得太下，只是垂著眼皮，也不敢朝家主他們看過去。

趙彩鳳便開口讓她們都把頭抬起來，幾個一直低著頭的還有些怕，勉強抬起頭來卻不敢看趙彩鳳；原先想偷瞄的，倒是抬起頭來了，視線和趙彩鳳碰了一下，便緊張地低下頭；方才抬著頭的那兩個小姑娘倒是淡定很多，看了趙彩鳳兩眼之後，稍稍偏過頭去，依舊是眉目微垂。

趙彩鳳便喊了她們兩人上前，問道：「妳們兩個叫什麼名字？一個個說。」

兩個孩子長得一般大小，約莫就是九歲的光景，其中一個看著結實一點，另一個瘦削一點，但是容貌又好一些。

結實一些的小丫頭開口道：「回奶奶話，我叫虎妞，今年十歲了。」

另外一個瘦一些的姑娘也跟著開口，聲音到底輕柔些，小聲道：「奴婢叫扣兒，今年九歲。」

楊氏方才就瞧著這個扣兒好，如今聽她的聲音也是這般軟軟糯糯的，心裡便喜歡得緊。

趙彩鳳點了點頭，又從剩下的那五個孩子中挑了一個膽子較小的、不敢抬頭的小丫頭，問道：「妳叫什麼名字？」

那丫頭沒料到趙彩鳳會看上她，跪下來回話道：「奴婢叫二妞。」

趙彩鳳點了點頭，又問了人牙子她們的底細。兩個大一點的孩子是南邊賣過來的，家裡有什麼人都不清楚；小的這個倒是京郊的人，因為家裡兄弟姊妹太多，所以就賣了她。

趙彩鳳便留了她們三個下來，又讓楊氏也選一個，楊氏便說讓那個叫扣兒的跟著自己過去。

趙彩鳳又見虎妞和二妞這兩個名字實在是有些不好聽，便開口道：「虎妞，妳以後就叫吉祥吧；二妞妳就叫如意。我們小戶人家，圖個喜氣就好。」

兩人謝過了趙彩鳳賜名，趙彩鳳便讓原先幫傭的老婆子帶了她們出去，又對方才那個扣兒說：「妳就跟著太太去另外一個地方吧，一會兒我讓車夫送妳們過去。」

那扣兒原本家裡頭算不得窮苦，可無奈小小年紀便死了父親，家中的母親又改嫁了，一些田產被族人給侵占，她又被狠心的大伯給賣到了京城來，因此一心想著報仇雪恨。她從小地方出來，又不懂京城裡面複雜的人際關係，聽說今兒去的是一戶舉人家，她便以為舉人將來必定是要當大官的，因此格外上心，誰知道被留用之後卻聽說要去別的地方，到底有些不情願了。

趙彩鳳見她臉上露著幾分不情願，便覺得奇怪，方才她那樣的表現，分明是故意在自己跟前露臉的，這會兒倒是不願意了，也不知道安了什麼心思，便問道：「妳心裡有什麼不情願，只管說出來就是。」

那扣兒便含著淚道：「我就想待在夫人身邊、待在舉人老爺身邊！」

呢？

趙彩鳳聽了這話倒沒覺得有什麼大不妥的，畢竟她一個不到十歲的孩子，能有什麼心思

楊氏卻是嚇了一跳，忙開口道：「這丫頭還是算了，快把她送走去，將來定然是個大麻煩！」

趙彩鳳知道楊氏的意思，見扣兒這般不情願，便也不為難她，淡淡地開口道：「從來只有做主子的選丫鬟，沒有做丫鬟的選主子的，妳既然這般有主意，那我還是放妳回去，且看妳能選上怎樣的好主子吧。」

扣兒雖不願意，卻也沒有他法，跟趙彩鳳磕了一個頭後，趙彩鳳便讓人牙子又把她給領了回去。

趙彩鳳想讓楊氏從吉祥和如意裡頭挑一個過去，楊氏這回卻擺擺手道：「算了，我算是沒福氣呼奴喚婢的，還是自己過得好。」

正月十八，正是蕭家三少爺迎娶程家四姑娘的日子，京城裡頭一片熱鬧，但凡是京城裡排得上號的達官貴人就去了一大半。這次蕭將軍得勝歸來，皇上大喜，冊立侯府的詔書都已經擬定了，又因為這一樁親事是皇帝親賜的，因此各路人馬都不敢怠慢。

蕭夫人從天亮起就開始忙碌，真叫一個腳不著地。好不容易忙完了，送了長長的迎親隊伍出門，蕭夫人這才坐了下來。

孫嬤嬤端著茶盞送到蕭夫人的跟前，笑著道：「太太喝口茶吧，這一早上還沒見妳歇一會兒呢！」

蕭夫人端起茶盞抿了一口，她陪笑了一早上，這會兒臉上的神色還有些僵，聽孫嬤嬤這麼說，開口道：「如何能歇下來？老三的事情處理完了，還有老四、老五呢！」

孫嬤嬤便陪笑道：「這叫多子多福呢！」

蕭夫人自嘲一笑，嘆氣道：「多福我算是沒體會到，這麻煩倒是沒少。」蕭夫人說著，壓低了嗓門問孫嬤嬤。「聽說老三還請了宋舉人一家，那個大漢不會來吧？要來了可多尷尬呀！」

蕭夫人這會子雖然對這門親事還有怨言，可畢竟也沒有什麼辦法了，只能勉強接受，但還是一想起這事情來，就覺得有些膈應。

孫嬤嬤聽了，便開口道：「宋舉人一家不過來，前幾天捎了信來，說是宋夫人的二弟要娶媳婦，日子也是今天，正好抽不出空。」

蕭夫人聽了，閉上眼睛唸了幾句謝天謝地，到底還是誇了一句。「算是個懂眼色的人家，改明兒妳備一份賀禮過去，也意思意思。」蕭夫人也聽說程蘭芝成親的喜服是趙彩鳳做的，孫嬤嬤前幾日去程家的時候還瞧見過，回來就說那喜服是她從來沒瞧見過的樣子，上面的圖案鮮豔亮麗，卻不是繡上去的，這圖案裡面還鑲嵌著金線，她找懂行的人問過了，這樣一件喜服，做出來絕對不會少於二百兩銀子。雖然二百兩銀子對於蕭夫人來說算不得什麼，但等閒人家也沒有把二百兩銀子穿在身上的，蕭夫人到底也領了這份心意。

蕭家和程家離得不遠，這一片住的都是武將世家，所以從蕭家去程家，也不過兩、三里路，沒過多久，就聽見外頭響起了噼哩啪啦的鞭炮聲，孫嬤嬤便攙著蕭夫人出去了。

院子裡賓客如雲，蕭家兩位少奶奶正忙著招呼來人，蕭府門廳大開，蕭夫人便瞧見蕭一鳴手裡牽著繡球，一路領著程蘭芝進來。

就在這時候，兩個小廝急匆匆地從外面奔進來，開口道：「回老爺、夫人，周公公宣聖旨來了！」

按照道理，宮中出來宣旨，必定是要換了誥命服、搬出香案祭天答謝的，可今兒蕭家大喜，忙得不可開交，誰也沒想到會有這事情，況且這次皇帝瞞得結實，蕭家真是一點準備也沒有。

兩個小廝才回了話，那邊周公公已經從門外進來了。

蕭將軍急忙就親自迎了上去，蹙眉道：「公公，這事怎麼宮裡一點消息也沒有呢？」

周公公笑著道：「萬歲爺特意交代了，要讓蕭將軍雙喜臨門，所以不讓任何人對將軍洩漏半句，便是宮裡的蕭貴妃也是不知道的呢！」

蕭將軍便道：「這如何使得？到底是要祭天酬謝聖恩的！」

周公公又道：「萬歲爺說了，不要這些虛禮。鎮國大將軍蕭亦安聽旨！奉天承運皇帝詔曰：大將軍蕭亦安奮勇殺敵、抗擊韃虜、佑我大雍、功蓋社稷，特封為鎮國侯，欽此謝恩。」

眾人不等周公公開口，便都已經跪拜接旨，待周公公的話音剛落，蕭夫人更是欣喜得不知如何是好，只由孫嬤嬤扶著，顫巍巍地站起來，看著蕭將軍從周公公手上接過聖旨，紅了眼眶。雖然之前蕭將軍也是手握重權的鎮國將軍，但畢竟沒有爵位，將來蕭家的幾個孩子，還是要靠自己出生入死賺個職位，如今蕭家被封侯爵，便可以封蔭兒孫，到底是莫大的榮耀。

卻說趙家這邊，雖然比不上蕭家的排場氣勢，到底也熱鬧了一番。楊氏原就在這討飯街住過一陣子，和這邊的街坊們也都熟悉，翠芬又在這兒住了好些年，也是這裡的人，都是老鄰里了。楊氏只喊了余奶奶的兒子過來當大廚，請了余奶奶一家並呂大娘和呂大爺兩人，一起來了家裡熱鬧，又喊了大楊氏和黃鶯都過來，趙彩鳳也請了伍大娘來，這是絕對少不了的。幾家人也湊了三桌，余奶奶的兒子在廚房裡面做大師傅，小順子便在裡頭打下手，他瞧見黃鶯也在，早已經心花怒放了。

早幾天黃鶯在廣濟路的綢緞莊幫忙的時候，小順子還去送過兩次麵條。

因為麵館和綢緞莊離得近，趙彩鳳讓小順子記得，每日中午去綢緞莊送些吃的，不拘是麵條還是乾飯，總不能讓她請的人餓著。一開始小順子只讓下面打雜的小夥計去，後來聽小夥計說綢緞莊來了一個俏生生的姑娘，小順子便親自去了。去了一看卻正好是黃鶯，直叫他那個心裡頭癢啊，第二日開始便不只送麵條過去了，還兼帶一些小菜、肉絲，偶爾還特意在黃鶯的飯裡面多放一隻雞腿。

黃鶯容貌本就俏麗，在侯府的時候也不是沒有小廝對她心心念念的，可那時候她滿腦子都是二少爺，對那些小廝看一眼還覺得噁心，自然也不會給他們什麼好臉色，所以見小順子使勁給自己獻殷勤，也只當作不知道一樣，這天下的烏鴉是不是一般黑，她還不知道呢！吃過一次虧了，可不能再吃第二次去了。

翠芬和趙文拜過了天地，也沒走老規矩送入洞房，大家夥兒都坐下來一起吃了一頓熱鬧的飯菜。男人們湊一桌、女人們湊了兩桌，在客堂裡面吃了起來。

席上，余奶奶只對楊氏玩笑道：「有二進的大院子不去住，非要回來住這個小地方，妳還真是想不開呢！」

楊氏便笑著道：「我這輩子窮苦慣了，住這樣的小院子還習慣些，比起以前在趙家村住的三間茅草屋，這裡都已經好得不是事了。」

其實余奶奶也明白楊氏的心思，閨女再好，那也是別人家的人了，這規矩就是如此。趙文雖說腦子不好，可也是兒子，不指望他撐起一個家，但有些事情卻是逃不掉的。

趙彩鳳也知道在古代這種男女地位極度不平衡的情況下，楊氏不想再和自己住在一起是情有可原的，雖然心裡頭稍稍有些不爽，到底還是釋懷了，指開口道：「我不管，眼下我是沒用到妳，等過幾日可就不知道了。」

趙彩鳳想著趁今年宋明軒還要唸書的光景，好好地把生意照顧穩定，倒是沒想著要懷孩子，但這話畢竟也要說在前頭，好讓這裡的街坊知道知道，不然的話，到時候自己真有了身孕，她一嘴巴就把楊氏給喊回去，街坊們只怕還要說自己嬌氣呢！哪個女人沒生過孩子，也不至於要讓自己老娘親自照顧的吧？

所以趙彩鳳就趁著大家都在的日子，在這裡提一下。反正趙文那個樣子，能不能有子嗣，還真是兩說呢！

楊氏聽趙彩鳳這麼說，忙不迭地道：「不會是有喜事了吧？」再想想，宋明軒也不過才回來一個多月，多半不可能。

趙彩鳳忙擺擺手道：「沒有的事情，只是想著將來總是會有的。我婆婆過世了，陳阿婆年紀又大了，身邊沒有一個懂得的人，總是不放心，所以就先跟娘說一聲，可別到時候就只想著老二一家，忘了我了！」

眾人聽了，也覺得很有道理，都哈哈笑了起來。

伍大娘開口道：「這還沒消息呢，妳倒是著急了！不過說得也是，妳家婆婆終究是去得早了些，這些事情沒個懂的人在身邊，確實不方便，到底還是自己親娘照顧較好。」

趙彩鳳聽伍大娘這麼說，到底放下了心來。古代沒這個習俗，自然是要多說幾句才放心的。

第五十六章

吃過晚飯，客人們也都走了，趙彩鳳讓兩個小丫鬟和老婆子一起幫楊氏收拾東西。

宋明軒和錢木匠又聊了一會兒，見外頭天色已晚，便讓車夫套上馬車回廣濟路去了。

因為趙彩鳳在席上提起了許氏，宋明軒好巧不巧就聽見了，因此一路上都有些鬱鬱寡歡。

宋明軒如今雖然比以前更會說話了，可這眉頭蹙起來的時候，還是讓趙彩鳳有些捉摸不透。趙彩鳳又不知道他為了什麼事情難過，便也不開口說話，等兩人回了房，都洗漱過了，趙彩鳳見他靠在床上還是愁眉不展的樣子，這才忍不住開口問道：「相公，你倒是怎麼了？這一路上也不開口，方才在那邊的時候還好好的呢！」

宋明軒也不過就是憋著自己難受難受，沒預料趙彩鳳會瞧出來，見她問起了，便開口道：「今年便是我娘的第三年了，去年因為去書院唸書，我也沒回去，心裡到底有些過意不去。」

趙彩鳳見宋明軒原是難受這些，開口道：「那今年我回去一趟，給公公婆婆上墳，保證把你的話帶到。」

宋明軒便看著趙彩鳳問道：「把我的什麼話帶到？」

趙彩鳳噗哧地笑了起來，開口道：「就是那些個……我一定會好好努力，爭取早日考上進士；我一定會好好對彩鳳，讓她下半輩子過好日子；我一定會好好照顧阿婆，讓她老人家安享晚年之類的嘍！」

宋明軒見趙彩鳳說的正是他心頭所想之事，頓時就脹紅了臉頰，一把拉住趙彩鳳，把她抱入了懷中。

趙彩鳳靠在宋明軒的胸口，抬起頭，有些促狹地看了宋明軒一眼，在他耳邊小聲道：「相公，今兒是老二的洞房花燭夜，相公難道有什麼想法嗎？」

宋明軒前幾日受命於楊氏，讓他為趙文講一講這男女敦倫之事，可趙文的智商畢竟只有七、八歲幼童那樣，有些話宋明軒也實在是無法啟齒，萬一他說了出去，那孩子來個滿街宣傳，那他這舉人老爺的面子可就真的被丟盡了。宋明軒想來想去，也不知道如何是好，便想著買一本市面上常見的小冊子，偷偷地送給趙文，或許他看後會茅塞頓開。可那冊子買回來之後，宋明軒就又猶豫了，萬一趙文拿著這個冊子到處給人看，還說是他這個姊夫送的，他可就真的不要活了！所以如今這冊子，倒是被他壓在了枕頭底下。方才趙彩鳳那麼說了一句，宋明軒便覺得那兒一跳，只加重了抱著趙彩鳳的力道，嗓音暗啞地開口道：「老二恐怕不懂什麼叫洞房花燭夜，這會兒時辰尚早，不如娘子我們就……」

趙彩鳳半推半就地被宋明軒壓在了身下，覺得他身上都熱了起來。他低下頭親了一口趙彩鳳的臉頰，從枕頭下面掏出一本書來。

趙彩鳳見他手裡多了一本書，倒是也來了興致，一把奪過了，拿在手裡翻了兩頁，頓時面紅耳赤了起來，假裝虛擰了一把宋明軒，道：「你這不長進的，你藏著這個做什麼？還打算臨時抱佛腳嗎？」

「妳娘讓我教老二這種事情，我開不了口，本想買了送他的，又怕他拿出來到處給人看。」宋明軒一臉鬱悶地回道。丈母娘交代的這事，確實為難了點，他好歹也是一個舉人老爺，讓他做這個，未免大材小用了些。

趙彩鳳忍不住就噗哧地笑了出來，倒是饒有興致地翻看了起來，一邊看一邊評論道：「這個姿勢我們好像沒試過，不如一會兒試試？」

也難怪趙彩鳳看得入迷，這古代的春宮圖質量還不錯呢，而且畫得也很細緻，栩栩如生，拿到現代來說，至少也是一個當世名家，只是在古代想混口飯吃不容易，空有一身繪畫的本事，也只能畫這些了。

趙彩鳳翻了片刻，忽然就想起一件事來，開口問道：「你認識這畫春宮圖的嗎？」

宋明軒忙不迭地擺手道：「這我可不認識，畫春宮圖的大多都不留姓名，只怕就算是我認識的人，也不知道他是幹這一行的。」

趙彩鳳想想也覺得頗有道理，畢竟這銀子賺了不少，但臉面上到底是有些過不去的。她之所以有此一問，也無非就是想著，自己每日裡設計服裝也挺累的，找一個臨摹能手過來幫她一把，倒是能輕鬆不少，畢竟古代沒有彩印技術，她的那些圖紙也不能送去印刷。

這邊趙彩鳳正專心致志地翻著春宮圖，那邊宋明軒早已火燒火撩的，抱著趙彩鳳的身子蹭了幾下，手上難免開始有些不安分了，趙彩鳳便隨他在身上動來動去，只是不理。

宋明軒便低下頭，捲著她的耳垂吻了起來。

趙彩鳳被他呼出來的熱氣搔得難受，便側過了身子去。

宋明軒只好又扭過頭去，咬住趙彩鳳另一邊的耳垂，一隻手則摸著她身下褻褲的腰帶，輕輕地抽解了開來。

趙彩鳳便伸手在他的手背上打了一記，嚇得宋明軒急忙就收回了手。

昨晚趙彩鳳到底被宋明軒給折騰壞了，今日早上睡到日上三竿了才醒過來。趙彩鳳原本想起身，掙了一下居然動都沒動，腰下像是空了一塊一樣，一點兒力氣也用不出來。

宋明軒倒是神清氣爽地起來了，正坐在窗前大炕上看書，那明晃晃的日光從窗戶外面照進來，染了宋明軒一臉暖暖的金光，趙彩鳳看著宋明軒就入神了。

說起來這大概也是命中注定，別人穿越當小姐太太，她穿越偏生就成了個一窮二白的村姑，這分明就是讓她妻憑夫貴的節奏。

宋明軒見趙彩鳳醒了，便放下手邊的書，彎著眸子看她，笑著問道：「這麼快就醒了？昨晚累著了，還以為妳要再睡一會兒呢！」

趙彩鳳狠狠地瞪了宋明軒一眼，伸出手道：「腰疼，快過來扶我一把。」

宋明軒笑著過來，拿了棉襖給她披上，伸手給她捏起了腰下兩側痠痛的地方。

趙彩鳳便閉著眼睛靠在宋明軒的身上，想了想道：「我今兒也不去鋪子裡了，就在家陪著你吧，還有半個月不到你又要去書院了。」

想起宋明軒還要再讀一年書，趙彩鳳雖然心裡捨不得，可到底也沒別的辦法，不過如今家裡條件好些了，她可以抽空過去看看他也是好的，只是那個山洞……未免太簡陋了點，況且那還是佛家聖地。趙彩鳳想起這個，忍不住就紅了面頰。

宋明軒便道：「那就在家歇歇吧，生意上兩位掌櫃的會管著的，妳就再多躲懶幾天吧。」

趙彩鳳笑著點了點頭，反正她過年期間新畫好的冊子都已經送到了店裡面，若是有掌櫃的拿不定主意的，也會上門來問她的，趙彩鳳便樂得在家裡休息幾日。

宋明軒為趙彩鳳捏了半晌，趙彩鳳這才覺得好多了，起身穿了衣服，又見院子裡靜悄悄的，隨口問道：「今兒小五倒是挺乖的，一早也沒鬧著。」

宋明軒笑道：「妳又忘了，妳娘和錢大叔他們搬過去討飯街住了。」

趙彩鳳一拍腦門，嘟嘴道：「可不是睡糊塗了，又忘了。」

趙彩鳳穿好了衣服起來後，外頭老婆子正好在門口喊道：「大爺、奶奶，早飯準備好了，過來吃些吧！」

趙彩鳳應了一聲，又問宋明軒道：「你還沒吃嗎？這會兒可不早了，別餓著了。」

宋明軒站了起來道：「我起來的時候阿婆已經吃過了，我就想著等妳一起吃，一個人吃怪沒意思的。」宋明軒說著，出去為趙彩鳳打了一盆洗臉水進來。

趙彩鳳便開始刷起牙來。說起來，她這用的牙刷，算是來了古代後買的最貴的東西之一了。以前趙彩鳳也跟楊氏一樣，用楊柳枝湊合著刷一刷，可是在現代習慣了牙刷的趙彩鳳怎麼也不適應楊柳枝，偏生不刷牙又難受得睡不著，所以後來改成用手指，可是一想到手指蘸著粗鹽在嘴裡挖來挖去的樣子，趙彩鳳實在受不了。

後來認識了鄭瑤，才知道富人刷牙也是有牙刷的，不過因為沒有塑膠製品，刷毛是用馬尾毛做的，又因為做工精細，所以價格昂貴，一根牙刷要一兩銀子，真是有錢人的消費。可是在這方面趙彩鳳也不願意將就，一口氣全家一人買了一根牙刷，又特意讓店家刻上了名字，防止弄錯了。趙彩鳳心裡想著，這麼貴的一根牙刷，好歹得多用幾年才成了。

家裡請的婆子原來是服侍南方人的，所以口味也偏南方，倒是合了趙彩鳳的心意。早飯是親手做的，一籠蒸包子、幾根油條，又熬了一鍋綠豆粥，外加幾碟自己醃製的小菜，吃得很暢快。下人家吃的東西和他們吃的沒區別，只是要等他們吃完了，她們才敢坐下來吃而已，趙彩鳳在這一點上從不苛扣她們。況且自己家也不算大富大貴，平常也就一個大葷、一個小葷，外加兩個素菜、一碗湯。

趙彩鳳和宋明軒吃完了早餐，宋明軒先回了書房看書，趙彩鳳便在院子裡剪了幾枝梅花，拿別人家送的一對白瓷梅瓶裝了起來，放在宋明軒書桌前的窗臺上。說起來，原本這房裡是有一個多寶格的，可被宋明軒全拿去堆了書了。趙彩鳳沒事的時候，也會過來打掃打掃灰塵，因為怕婆子們弄亂了宋明軒的書，所以書房是不允許其他人進來的，就連楊氏平常也很少來，只有趙彩鳳在這裡設計的時候，才會進來看看。

宋明軒瞧著那臘梅含苞待放、馨香宜人，心裡明明高興，可嘴上卻帶著幾分戲謔道：「娘子，妳如今也開始附庸風雅起來了？」

趙彩鳳便嗔了他一眼道：「我這是天生風雅，怎麼叫附庸呢！你看我身上有哪一處不雅的？」

宋明軒見趙彩鳳也不害羞，便還真的從頭到尾看了她一遍，越發覺得她如今身材窈窕、玲瓏有致，紅著臉頰道：「娘子身上沒一處地方是不雅的……」宋明軒越說聲音就越低，口乾舌燥了起來，連忙低下頭去看自己手上的書。

趙彩鳳見他腦子裡又開始胡思亂想了，又覺得這樣看著他用功，終究打擾了他，便笑著道：「你自己在這邊看書吧，我出去太陽底下做一會兒針線。」

宋明軒便應了一聲。

趙彩鳳回房裡拿了針線簍子，才搬了小杌子放在廊下，一扭頭就能從窗縫中瞧見宋明軒，便高高興興地靠著廊柱納起了鞋底。

這鞋底已納了好些日子了，鞋面都做好了，只等著它好了就可以縫起來，二月二之前正巧能趕得及。

趙彩鳳才沒做多久針線呢，外頭倒是傳來了敲門的聲音，喊話的聲音聽著也不耳熟，趙彩鳳便讓婆子過去開門。

那婆子一開門，就瞧見門外站著一群穿著花花綠綠的姑娘，連忙往後退了幾步，也知道來的必定是貴人，便向著稍微年長些的人笑著點頭招呼。「這位老姊姊，妳們是來找我們東家的嗎？」瞧著和顏悅色的，應該不是來要債的。

「我們家姑娘過來瞧一瞧趙老闆，她在家嗎？」王嬤嬤打量了一眼這開門的婆子，瞧她穿著一身粗布棉襖，身上還繫著圍裙，應該是在這裡幫傭的。

「喔，那妳們等著，我去跟東家說一聲。」老婆子急忙在圍裙上擦了擦手，心道這些人可不能怠慢了，便急著轉身繞過了影壁，朝著裡頭喊道：「奶奶，外頭有貴客到了，一溜穿著緞子衣服，好大一群人呢！」

趙彩鳳心下有些疑惑，她這裡平常沒什麼人知道，不過就和錢喜兒來往密切些，另外就是兩個掌櫃的常過來，至於一溜穿著緞子衣服的，會是誰呢？趙彩鳳也來不及細想，便放下了針線，整了整衣裙，忙就迎了出去。

才轉過了影壁，就瞧見王嬤嬤正站在門口候著，趙彩鳳便堆著笑迎了上去道：「王嬤嬤，怎麼是您啊？若是有事情，只管派人過來傳一句話，我去府上就好，還有勞您老親自跑一趟！」

王嬤嬤見趙彩鳳這麼說，笑著道：「老奴也是這麼說的，可是姑娘非要自己來，老奴攔不住啊！」

正說著，春梅已經把鄭瑤從轎子上扶了下來，笑著道：「姑娘昨兒去蕭家參加了蕭公子的婚禮，瞧見程姑娘的那嫁衣，聽說是天衣閣做出來的，便惦記上了，今兒一早就去了天衣閣一趟，偏生掌櫃的說趙老闆今兒沒過去，就巴巴地來了呢！」

鄭瑤見那丫頭嘴快，假作生氣地嗔了她一眼，上前拉著趙彩鳳的手道：「別聽她胡說，正經是去看妳的，聽說妳不在，就過來了。」

趙彩鳳便笑著道：「那姑娘快屋裡坐吧，我這邊簡陋，只怕怠慢了姑娘。」趙彩鳳說著，攙了鄭瑤進去。繞過影壁，過了垂花門就進了正院，一條十字的石頭路，四周都是小花圃，只正院門口那邊種了一棵臘梅，這會兒開得正好。

鄭瑤見趙彩鳳把自己的小院子打理得這樣生機勃勃的，越發就欣賞她幾分。

趙彩鳳走到門口，瞧見宋明軒書房的門開著，但人已經不在了，大概是捧了書去後罩房裡頭，找了陳阿婆一邊看書一邊聊天去了。

兩個小丫鬟今兒也都在家，瞧見家裡來了貴客，更是拘謹得很，趙彩鳳便吩咐大一點的吉祥去廚房沏茶過來，小一點的如意就跟著去幫忙了。

鄭瑤聽了這兩個丫鬟的名字，笑著道：「怎麼妳年紀不大，倒是和老太太一樣，就喜歡這些吉祥如意的名字？就我認識的，丫鬟叫這名的少說也有十來個了，都是在老封君跟前伺候著的呢！」

趙彩鳳聽了，笑著道：「我這不是討個喜氣嘛，沒準以後年紀大了，也能混個老封君做做！」

王嬤嬤聽了，笑著道：「你們家宋舉人出息，別說老封君，將來當個誥命夫人，那也是少不了的。」

趙彩鳳便自謙道：「都說他出息，如今不過就是個窮舉人罷了呢！」

王嬤嬤一聽這話可就急了，忙道：「有句話怎麼說的？莫欺少年窮！趙老闆這麼說，妳家相公可要生氣的！」

一旁的鄭瑤聽得直樂呵，笑著道：「王嬤嬤可真是有意思，又不是妳家兒子，妳這邊倒是護短護得厲害呢！」

王嬤嬤聞言，笑著道：「聰明的娃兒有誰不喜歡的？我不是也這般護著姑娘嗎？」

鄭瑤便抿著嘴笑，頗有幾分撒嬌的小樣子。

過了片刻，趙彩鳳見兩個沏茶的小丫頭還沒過來，便親自去廚房看了一眼，卻見兩個丫頭正對著幾個擺著茶葉的罐子為難呢！

兩人為難了半天，年紀小的如意才托著自己的小下巴開口道：「不然我們還是沏藍罐子裡面的吧，奶奶每次沏茶都是沏藍罐子裡的茶給大爺喝的，奶奶那麼喜歡大爺，肯定給他喝好的。」

另外一個年紀稍大一點的丫頭也沒有主意，聽她這麼說，便點了點頭道：「那我們就沏藍罐子裡的好了！」

趙彩鳳見她們有了主意，便笑著回去了，見了鄭瑤只開口道：「家裡的小丫鬟才買的，什麼都不懂，我也將就著使喚使喚，姑娘可要見諒了。」

趙彩鳳話音剛落，那邊兩個小丫鬟便一人端了一杯茶進來。趙彩鳳親自把茶水奉給了鄭瑤，笑著道：「這是去年的明前龍井，今年的新茶還沒出來，姑娘您喝喝看。」

鄭瑤看了一眼茶色，倒是碧綠晶瑩的，她在家好茶喝習慣了，覺得茶都差不多，便低頭抿了一口，喝過後才抬起頭，點了點頭道：「確實是好茶。」鄭瑤素來善於察言觀色，且她如今已經開始學著打點庶務，為出閣做準備，自然知道趙彩鳳這房子每年的租金大約不過二百兩左右，說起來確實窮苦了一些，也不像能買得起好茶的人，只怕這茶葉也是別人送的呢！

趙彩鳳便笑著道：「我也不知道好壞，是我相公從書院回來時帶回來的，我瞧著罐子漂亮，自己喝過兩回，確實不錯，應該是哪個富家公子送他的吧。」

鄭瑤見趙彩鳳拿出這樣的好茶待客，客氣道：「趙老闆就是客氣，其實我喝什麼茶都一樣，也品不出什麼好壞的。」鄭瑤說著，又抿了一口，到底覺得這茶的味道有些熟悉，也不知道是什麼時候喝過，一時想不起來。

兩人閒聊了許久，鄭瑤也不藏著掖著，開口道：「我昨日看見妳為蕭三奶奶訂做的嫁衣實在好看，心裡便想著，這一生只有一次的事情，自然是要讓自己滿意才好的，所以就求了母親，也想到妳這邊訂一件。」

趙彩鳳聞言，只先恭喜了一番，又問道：「姑娘的日子定了嗎？說句實話，這妝花錦太費功夫了，若是日子太近，只怕趕不出來。」

那邊王嬤嬤便笑著道：「不急不急，早著呢，還有大半年呢！」

原來上一屆恭王府二房的三少爺和宋明軒一起下的場子考舉人，可惜結果也跟鄭玉一樣，都沒考上。今年正好是第三年，王府的二太太也著急了，不能因為考科舉就耽誤了婚事，便上永昌侯府提了親，只說等秋闈過了就把兩個孩子的婚事辦了，若實在還是沒考中，就捐個官先做起來，慢慢再考。

王侯公府的子孫，總是比寒門士子的負擔輕了許多。

趙彩鳳聽說還有大半年，這才應了下來道：「那敢情好，我就接了這筆生意。只是那東西實在不便宜，訂金方面，只怕是要貴一些的。」

鄭瑤聽了，笑著道：「這個妳放心好了，我明兒就請王嬤嬤送過來。」

趙彩鳳和鄭瑤商議定了，便請了鄭瑤去書房裡頭，兩個人商議起了喜服的款式，又將上面的花紋粗略確定了一下。袖口的撞色用的是纏枝牡丹花的紋樣，選了紫色的底子，上面鑲著銀絲和青金色，從左到右織滿幅的七色鳳凰圖樣，下面的裙子做大紅色，腰間多配上一條祥雲紋樣的腰封，又好看又不顯得累贅。

兩人商議好了之後，又回了客廳，這時候小丫鬟早已經又添了一趟茶，鄭瑤方才話說得有些口渴，就又拿起茶盞喝了一口，突然靈光一閃，開口道：「這茶是貢茶吧？」
所謂的貢茶，就是地方上上貢到宮裡頭去的茶葉，一般等閒人家是吃不到的，除非是宮裡面賞賜下來的，但是宮裡面賞賜下來的東西，有幾家敢拿出來隨便送人的？都是擺在家裡面自己留著吃的。
鄭瑤回味了一下那茶香，擰眉繼續道：「這應該是去年上貢的明前龍井，聽說去年龍井茶葉產量少，一起上貢到宮裡的也不過才十來斤，皇上自己都捨不得喝呢！我父親蒙受恩寵，得了一斤，都孝敬給了老祖宗，我也是在老祖宗那邊才喝到幾次的。」
趙彩鳳一聽，這可不得了了，宋明軒肯定是在書院認識了什麼了不起的人了！怎麼瞞得這樣結實，竟從沒跟自己提起過？趙彩鳳心下狐疑，面上卻還是笑著道：「我就說肯定是哪個王孫貴族送他的吧！」
鄭瑤見趙彩鳳把「富家子弟」改成了「王孫貴族」，也跟著笑了起來，又道：「明年又是春闈了，到時候就等著宋舉人的好消息了！」
趙彩鳳把鄭瑤送走後，便擰著眉頭去後院找宋明軒了。鄭瑤說連一整個皇宮也不過就十來斤，宋明軒拿回來那一罐子，可不就要有一斤重了？她從來沒進過宮，沒見過宮裡的東西，不然也不會那麼眼拙的！當初宋明軒捧著那罐子回來時，趙彩鳳一心想的就是：這下好了，家裡又多了一個養花的瓶子……

宋明軒這時候正在後面和陳阿婆聊天，陳阿婆聽宋明軒說趙彩鳳今年要回去給宋老大和許氏上墳，便嚷嚷著也要跟著一起回去，順便見見家裡的老姊妹。

趙彩鳳知道陳阿婆是想趙家村了，便應了下來。

宋明軒問道：「娘子，妳的客人走了？」

「走了。」以前兩個鋪子的掌櫃來見趙彩鳳的時候，宋明軒是不怎麼避嫌的，今兒沒想到這樣乖巧，人還沒迎進來呢，就已經躲到後院來了。

宋明軒見趙彩鳳臉上帶著幾分喜色，便問道：「又接了大買賣了？」

趙彩鳳點了點頭，笑道：「可不是？好大一筆買賣，夠你一年在書院的吃用了！」

宋明軒便戲謔道：「得了，都記帳上，以後我加倍還妳！」

趙彩鳳瞪了他一眼道：「誰要你還了？我要你一輩子欠著我才好呢！」

兩人說笑著從陳阿婆的房裡出來，趙彩鳳這才開口問道：「你上次從書院帶回來的藍罐子茶葉，是誰送你的？」

宋明軒不知這其中的內情，笑著道：「怎麼，妳也覺得好喝嗎？那妳拿去喝好了。」

「我問你誰送的，你告訴我就成了。」

宋明軒便開口道：「是韓夫子給我的，說是他覺得不好喝，就給我了。」

趙彩鳳聽了差點兒吐血，這樣的貢茶還說不好喝，韓夫子是要吃鳳肝龍膽嗎？

宋明軒接著道：「我喝著覺得挺好的，還送了一些給八順，八順也覺得挺好喝的，比平常夫子請我們喝的茶還好些呢，也不知道夫子是怎麼想的。」

其實說起這事情，韓夫子可是一肚子的怨氣。宋明軒如今是皇帝重點培育人才，周公公又在外頭有宅子，十天半個月也能出宮一次，且他那宅子又離玉山書院不遠，所以這一、兩個月也會去書院那麼一、兩回，總會帶一些宮裡的東西過去，只都說是皇上賞給宋明軒的，韓夫子是氣得要吐血啊！敢情皇帝是有了新人就忘了他這舊人了？這麼好的茶，也沒說賞自己喝一口！不過話雖如此，韓夫子卻也不能不聽聖旨啊，也不敢偷偷地喝，所以這些茶就全到了宋明軒的口袋裡了。

趙彩鳳和宋明軒當然想不到是這樣的情況，見宋明軒這樣說，開口道：「看來韓夫子的口味到底有些獨特，也不知道上回我拜年時送給他的武夷岩茶他喜不喜歡？」

在家裡賦閒的日子過得特別快，一轉眼就到了二月二了。原本宋明軒是要回書院去的，可劉八順派人來遞了消息，說是正月十五的時候，有人在玉山書院裡頭放煙火，結果點著了兩棟號舍樓！外地的書生不能讓他們沒地方住，所以韓夫子就讓京城本地的書生都住在家裡頭看書，每隔半個月回書院一趟，布置一些作業等。

但凡家在京城的學子，沒有幾個是家境貧寒的，且一般外地人家，若是在京城租得起房子的，家裡必定也是有些積蓄的。這要考狀元可不是簡單的事情，說白了，靠自己努力是一條，但到底也是要銀兩堆出來舒心愜意的讀書環境，那才能考出好成績。像以前宋明軒那樣還能中解元的，韓夫子都覺得這是奇材了。

宋明軒一聽說不用回書院去，也興奮得不行，他和趙彩鳳雖說成親也好幾年了，可中間許氏死了，一年多的房事到底是禁的，後來他又去了玉山書院唸書，又是幾個月不回來的光景，如今好不容易兩個人能親親熱熱地在一起，宋明軒到底是捨不得回書院的。

趙彩鳳知道他心裡高興，只忍著不說出來，便故意逗他道：「這下可糟了，再一年就要考試了，也不知道這書院的號舍什麼時候能修好了，好讓你們早些回去唸書。」

宋明軒聽了這話，心裡便略略不爽快，鬱悶地道：「……娘子，妳不想我留在家裡嗎？」

其實自從楊氏搬走之後，家裡確實安靜了不少，沒有趙彩蝶和小五在院子裡嘻嘻哈哈的，剛開始趙彩鳳還覺得不大適應呢！尤其以前錢木匠會在後院裡面做一些木工活兒，聽著那嘩啦嘩啦刨木頭的聲音，也覺得特別順耳。

不過這樣也好，至少宋明軒看書的環境好了不少，再加上趙彩鳳也開始創作夏款的衣服，兩人倒是各占著一邊的房，各自用功。

趙彩鳳最近出去的次數有一點多了，因為二月初是許氏的忌日，她說了要回去上墳，宋明軒如今在家，便也說了要一道回去，因此她得開始安排一下店裡的事情了。

這日，趙彩鳳帶了小丫鬟如意去到廣濟路那邊的倉庫拿面料，就看見黃鶯站在櫃檯裡面打著算盤，羅掌櫃則去了紅線繡坊談生意。雖說現在天衣閣發展得很好，可原先是靠著紅線繡坊起家的，所以趙彩鳳每年還是會設計幾套丫鬟的衣服給紅線繡坊的管事紅姑，所以紅線繡坊的面料也都是從她這邊拿的。

見趙彩鳳過來，黃鶯便放下了算盤，高興地迎了上去。

黃鶯腦子聰明，不過半個月，各種料子的名稱和價格都已經能說出來了，趙彩鳳便想著帶她去天衣閣那邊瞧瞧。

等羅掌櫃回來了，趙彩鳳交代好了事情，便帶著黃鶯往天衣閣去了。

羅掌櫃喊了夥計把趙彩鳳選的面料搬上了馬車，裡面放著二、三十疋的面料，三人便只能在馬車的外口坐下。

黃鶯上了馬車後，囑咐車夫道：「裡面東西多，我和東家都坐在外口，你拉車慢著點。」

趙彩鳳心下對黃鶯倒是多了點好感，這姑娘到底從小在那富貴盈門的地方長大，有些勢利眼其實也很正常，如今吃了這麼大一個虧，她心裡知道錯了，現在瞧著倒是順眼多了。

馬車到了天衣閣門口，便有店裡的小丫鬟迎了出來。文昌巷寸土寸金，光一個店面一年的租金就不少銀子，所以倉庫是設在了廣濟路那邊，平常這邊要用面料，就請了車夫去拉。又因為這裡來的大多數是姑娘，除了馬掌櫃一個中年男子之外，趙彩鳳並沒有請上一個男性夥計，只有一個小丫鬟是馬掌櫃的遠房姪孫女和一個幫傭是她的奶奶，所以這些搬東西的事情，往往都是大家親力親為的。

今兒帶來的布料有點多，大家夥兒便一起上來幫忙。小丫鬟沒什麼力氣，只能揀輕的一起搭把手，趕車的鍾叔倒是力氣大，一下子搬了兩疋料子進去，嗙地一下放在櫃檯上。

黃鶯見了，急忙道：「呀！鍾叔你小點力氣，這些面料都是夏天穿的羅和紗，最怕重手重腳的了，要是壓壞了，做出來的衣服可就不好看了！」

以前便是趙彩鳳也從來沒這樣說過鍾叔，她是趙彩鳳雇來的，可畢竟不是他們家的下人，便是不來幫忙也無所謂的。

鍾叔聽了這話，頓時就臉頰一紅，有些不好意思了，一臉為難地看著趙彩鳳。

趙彩鳳以前不覺得，可黃鶯這麼一說，倒是覺得有些道理。這些夏天的面料原本就輕薄，也不像現代的那些雪紡紗緞，都是機器織出來的，牢靠些。這些夏天穿的綾羅綢緞確實精貴，便是做針線的人，手上有點老繭都不成的，若是勾了紗，一件衣服可就毀了。

趙彩鳳便笑著道：「鍾叔確實要輕些了，如今夏天的料子，倒是比不得冬天那些棉綾料子，耐摔打。」

鍾叔便抓了抓腦門，老實巴交地道：「東家說得對，我在家的時候，料子好的衣服，我婆娘都不讓我摸一把呢，說我手太粗了，會勾著。我瞧著這料子外頭都用棉布袋子包著呢，就沒在意了。」

說起這幾個棉布袋子，還是黃鶯來了店裡的時候，見廣濟路的夥計手腳粗，所以特意做了幾個，讓以後搬面料的時候都給套上，省得蹭壞了。這些都是以前她在侯府做下人時常做的事情，每年過年，老太太那邊賞下來的上好料子，若是不用棉布袋子套著，等那些打雜的婆子搬回來，也不知道要糟蹋成什麼樣子了。

趙彩鳳見鍾叔沒在意，便笑著揭過去了。

幾個人將東西給搬了進去後，趙彩鳳便領著黃鶯去了平常她們談事情的小茶房裡頭。

馬掌櫃先將這些面料登記入冊了，讓趙彩鳳簽過了字，這才拿了帳本過來，說起最近的生意。「前幾天永昌侯府的王嬤嬤過來，說要訂一百零六套的丫鬟衣服，我問她什麼時候去府上量尺寸，她說不用去了，百來號人，光是量個尺寸還要耽誤一天的時間，就按照上回東家您定的那個什麼尺碼表來，反正小丫鬟們都長個子，明年還要做新的。」

趙彩鳳點頭應了，又囑咐道：「那衣服樣子挑了沒有？」

「還沒有，我正尋思著明兒要去東家家裡走一趟呢！王嬤嬤說想挑一點新鮮的，至於顏色怎麼配要問您的意見，只說今年侯府有喜事，可以穿得鮮亮些。」

趙彩鳳想了想，道：「那一會兒你派人去送個信，說我明兒就過去吧！眼下就快開春了，後面夏裝的活計還多著呢，只怕到時候會忙不過來。」

馬掌櫃應了一聲，又開口道：「這幾日陸續有人來問喜服的事情，就是上回東家送給程家四姑娘的那件。」馬掌櫃說起那件衣服，心裡還直滴血呢！東家也真是闊氣，也不知道和程家是個什麼關係，居然送那麼貴一件嫁衣，足足是天衣閣一個月的毛利呢！

趙彩鳳便道：「這妝花錦很難織，一個機工一天也不過只能織兩寸出來，上回時間太緊了，所以我分了好幾個花型一起織，這才在三個月裡頭趕了出來，若是要織成大疋的錦緞，少不得得要半年的時間，若是有人要訂這個，你得先跟她們說明白了，我們不接急活。」

馬掌櫃只一一答應了，趙彩鳳便讓他先出去了，自己留了帳本看了起來，又見黃鶯和如意瞧著鋪子裡掛樣的衣服流口水，便開口道：「妳們到處去瞧瞧吧，外頭還有這一年多來的款式冊子，都去看一眼。」

黃鶯聽了，高興地拉著小丫鬟一起出去了。

趙彩鳳看了半日帳本，心想這半個多月的生意還算不錯，只是到底自己跑得少了，新主顧不多，都是以前的老主顧。一想到再過幾日就要和宋明軒回趙家村去，趙彩鳳到底有些擔憂，便出了小茶房問馬掌櫃道：「上回剪了面料過來做今年新款的面料冊子，都做好了嗎？」

馬掌櫃開口道：「都做好了，我也約了幾個管採買的大戶人家的管事，只是這年關剛過，大家都還忙著哩！」

趙彩鳳便點了點頭道：「那先給我一份，明兒我去永昌侯府的時候，順便給王嬤嬤看看。」

馬掌櫃應了，請小丫鬟去取了面料冊子過來。

這面料冊子如今也做得精美許多，裡面的面料都是縫在上頭的，封面寫了天衣閣的寶號，還蓋上了印章，看著就上了檔次。翻開裡面便是面料，各種顏色、品質的都有，方便客人們翻閱。

黃鶯見了，讚嘆道：「這樣當真是方便了不少呢！以前侯府那邊選料子，都是直接拿了成疋的料子往身上比，光選一個料子都要花上一下午的時間，更別說我們這些當下人的，搬來搬去的，服侍得手臂都疼了。」

趙彩鳳便笑著道：「辦法是人想出來的，不然要腦子做什麼呢？」

兩人在天衣閣逗留了片刻後，趙彩鳳便領著黃鶯去了楊老頭的麵鋪。

難得兩個外孫女都過來，楊老頭高興得不得了，忙讓夥計去菜市口買一些新鮮的菜回來，親自下廚炒了兩個菜，留了她們下來吃飯。

黃鶯瞧見楊老頭，心裡還有點發怵，雖是親外孫女，到底以前不熱絡。

倒是小順子殷勤得跟什麼似的，趙彩鳳如何不知道他心裡的想法？還真是有幾分癩蝦蟆想吃天鵝肉的氣魄，一個勁兒地往黃鶯跟前湊過去。

不過趙彩鳳想著黃鶯眼界高，雖然經了那樣的事情，好歹瞞得還算結實，將來到底還是想要找個稍微好些的人家的，像小順子這樣，雖然為人老實又肯幹，但是按照大楊氏和黃鶯的眼界，只怕會嫌棄他沒有什麼根基。且瞧著黃鶯的樣子，臉上擺出一副對小順子愛理不理的嫌棄表情，作為趙彩鳳這樣的過來人不用想也知道，小順子這回鐵定是剃頭擔子一頭熱了。

趙彩鳳和黃鶯吃過了中飯，便又回了廣濟路的店裡面，一直忙到下午靠晚的時候，天衣閣那邊的馬掌櫃才派人來傳話，說是跟王嬤嬤約好明日早上巳時去侯府拜訪。

趙彩鳳抬起頭瞧見黃鶯在鋪子裡點面料，便問她。「我明日要去妳老東家那裡，妳跟不跟我過去？」

黃鶯聽了這話，臉上的神色略有些緊張，握著拳頭低頭想了片刻，一時沒能回答。

趙彩鳳便開口道：「既然想著要走不同的路了，那就放開點心。侯夫人賞了妳出來，妳也不虧欠他們，有什麼好怕的呢？」

黃鶯皺著眉頭，咬著唇瓣不說話，抬起頭瞧見趙彩鳳那副雲淡風輕、人生贏家的樣子，便又有些不服氣，咬牙道：「那我明兒就跟表姊一起去好了！」

趙彩鳳從店裡回去，已是申時末刻，家裡兩個婆子已經做好了晚飯，見趙彩鳳回來，忙就迎了上來。因為趙彩鳳這次帶了如意出門，吉祥有些羨慕，但是見兩人回來，還是高高興興地去廚房擺碗筷了。

趙彩鳳回到院中，見宋明軒還在房裡看書，這會兒太陽已經偏到了西頭，房間裡光線也不好，便挽了簾子進去道：「家裡是窮得點不起蠟燭嗎，要你這樣省儉？」

宋明軒方才就聽見趙彩鳳回來的聲音，只是手頭這篇文章還有幾個字沒寫好，所以就沒迎出去，這會兒聽她這麼說，便笑著道：「再幾筆就寫完了，這麼大的字，哪裡會看不見？」

其實趙彩鳳私下裡想，古代人便是得了近視，只怕自己也不知道吧？畢竟書上的字那麼大，要是真的連這樣大的字都看不清了，那至少也要五、六百度近視了，就得是個睜眼瞎啊！

趙彩鳳湊上去看了一眼，果然見宋明軒已經寫到了末行，那一筆秀氣的蠅頭小楷看著就讓人舒服，趙彩鳳便上前抱著他的腰，稱讚道：「相公的字真好看，比印出來的還好看！」

宋明軒瞄了趙彩鳳一眼，最近她對那本春宮圖很感興趣，成了晚上必備的睡眠讀物，因此宋明軒便故意拿話堵她道：「沒有畫的好看。」

趙彩鳳就知道宋明軒小家子氣，遂開口道：「瞧你這小樣兒！我看我的，有種你別碰我呀！」趙彩鳳是抱著純欣賞的態度看的，可奈何宋明軒卻欣賞不來，看了便想著來，趙彩鳳到底拗不過他，被他逗個幾下，身子就先不聽使喚了，所以她最近雖然一直賦閒在家，其實還挺勞累的。

宋明軒聽了趙彩鳳這話，到底沒了底氣，便握著她抱在腰間的手，小聲道：「我沒種，行了不？」

趙彩鳳就喜歡宋明軒這種吃癟的樣子，但是她也知道，這種口頭上的勝利其實真的沒啥用處，因為在不久的將來，茫茫夜色籠罩之後，宋明軒就會冒出他的狼性本色，把白天受的委屈全一溜地討回去。趙彩鳳想到這裡還覺得有些害怕，急忙從宋明軒的掌中把手給抽了出來，小聲抱怨道：「今晚不行，明兒我要上永昌侯府去，你忍心我扶著腰出門嗎？」

宋明軒到底也是心疼趙彩鳳的，一把摟著她，讓她坐在自己的大腿上，低著頭咬她的耳朵。「那今晚咱們休沐吧。」

趙彩鳳見他那略帶著無賴的壞笑，往他懷裡靠了靠道：「從今兒起到回趙家村都不要了，哪有放假只放一天的？」

宋明軒瞧趙彩鳳那小神情，只好點頭答應了。

外頭婆子過來請了兩人去飯廳用飯，只在外面叫了一聲，便遠遠地都走了。兩個婆子也是過來人，誰沒見過小夫妻要好的？可要好成趙彩鳳和宋明軒這樣的，終究不多，光這一段日子的床單，都不知道洗了幾回了！兩個婆子私下裡還嘮嗑，說這要是再天天這樣下去，只怕過不了幾個月，東家準得有喜了！

一家人歡歡喜喜地吃了晚飯後，宋明軒送了陳阿婆回後罩房去。

趙彩鳳因為覺得去廚房打水太遠，所以把西廂房邊上的耳房改成了澡房，讓錢木匠重新打了新的浴桶，邊上灶上的水開了，直接就舀到浴桶裡面，也省得在外頭用木桶挑來挑去的累人。趙彩鳳讓婆子燒熱了水，便喊了宋明軒到那裡頭洗澡去。

這時候天還很冷，但裡面有熱灶頭，又有炭盆，倒是熱得冒煙了。宋明軒脫了衣服跨進浴桶，便瞧見趙彩鳳推門進來，手裡拿著乾淨的中衣。

「故意的吧？又想不拿中衣騙我進來，信不信下次我讓吉祥、如意送進來？」

宋明軒聽了，嚇了一跳，那兩個丫頭他自己連正眼都沒瞧過，況且他們兩人都使喚不習慣丫鬟，也不知道喊了她們要做什麼，且兩個孩子還那麼小……宋明軒就是想一下就已經忍不住面紅耳赤了。

趙彩鳳笑著道：「行了，給你搓完了背我就出去。」

澡房裡熱氣熏天的，不一會兒趙彩鳳的額頭上也泌出了細米大的汗珠來。如今宋明軒身上多了幾兩肉，連胸口的肋骨也比以前看上去不明顯了，手指點在上面，還有一些緊實的肌肉感。趙彩鳳便想起幾年前在討飯街第一次讓宋明軒洗澡，那時候同樣的一桶水，宋明軒坐在裡面都淹不到胸口，可見這兩年體積真的是有所增大了，就連那邊的尺寸……趙彩鳳想到這裡，臉色越發就紅了，幸好這裡頭熱得悶人，她原本就面紅耳赤的。說好了不想那事的，沒想到自己先想了起來，這慾望還真是讓人琢磨不透，明明之前就算是看著春宮圖，她還很淡定來著。

趙彩鳳看了一眼宋明軒那白皙勻稱的後背，嚥了嚥口水，丟下了帕子，開口道：「好了，背搓好了，你自己洗吧！」說完，便快速地開門逃了出去。

就著外頭的寒氣深呼吸了兩下後，趙彩鳳拍了拍滾燙的臉頰，回房裡先睡去了。

宋明軒泡了一個熱水澡，回房見趙彩鳳朝著床裡頭睡下，只當她已經睡著了，便也脫了鞋襪上床，沒過一會兒，邊上就傳出了他均勻的呼吸聲。

趙彩鳳這才一臉哀怨地轉過頭來，看著宋明軒挺翹的鼻尖，嚥了嚥口水，對著床頂嘆息……

第五十七章

第二天一早，宋明軒倒是醒得很早，趙彩鳳因為昨夜無眠，到底起得有些遲了，醒來的時候瞧見宋明軒已經穿戴整齊了坐在對面的炕上看書，便朝他招了招手道：「你過來。」

宋明軒不明所以地放下書走了過去，趙彩鳳只從被窩裡伸出手來，抱著宋明軒，用臉頰貼著他的臉蹭了兩下，宋明軒當即明白了趙彩鳳的意思，兩人還沒吃早飯，就先交了一趟公糧……

因為要去侯府談生意，吃飽饜足的趙彩鳳也只好從被窩裡面爬了起來。冬天她喜歡穿襖裙，穿褙子總有一種敞懷的感覺，覺得胸口冷冷的，大概還是不能習慣京城初春時候依舊嚴寒的天氣吧。

今日她特意穿了一件水綠色的短襖裙，在右下襬和左邊胸口繡著盛開的梨花枝，下面是白色撒花流仙裙，用水綠色緄了一層邊，裙腳繡了幾片綠葉，瞧著就讓人耳目一新。料子不是綢緞的，是棉綾的，看著雖然不夠柔滑，但是勝在挺，穿在身上很顯身材。

宋明軒從身後看著趙彩鳳對著鏡子將頭髮盤完了，親自幫她在妝奩裡選了一支簪子戴上，兩人這才一同出了門。

幫傭的婆子見了，便笑著道：「東家今兒又要出門啊？先吃一點東西再走吧！」

趙彩鳳怕把衣服弄髒了，就只喝了幾口小米粥，又吃了半個開花饅頭。

這時候如意進來道：「奶奶，鍾叔已經在門外等著了。」

趙彩鳳見如意睜大著眼珠子，一副可憐兮兮的樣子，就知道她是想跟著出門，只是今兒出去不是玩，侯府規矩又大，趙彩鳳便開口道：「妳今天就跟吉祥在家裡，和三個婆婆一起學學針線，改明兒再帶妳出去。」

如意聽了，便有些失落地點了點頭，低著頭站在趙彩鳳的身邊。

趙彩鳳出了門後，直接去了大楊氏家接黃鶯。大楊氏家就在永昌侯府後街上，所以到了她們家，侯府也就近了。趙彩鳳見黃鶯從裡面出來，身上穿著半新不舊的月白蘭花刺繡鑲領白色對襟褙子，雖然瞧著素淨了些，倒也不覺得寒酸。

見了趙彩鳳，黃鶯便迎上來道：「表姊，我從侯府出來的時候，一件好衣服都沒帶上，這件還是好幾年前老太太跟前的姊姊送的，到底拿出來派了用處了。」

趙彩鳳便問她。「上回給妳的面料，妳不是自己做了幾套嗎？怎麼還不捨得穿？」

黃鶯聞言，到底還有幾分血氣，擰眉道：「我穿成那樣回去做什麼？侯府的丫鬟但凡穿得好看的，不就是為了往幾位爺跟前湊嗎？不過就是些有賊心沒賊膽的，我要那樣花枝招展地回去，還能討她們一頓罵呢，不如就遂了她們的心意，看著我落魄些好。」

趙彩鳳聽了這話，到底覺得有些意思。黃鶯自然是再高傲不過的，只是這高傲裡面，倒是夾雜著幾分小可愛，高傲得坦坦蕩蕩的。

「依我看，妳如今反正已經不在侯府當下人了，還管她們說三道四的？倒不如穿得好看點進去，隨她們口水亂噴，自己只當是看樂子呢！不然看不見別人跳腳，怎麼好玩呢？」

黃鶯聽了趙彩鳳這話，吐了吐舌頭。表姊看著人不錯，原來心思竟然如此黑暗？不過她想了想，倒是覺得有些道理，笑著道：「那表姊，這會兒沒錯過時辰吧？我進去換一件？」

趙彩鳳忍不住掩嘴笑了起來，開口道：「去吧去吧！出挑些好，但不要衝撞了裡頭的主子。」

黃鶯在侯府當差不是一天、兩天了，侯府裡面太太姑娘們的喜好還是知道一點的，所以出來的時候穿著淺金桃紅二色撒花褙子，這顏色最襯膚色，好看又不刺眼，穿在小姑娘身上最好不過，尤其黃鶯前一陣坐小月子，臉上多出了幾兩肉來，瞧著圓潤些，也和這個顏色相配得很，且她這件衣服原是穿過一回的，看上去不是簇新的，也就沒那樣扎眼了。

趙彩鳳見她出來，滿意地點了點頭，笑道：「行了，再不走可真的要遲了。」

黃鶯應了一聲，扶著趙彩鳳上了馬車，馬車轉了一道彎，就到了永昌侯府的後角門口。

王嬤嬤早就派了小丫鬟在門口候著，見黃鶯跟著趙彩鳳一起從馬車裡面出來，稍稍愣了一下，隨即上前福了福身子，領了兩人進門，趙彩鳳便帶著黃鶯一起進了永昌侯府的院子。

永昌侯夫人的住處在侯府的西南方，從後角門進去要穿越整個後花園，巳時又正好是丫鬟們服侍完主子，可以出來稍微休息休息的時候，這時候正值初春，柳枝上的綠芽冒了出來，院子裡也熱鬧了不少。眾人因聽說天衣閣的掌櫃今兒要進來給她們選新衣服的款式，個個神情都雀躍了幾分，都悄悄地往這邊望過來。

幾個丫鬟見黃鶯跟在趙彩鳳的身後，忍不住竊竊私語了起來。「那不是二少爺房裡的鶯兒嗎？怎麼如今跟著趙老闆了？」

這幾個丫鬟中有一個正是鄭瑤身邊的春竹，見眾人議論，便開口道：「趙老闆是鶯兒的表姊，上次她娘砸了五姑娘的穿衣鏡，那賠的銀子還是趙老闆給墊上的。」

丫鬟們尋常就是以聊聊是非為樂，聽了這些倒是有幾分羨慕起黃鶯來，口氣不由得酸了。「沒想到她還有這種造化！」

黃鶯出去的時候，侯夫人到底還是給她留了幾分顏面，只說她年紀大了，賞她去外面自己配個人家，大家雖然覺得黃鶯會走必定和二少爺有所關聯，但比起被打出去的銀蝶她們，總好上了幾分。

黃鶯以前在侯府為人就有些傲氣，且老太太又寵著二少爺，她們房裡的丫鬟與別處的丫鬟比，自然有一種高人一等的感覺，如今重新回來，那些原先和她不交好的，自然都是看熱鬧的，而那些原先和她有幾分交情的，也不敢貿然過來跟她說話。

聽著小丫鬟酸溜溜的口氣，春竹笑著道：「誰讓妳沒有這樣一個好表姊呢！聽說趙老闆的相公還是上一屆的解元，明年春闈必定是可以中進士的，到時候鶯兒還是官老爺的小姨子呢！」春竹這話說到底也有些酸味了，可是又能怎樣呢？黃鶯雖然沒造化做二少爺的通房，可有趙老闆這樣的靠山，以後還愁找不到好人家嗎？

黃鶯跟在趙彩鳳的身後，到底還是有些惴惴不安。

不一會兒，小丫鬟已經帶著兩人到了侯夫人的正院。

黃鶯想起那日銀蝶被拖走時的情景，雙腿還有些微微顫抖，總覺得這外頭的青石板就跟沒洗乾淨一樣，她只要一低頭，就能瞧見這上頭還沾著銀蝶的血跡……

小丫鬟到了門口，轉身和趙彩鳳招呼了一聲，便先進去傳話了。

趙彩鳳扭頭過來，瞧見黃鶯略有些緊張地站在後面，放在身前的手指不經意地做著小動作。

「怎麼，害怕了？到了這兒可沒有打退堂鼓的。」

「也不是害怕，就是有些緊張，侯夫人她……」黃鶯也不知道怎麼形容這位侯夫人，外界對她的風評很好，只是對待下人鐵腕了一點，不過也正因為如此，侯府被她治理得如鐵板一塊，便是鄭玉這般不出息，見了她還是有幾分怕的，作為以前在府上服侍過的下人，黃鶯確實對她有幾分敬畏。

趙彩鳳見她這樣，笑著道：「妳如今還怕她什麼？她都賞了妳出府了，如今妳已經不是侯府的下人，是我的夥計了，要怕也應該怕我才對呀！」

趙彩鳳這麼說，黃鶯也兜不住了，笑著道：「表姊，妳怎麼還開玩笑呢！」

趙彩鳳見黃鶯笑了，也不多說了，又回復了平常一本正經的表情。

這時候，方才進門去通傳的小丫鬟已經從裡面出來，王嬤嬤跟在她的身後。見趙彩鳳站在門口，王嬤嬤笑著迎了過來道：「我們太太、二太太還有幾位姑娘都在呢，趙老闆進來吧！」

趙彩鳳跟王嬤嬤見過了禮，又向她介紹道：「這是我表妹，如今在我店裡幫忙。」王嬤嬤以前是有些瞧不上黃鶯的，她也是從當丫鬟過來的，不喜歡丫鬟太傲氣，傲氣的丫鬟沒幾個落得好結果。可如今趙彩鳳把她帶了過來，到底不能不讓人進去，便笑著道：「那就一起進來吧！」

黃鶯自從出了侯府，坐足了小月子後，如今身條倒是比在侯府的時候更窈窕，一張鵝蛋臉更是圓潤，瞧著比在侯府時還氣派了。

趙彩鳳才帶著她進來，已經有幾個小丫鬟認出了她來，因為屋裡坐著一群主子，到底沒有人敢竊竊私語的。

侯夫人日理萬機的忙碌，對鄭玉房裡的幾個丫鬟也就知道個名字，論起長相到底是不怎麼對得上號的，一時倒是沒認出來。她與趙彩鳳見過幾回，這時候見她來了，就招呼道：「前幾日聽說妳都不在店裡，可見是家裡事情忙得很了？」玉山書院走水的事情，她們自然也是知道的，所以才有此一問。

趙彩鳳索性笑著道：「家裡確實有些抽不出手來，且再過幾日是我婆母的忌日，我和相公都要回鄉上墳，所以今日怎麼著也要抽空過來了，不能耽誤了府上的大事。」

侯夫人這幾日也頗為此事忙碌，鄭玉原先在書院唸書的時候就三心二意的，如今聽說書院走水，他們京城子弟都不用去了，自是散漫了不少，侯夫人也越發緊張，只將鄭玉的院子看管得跟鐵桶一般，身邊只留兩個貼身服侍的丫鬟，其餘都是小廝。縱是這樣，侯夫人依舊還是有幾分不放心。

想到這裡，侯夫人又嘆了一口氣，這才道：「既然來了，那咱們就先把東西選一下吧！」

趙彩鳳便從黃鶯的手裡拿了冊子過來，遞到了侯夫人面前，一本是丫鬟衣服的款式，一本則是最新的夏款禮服。

那邊鄭瑤和幾個二房的姑娘坐在侯夫人的下首，瞧見趙彩鳳遞了冊子過去，一個個都睜大了眼睛，恨不得能立刻看上一眼的。

侯夫人翻了兩頁，瞧見姑娘們那樣子，搖頭笑著將禮服的冊子交給丫鬟遞了過去，道：「讓姑娘們先選吧！」

鄭瑤便接了冊子，和幾個小姊妹一頁頁地翻看了起來。

趙彩鳳笑著道：「以前的冊子都是我親手畫的，這次我找了一個印花的作坊，說是能印出來，但是只能配五套色，姑娘們若有看上的款式，我可以另外配色。」趙彩鳳最近看那個春宮圖也不是完全沒有用的，到底被她看出了一些門道來。她找上了印刷春宮圖的作坊，只是古代技術有限，所以能印出的顏色也有限。

鄭瑤點了點頭，便高高興興地又翻看了起來。

沒過多久，侯夫人也選好了丫鬟們的夏衣款式，又特意喊了身邊兩個丫鬟過來瞧了一眼，兩個丫鬟都喜歡得很，定下了款式，接著便又開始選起了料子。

「我們也知道如今天衣閣和寶祥綢緞莊合作，料子是很不錯的，可是家裡這麼多料子，若是不用掉，也無非就是壓箱底用的，到底也是糟蹋了好東西。瑤丫頭說妳最會搭配，不如幫我們瞧瞧，哪些料子是可以做成好看衣服的，順帶就幫我們用了吧，價格妳按正常的算，多下來的料子，我們也不要回來了，就給了妳當鑲邊用的，做個配色什麼的也好。」

原來朱雀大街的錦繡綢緞莊是侯府二房的太太經營的，每年年底都會拿一些料子過來孝敬老太太。那些料子趙彩鳳也都瞧過，都是一些陳年積壓的、賣不掉的料子，雖然也不乏雲錦、蜀錦這樣的名貴料子，但到底瞧著老氣些，做姑娘家的衣服就有些遜色了。可是那麼多的料子，又不能不做成衣服，不然堆著也是浪費，所以侯夫人今兒故意請了二太太一起過來，又叫上了趙彩鳳，想把這些料子做成衣服。

趙彩鳳心道：這是要讓我幫妳消庫存呢！這做衣服雖然容易，但是配色雜了，就未必好看，且如今又靠近夏天，一些厚實的面料到底不好搭衣服了。趙彩鳳便笑著開口道：「夫人這樣說，我自然是幫這個忙的。不過眼下天氣越來越熱，只怕厚料子是不好做了，不如先將薄料子理出來，做一批夏天的，等夏天時再將厚料子抬出來，做一批秋冬的，這樣也不會混著了。」

侯夫人聽得很是，忙喚了王嬤嬤去庫房抬料子。

一旁的二太太聽了，也有些心動，她店裡就還存著好些壓箱底的料子呢，這些料子扔了可惜，做成衣服也不好看，如今有趙彩鳳這樣的能人在，怎麼也要給自己張羅兩套的！

二房的兩個姑娘聽了，也忙不迭地開口道：「太太，我們也能跟著做幾套嗎？難得趙老闆在。上回趙老闆給五姊姊做的衣服可好看了，後來我們才知道，是老太太賞的料子做的，若不說，我們都瞧不出來呢！」

鄭瑤這時候越發就得意了起來，笑著道：「眼下還不到一個月又要到上巳節了，這時候若是配起料子，還能趕得及上巳節穿呢！」

趙彩鳳聽了這話，暗暗頭痛，這五姑娘，竟給她整困難的事！上回是因為頭一次做生意，她才硬著頭皮接了下來，如今又要讓她趕一次，真是頭大。幸好如今兩個繡坊的管事對她都熱絡得很，只是到底又要欠下人情了。

這一談就談到了午時二刻，丫鬟們催了幾次擺飯，幾個姑娘這才意猶未盡地放過了趙彩鳳，只說過一陣子還要去她的天衣閣看看。

趙彩鳳便笑著道：「估計得要三月分才能回京城了，好不容易去一趟鄉下，到底要多住幾日的。」

鄭瑤便唆使著幾個姑娘道：「眼下正開春，莊子上的風光可好了，這時節麥苗綠油油的，河裡還能釣上鱖魚。上回我去莊子裡的時候，還吃到了婆子做的榆錢糕，那可真叫一個好吃呢！」

幾個姑娘都附和道：「說得我都餓了，真想也去莊子上吃一回呢！」

侯夫人便笑著道：「這都什麼時辰了，一個個想著新衣服就忘了吃了，怎麼能不餓？我這邊已經備下了飯菜，今兒就都在我這裡吃一頓吧！」

幾個姑娘的臉都紅了，方才聊得盡興，自然是不覺得餓，這會兒倒是真的飢腸轆轆了。

侯夫人說完，又吩咐丫鬟道：「妳們帶著趙老闆和這位姑娘去偏廳裡頭吃一些，忙了一早上，自然都餓了。」

那丫鬟原是在侯夫人身邊服侍的，倒是難得和黃鶯合得來的一個，便笑著道：「太太真的認不出她來了嗎？她原是二少爺房裡的鶯兒啊！太太年前賞了她出去的。」

侯夫人被這麼一提點，倒是想了起來，擰著眉頭道：「妳不說，我還真沒認出來，我只當我們府上並找不出這樣齊整的姑娘呢！」

黃鶯聽見那丫鬟提起自己，早已經緊張了起來，如今見侯夫人並未說什麼壞話，到底鬆了一口氣。

那丫鬟便衝著她使了一個眼色，扶著侯夫人離去了。

不多時，便有小丫鬟領了趙彩鳳和黃鶯去偏廳用午膳。是四菜一湯的菜色，倒是比下人吃的考究很多。

黃鶯見了，開口道：「這道香酥鴨子是太太最喜歡的菜了，還有這個清炒蘆蒿，五姑娘很喜歡。看來這些都是太太特意給我們留的！」黃鶯以前畢竟是下人，吃的終究是下人菜，只有偶爾二少爺在府上的時候，才會多做幾個菜，吃剩下的賞了她們。如今不在侯府當下人了，待遇反倒比之前好了許多，臉上不禁透出幾分驚喜來。

趙彩鳳自是瞧出了黃鶯的心情，便開口道：「我們吃吧，說了一上午，我還真是有些餓了。」

黃鶯其實也餓得不輕了，她們以前在主子跟前當差時就不能吃太飽，免得做出一些不文雅的事情來。雖說今兒不算是在當差，可到底是她以前的主子家，她是一點兒都不敢掉以輕心的。

兩人用過了午膳便回了天衣閣，將訂單一一整理清楚，告訴了馬掌櫃，請他從明天開始將所有的單子安排一下，這其間黃鶯也一直在跟前聽著。

等馬掌櫃應了，趙彩鳳才繼續開口道：「我從初八開始就要回一趟鄉下，如今你手上事情也多，這些單子就交給黃鶯先跟著，她有什麼不懂的，你只管說她。侯府那邊，到底都是女眷，你去也不合適，若是東西好了，就讓她送過去吧。」

黃鶯聽了，張大了嘴巴，一顆心就要跳到嗓子眼了！她最怕的就是侯夫人了，趙彩鳳還讓她跟著侯府這單子，這這這……黃鶯皺著眉頭，支支吾吾地道：「表姊，我……我什麼都不懂，這樣不好吧？」

趙彩鳳便開口道：「妳怎麼什麼都不懂了呢？妳以前眼珠子長頭頂的時候，我還以為妳什麼都懂呢！」

黃鶯算是領教過趙彩鳳這毒舌的了，只能硬著頭皮，鬱悶地道：「萬一有什麼做得不好，侯夫人怪罪下來了，那可怎麼辦？」

趙彩鳳便笑著道：「我們是生意人，若是做得不好，頂多也就是失去了侯府這一個客人，她也不能把妳給賣了。不過……妳還欠我那麼多銀子，她不賣妳，沒準我不賣妳！」

黃鶯知道趙彩鳳是玩笑話，可她對侯夫人實在還是有幾分害怕。這也難怪黃鶯了，正常人瞧見一個人在自己跟前被打得半死，多少都會有些心理陰影的，黃鶯今兒的表現其實還算不錯了。

那邊馬掌櫃聽了，開口道：「表姑娘，以前這些事都是東家親自做的，我也不過就是和繡坊的幾個管事們打招呼，我這邊平常還有客人來，照顧不到這些，還請表姑娘分擔些。」

黃鶯聽了，到底是有些動心了，就衝著趙彩鳳進侯府時，那些丫鬟、婆子對她恭敬的態度，她就想著自己要是也能這樣，那該多好？以前她縱然是心高氣傲，卻到底是用錯了地方，如今想想，那種表面上光鮮、背地裡卻依舊讓人看不起的人，到底是沒什麼值得驕傲的。

「表姊，那我就試試成不？」黃鶯想了想，終是答應了下來。

趙彩鳳便點了點頭，又道：「我那邊有兩個小丫鬟，什麼都不懂，我自己也是沒使喚過丫鬟的人，明兒讓她們去妳家，妳幫我調教調教吧。」

黃鶯一聽，更傻眼了，問道：「表姊回鄉下不用帶個丫鬟過去嗎？」

「鄉下人家，沒有在使喚丫鬟的。再說了，就我們家那三間茅屋，有丫鬟睡的地方嗎？」

黃鶯一想起趙彩鳳家那三間茅草屋，也忍不住笑了起來。

晚上趙彩鳳回家的時候，就和宋明軒商量起了回鄉的事情。他們如今在城裡也總算站穩了腳跟，如今手上也盈餘了一些銀子，當年許氏去的時候，全賴著村裡人幫忙，如今也是時候稍微表示表示了。

村裡人簡樸，好料子給了他們也捨不得做成衣服，無非就是藏著等家裡孩子娶媳婦或者嫁閨女的時候用，到底不怎麼實在，趙彩鳳便讓羅掌櫃特意將庫存的棉布料子找了好些出來，顏色也都是尋常的草綠色、石青色、藕荷色的，比較適合鄉下人，這些是一早就打點好了的。

另外還有一些送人的南北貨，趙彩鳳也讓家裡幫傭的婆子給買了，都放在後頭的庫房裡。

宋明軒見趙彩鳳安排得井井有條，心裡也是說不出的安慰。他一個讀書人，到底想得沒那麼細緻。

趙彩鳳說著，又開口道：「還有一件事情，也要同你說一聲的。你那爺爺，一年多前去了，當時你在書院唸書，是李叔來傳的話。因為陳阿婆已經得了休書，算不得宋家的人，所以就沒回去，我便讓李叔帶了二十兩銀子送去，就當是弔唁的銀子。這些事情我沒告訴你，是怕你鬧心，如今你要回去，自然就會知道了。」

宋明軒聞言，到底有些過意不去，又想起那宋老爺子的各種不是，也沒傷心，只是抱著趙彩鳳不鬆手，覺得自己虧欠她太多，忍不住開口道：「我宋明軒何德何能，能有妳這樣的媳婦……」

趙彩鳳瞧著他竟是眼睛都有些紅了，覺得心裡頭甜甜的。再說這也不算什麼，趙彩鳳忽然發現，她是真的越來越賢慧了。

「還有件事我也想跟你說一聲，你如今中了舉人，將來還要中進士的，到時候到底是要回鄉祭祖。雖然你爺爺是不像話了點，但是人死燈滅，你就當他是個屁，以後拜祭列祖列宗的時候，心裡默唸一句『除了他，我拜你們全部』，這不就行了？也別真像之前說的，要另開祠堂，這樣不好。」

這事趙彩鳳到底是跟很多人商討過的，就是擺在現代，宋明軒再占理，從外人看來，他也是不孝的。趙彩鳳可不想因為這些破事影響了宋明軒的仕途，所以這才迂迴地勸起了他來。宋明軒瞧著通情達理的，但有些事情其實執拗得很，不光執拗，還中二呢，不然也不會因為同窗說幾句閒話，他就寫什麼〈辯妻書〉。

宋明軒聽了趙彩鳳的話，略略沈默了片刻。他心裡是一百個不願意認那個爺爺的，那人當初可是指著趙彩鳳罵她是望門寡，可如今趙彩鳳卻反倒來勸自己，可見她這一片心是完完全全就在自己的身上。宋明軒如何不知道，他若是真的另立宗祠，將來要是有些什麼，必定是要被同僚拿來打擊的。

趙彩鳳見宋明軒低著頭，似乎還有些執拗，伸出雙手托著他的腦門道：「哎呦，你怎麼那麼迂腐啊？讓你給他拜一拜，還能少塊肉不成？反正咱以後一年能回去幾次？你一個男子漢大丈夫，難道還不如我胸襟開闊？」

宋明軒蹙眉不語，還故意擰著脖子不去看趙彩鳳的眼睛，趙彩鳳便湊過去，在他下巴上蹭來蹭去的，撒嬌道：「我家相公咋就這樣孩子氣呢？你說你這是生什麼悶氣呢？」

宋明軒被趙彩鳳蹭得臊了，想了想，嘆了一口氣，又道：「讓我回去祭祖也行，我只有一個條件——將來那人死了，不准進宗祠。」

趙彩鳳知道他說的是宋老爺後來又娶的林氏，也知道宋明軒說的這也是合規矩的話，便拍了拍胸脯道：「這你放心，這事情我去說，保證讓你滿意！」

宋明軒見趙彩鳳那拍胸脯保證的表情，忍不住笑了起來，又道：「娘子做事，不管對錯，我都滿意！」

許氏的忌日就快到了，趙彩鳳想著回去之後還要安排一些事情，所以便提前了兩天走。因為這一趟帶的東西多，趙彩鳳特意多雇了一輛馬車。楊氏知道趙彩鳳要回去，也帶著翠芬過來一起幫忙，錢木匠和趙文兩人最近有活計，倒是抽不出空來。

翠芬瞧著臉色比以前好了，她跟著郭老四的時候不過十五、六歲，如今其實也才二十三、四的樣子，但是人經歷了風霜，就瞧著有些老。她對楊氏倒是客氣得很，事事都爭先恐後地搶著做，是一個賢慧的媳婦做派。趙彩鳳心下想著，其實翠芬要是不跟了郭老四，定然是一個相夫教子、服侍公婆皆面面俱到的好媳婦。

楊氏見東西都已經裝上了車，彼此就站在門口話別，開口道：「什麼時候回來，妳先告訴我，到時候我過來給妳打掃房子。」

趙彩鳳便道：「有兩位婆婆打掃呢，哪裡用得著妳？只是如今家裡沒了主人，妳好歹和錢大叔過來住幾天，幫我看看房子。」

楊氏一想，趙彩鳳說得正是呢，她這次回鄉，兩個小丫鬟送去了黃鶯那邊，家裡就剩下兩個婆子，雖說這兩個婆子是知根知底的，可萬一要是遭了賊，找誰說道去？

楊氏便開口道：「既然這樣，我和妳錢大叔就帶著小五過來住，等你們回來了再走吧？」趙彩鳳點了點頭，正要上車，那邊楊氏又道：「也別在鄉下住太久，在鄉下哪裡能看進去什麼書？可別耽誤了明軒的功課。」

趙彩鳳便笑著道：「可把他給嬌慣的，他以前不就是在鄉下看書考上秀才和舉人的嗎？

怎麼以前能看進去，如今就看不進去了？」

宋明軒也開口道：「鄉下安靜，倒是能看進去書，就是怕那邊什麼都沒有，彩鳳住著該不習慣了。」

趙彩鳳就道：「有什麼不習慣的？那裡是我家，俗話說金窩銀窩，不及家裡的狗窩。」

楊氏送了一行人離去，這才和翠芬回了討飯街，又交代了一些事情，便帶著行李來廣濟路住了。她們原本住的廂房還原樣沒動，所以楊氏也就帶了幾件換洗的衣服，讓翠芬囑咐錢木匠，今兒到那邊睡去。

從京城到趙家村，大約有七、八十里路，以前每回都是先去了河橋鎮，稍微停留一下再回去的，這次自己雇了車，倒是沒那麼講究了，途中只稍微停歇了片刻，便一口氣地往趙家村去了。

趙彩鳳雇的只是尋常馬車，但京城裡面的馬車有規制，不好的不讓上路，怕影響市容，所以這馬車行駛到了村裡頭，大家瞧著可都是不得了的。

村口的小河邊上，還像以前一樣，是小孩子玩耍的聚集地。馬車才駛入村口，便有幾個赤著腳的小男孩朝這邊看了過來，一臉嚮往地看著馬車從自己跟前飛快駛過。

趙彩鳳探出頭來，囑咐道：「鍾叔，村裡頭路不好走，走慢些。」

鍾叔點了點頭，放慢了速度。

陳阿婆挽起簾子往外頭看了一眼，高興道：「快看快看，這麥苗可真綠呀，我倒是好些日子沒瞧見了。」

宋明軒也有些興奮，這春日的暖風吹過來讓人覺得神清氣爽，他扭頭看了一眼趙彩鳳，伸手按住她的手背。

不一會兒，馬車就在趙、宋兩家的門口停了下來。

趙彩鳳先挽了簾子下來，瞧見自家門口還貼著春聯，院子裡面更是整理得一塵不染的，不像是兩年沒人住過的樣子。

陳阿婆也下了車，看了一眼自己住了半輩子的老房子，開口道：「如今看著是簡陋了些，看來我也被你們給養刁了！」

眾人推門進去，張羅著搬車上的東西。

趙彩鳳開了客堂的門，將罩在家具上的粗布都扯了，讓車夫將車裡的東西都搬進客堂裡的兩張八仙桌上。

陳阿婆也沒閒下來，去了後面廚房，把灶上擦洗了一下，生火燒上一些熱水。

雖然村裡人沒得信，但是瞧見兩家門口停著兩架馬車，又想起這許氏的忌日近了，便想著大約是趙彩鳳他們回來上墳了。

沒過多久，就瞧見李奶奶帶著她二媳婦和村裡另外幾個年輕媳婦和婆子都上門來了。

趙彩鳳正在家裡收拾東西，陳阿婆也剛剛才燒上了一鍋熱水，家裡還沒打掃，趙彩鳳只好領著她們到了自家客廳，稍稍打掃了一下，發現倒是沒什麼灰塵，便讓大家夥兒都坐了下來。

李全媳婦見了趙彩鳳，忍不住開口道：「我家男人說妳在城裡開了大店面，專門給那些城裡的太太奶奶做衣服，是不是真的？」

李奶奶便數落她道：「妳急什麼問這些？彩鳳還沒歇下來呢！」見趙彩鳳又去房裡搬凳子，便道：「彩鳳妳快別忙了，我們就這樣擠擠坐著就是了，妳自己也坐。」

趙彩鳳搬了幾張墩子出來，自己也坐了下來，開口道：「是開了一家賣衣服的店面，有半年多了。一開始是開了一間綢緞莊，後來瞧著賣布料沒有賣衣服賺錢，就改賣衣服了。我這次回來，倒是還有事情要勞煩李奶奶呢！」

李奶奶聽了，便問是什麼事情。

趙彩鳳就道：「如今鋪子大了，人手不夠，想找兩個聰明點的孩子去當學徒，還想再請個手腳勤快的跟著我相公，就當跑腿的使喚。我想這一樣是請人，不如由村裡頭帶出去，也知根知底一些。只是我醜話說在前頭，要是不懂事的，我可是要送回來的。」

李奶奶知道趙彩鳳這是有了銀子，想拉拔拉拔村裡的窮鄉親呢，便開口道：「這個妳放心，自從妳叔當了里長，身邊倒是有幾個靈巧的孩子，回頭我問問他們哪個願意上城裡去的。」

一旁聽了這話的幾個媳婦，眼珠子都已經亮了，恨不得立時就把自家的孩子給喊過來，讓趙彩鳳好好地挑一挑！

「這事不急，我們還要住一陣子呢！明年這時候明軒就要下場子了，也沒法兒回來，我好歹要把這裡該安頓的事情安頓好。」

李奶奶便點了點頭，又道：「有什麼事情要幫忙的，妳儘管開口。妳家這房子，我也隔三差五地喊人過來打掃，妳叔說你們都是孝順的孩子，今年一準會回來的。」

趙彩鳳便道：「幸好叔都幫我們打點過了。」趙彩鳳說著，便領了李奶奶往宋家的客堂去，指著堆在兩張八仙桌上滿滿當當的東西，開口道：「這都是我從城裡帶回來的，村裡人我也不熟悉，李奶奶您就帶回去，幫我分給村裡人吧。」

那幾個媳婦聽了，頓時口水都快含不住一樣。村裡人穿的都是粗布衣服，哪裡見過這樣細膩、顏色又好的面料？雖然她們也知道這種面料怕也是城裡人看不上眼的，可還是蓋不住那股羨慕勁兒啊！

「這麼多……這要多少銀子啊？彩鳳，妳這也太破費了，我們村裡人也不常穿這樣的衣服啊！」李奶奶連連擺手道。

村裡人雖然平常不穿這樣的衣服，但是趙彩鳳知道，她們平常逢年過節也會給自己添一些好行頭。況且這些都是棉布料子，又不是綢緞，就是做幾身短打，那也使得。

「李奶奶快別客氣了，這些都是我自家店裡頭拿的，平常也都是城裡的百姓們穿的。我也知道咱地裡滾的泥腿子，穿不得好衣裳，怕你們捨不得，才只拿了這些料子回來，這一趟車馬費還費了我不少銀子呢，難不成您還讓我拉回去？」

幾個媳婦就一起陪笑說是，勸李奶奶收下。

李奶奶也知道她們平常窮苦，看了好東西自然是想要的，便點了點頭道：「那我就替鄉親們謝謝妳了，只求老天爺保佑，明年明軒能中上一個狀元，這才好呢！」

趙彩鳳便笑著道：「不拘是狀元還是進士，能中一個就行了，最關鍵的是人要平平安安的回來，那就成了。」

李奶奶也跟著笑了，又道：「我活到這麼一把年紀，從沒見過妳這樣寵男人的，反倒把他一個大老爺們當孩子養一樣。」

趙彩鳳心道：我可不就是比宋明軒大了整整一輪嗎？再說，好不容易逮著了一個有潛力的小鮮肉，我不寵他寵誰？趙彩鳳越想便越高興，忍不住笑了起來。「夫妻之間本來就是要相互疼愛的，再說相公他也爭氣！」

李奶奶見她那笑得花一樣的樣子，忍不住問道：「話說妳家婆婆去了也有兩年了，我們這兒的規矩熱孝裡頭是不能有孩子的，如今都過去這麼長時間了，妳怎麼也沒個動靜呢？」

趙彩鳳被問到這個，又見一群人都睜大眼睛盯著她呢，不由得就臉頰一紅，小聲道：「相公他一直都在書院裡頭唸書，我們一年到頭也見不著幾回，哪裡有這個機會……」

李奶奶頓時就明白了過來，笑著道：「那不急、那不急，你們還年輕呢，來日方長！」

趙彩鳳見李奶奶這一副語重心長的樣子，還蹦出一句成語來，更是忍不住笑出聲來。

不一會兒，大家夥兒見他們家還忙亂著，便想著先回去了，趙彩鳳只把李奶奶給留了下來，說一會兒讓馬車帶東西回去的時候一起送她一程，其實是想跟她商量一下宋明軒家裡的事情。

李奶奶聽趙彩鳳說完，點了點頭道：「按說明軒這條件提得有道理，那林氏本就是他爺爺的小老婆，先是欺壓著陳阿婆這麼多年，後來又把自己當正經太太過日子，也確實不知廉恥。可如今妳二叔和三叔都是從她肚子裡蹦出來的，要是他們不答應，這事怕也不好說。」

趙彩鳳也跟著擰眉想了想，又開口道：「按理說，咱占著理，是沒什麼好怕的，便是鬧到縣衙那兒林氏也討不得好，可是我想著這樣鬧下去也不是個辦法，相公將來是要成大器的，以後要是有人抓住這個當他的小辮子倒是麻煩。我是想，如果他們那邊同意，我這裡打發幾個銀子也就是了，只是到時候李奶奶可只能說是我一個人的主意，千萬別提我相公半句。」

李奶奶見趙彩鳳這樣說，忍不住嘆道：「也不知道他們宋家祖墳上冒了什麼青煙，讓明軒娶到妳這樣的媳婦，哪一樣不替他打點得妥妥貼貼的？他要是以後對妳不好，天理都不容啊！」

趙彩鳳倒是沒覺得什麼，她也不是想跟惡勢力低頭，只是現代人當習慣了，有一個觀念根深柢固——能用錢解決的事情，都算不上大事。況且這鄉下人家，諒他們也不至於獅子大開口，就不怕到時候宋明軒真的考上了進士，不給他們好臉色嗎？

「李奶奶，那這事就這麼說定了，麻煩您幫我走一趟，等定下來了，只管告訴我，我這裡也帶了一些銀子回來的，若是不夠的話，我還有銀票，只是到時候便要麻煩李叔出去兌一下了。」

李嬸嬸忙道：「妳放心，他們要是敢獅子大開口，我非罵他們一個狗血淋頭！當年宋老爺死的時候，還是妳託我家李全捎了二十兩銀子回來，這才算把喪事給辦體面的。」

村裡人靠著幾畝薄田過日子，餬口是沒什麼大問題，可到底手上沒銀子，這一點趙彩鳳也是知道的。趙彩鳳便笑著道：「那我就等著李奶奶的好消息了。」

趙彩鳳送走了李奶奶後，又開始收拾了起來。進房的時候，就瞧見宋明軒已經把鋪蓋都整理好了。

今兒他們帶了吃的東西過來，不忙著開伙，又因為天晚了，就讓兩個車夫在隔壁歇一晚上，明兒一早再回去。

晚上大家夥兒都歇下了，趙彩鳳洗漱完之後，便靠在了床上想事情。這時候才剛剛初春，晚上也涼，這茅屋的窗子又有些透風，趙彩鳳便捲緊了被子，見宋明軒還在磨蹭，便開口道：「還不進來焐被窩，凍死我了！」

宋明軒見趙彩鳳在床上召喚他，便屁顛屁顛地跑去給老婆暖床了。

趙彩鳳往宋明軒的懷中靠著，看著四面灰牆並一個還算新修過的茅草房頂，笑著道：「都說由儉入奢易，由奢入儉難，我看還真是這樣的，這炕硬得硌人呢！」

宋明軒摟著趙彩鳳的肩膀，嘆了一口氣道：「以前我總說將來要讓妳過上好日子，綾羅綢緞、呼奴喚婢，沒想到我這只不過錯過一次春闈，妳倒是自己全掙出來了，想想也真汗顏。」

趙彩鳳戳著他的胸口道：「這有什麼？我的就是你的。」

宋明軒笑得一臉燦爛，又問：「妳跟我回來了，店裡的生意都安排好了嗎？」

「都好了，馬掌櫃經驗豐富，羅掌櫃又老實可靠，出不了什麼問題。我還交代了一些事情，讓黃鶯做去了。」

宋明軒對黃鶯的印象可不算好，瞧著就有些刁鑽的丫頭，上回還把他堵個大紅臉。「妳說妳表妹這次真的能學好嗎？」

趙彩鳳蹙眉想了想，道：「這我也不知道，可是她也不過才十六歲，總該給她一次機會瞧瞧。我這次特意讓她跟永昌侯府的生意，就是想看看她的心到底沈沒沈下來？」

「這話怎麼說？」宋明軒好奇地問道。

趙彩鳳便笑著道：「你們玉山書院走水了，京城弟子都奉命在家裡頭看書，這鄭家二少爺自然也不例外。若是黃鶯還跟他有私情，這樣進進出出幾趟，難免不被人看出點端倪來，到時候她若是還不清醒，做出一些糊塗事情來，那我自然不會再幫她，從此以後，也只當沒有他們家這一門親戚。」

宋明軒聽趙彩鳳這麼說，覺得有些道理，只是鄭玉在書院原就是不怎麼安分的，自己雖然和他沒什麼交情，卻也經常聽人私下說，那幾個人總喜歡結伴去長樂巷。這樣喜歡拈花惹草的人，只怕就算黃鶯不湊上去，他也未必不迎上來。「只是那鄭玉的人品，我多少有些不看好，只求他別想著妳表妹才好。」

「若是想著了，那才好呢！」趙彩鳳繼續道。「這世上受不住誘惑的人到底是成不了大事的，就算這次鄭玉不湊過來，以後還有別的人呢，難保不會湊過來。黃鶯要是這回能守住了，我還信她有幾分改過自新的決心。」

宋明軒心道，這話說得也是，年輕姑娘家，長得也算可以，終究是受人誘惑多一些的。「若她當真能學好了，我這邊倒是還有幾個寒門同窗尚未娶親的，有這一屆要下秋闈的，也有明年跟我一同下場子的，就看妳表妹的造化了。」

兩人又閒聊了片刻，到底夜也深了，便相繼都睡下了。

第五十八章

這日正好馬掌櫃從紅線繡坊回來，拿了兩件丫鬟的衣服，請黃鶯送去侯府，讓王嬤嬤先過個目，確認款式、顏色無誤了，他這邊也好看著安排生產。

黃鶯雖然怕侯夫人，可不能不去，且又說只要給王嬤嬤看，她也就壯著膽子，一個人來了。

進了侯府，雖然是熟得不能再熟的地方，可到底和以前的心境不一樣了。黃鶯在門口等了一會兒後，丫鬟來回話說王嬤嬤正在侯夫人那邊議事，聽說天衣閣拿了衣服樣子回來，就叫直接送去侯夫人那裡。黃鶯聽了，腿都有些軟了，卻只能硬著頭皮跟那丫鬟進去。

到了花園裡頭，走了沒半刻鐘，就聽見有人在背後喊她，黃鶯扭頭一看，見是以前一起在二少爺房裡服侍的丫鬟。

那丫鬟見黃鶯停了下來，便立即上前，壓低了聲音道：「二少爺說想妳了，請妳一會兒去他那邊坐坐，他也想做幾件衣服，讓妳給他量量尺寸呢！」

黃鶯聽了這話，當即又羞又憤。

最初時黃鶯不常進二少爺房裡服侍，是後來雪燕去了，她才被提了上來做細活兒，鄭玉見她長得青春可人的，性子又帶著幾分傲氣，覺得以前從來沒遇上過這樣有性格的，便越發地喜歡起她來，一心想著要騙上手去。黃鶯一開始還有些矜持，後來瞧著鄭玉對她像是有幾分真心，就也半推半就地從了。可憐她一個情竇初開的姑娘家，還真心以為自己是被少爺給看上了，直到出了銀蝶的事情，黃鶯才知道，鄭玉真的是丁點兒也不擔事的！好好的一個人就這樣在眼前活活被打成那樣，黃鶯這輩子都忘不了那一天的事情。

想起當日她那樣落魄地出了侯府，又掉了孩子，那鄭玉連半句話都沒有，甚至也從來沒派個小廝、丫鬟的來問一聲，如今見自己又好端端地來了，竟又來撩事！

黃鶯咬了咬唇瓣，開口道：「二少爺要做新衣服，自己回太太去，我來只是見太太的！」黃鶯說完，就跟著帶路的丫鬟走了。

那傳話的小丫鬟脹紅了臉在後面罵道：「如今攀高枝了就傲了，以前在二少爺跟前，還不是跟叭兒狗一樣的嗎？」

黃鶯耳朵尖，聽見了這話，她原本就是吃不起虧的脾氣，這時候一股氣就湧了上來，破口罵道：「誰愛做叭兒狗誰做去！以前他是我主子，我那樣服侍他是該的，如今我已經不是侯府的丫鬟了，難道還要讓他當叭兒狗使喚嗎？」

那傳話的丫鬟被黃鶯嚇了一跳，倒是方才領路的丫鬟過來勸說道：「姑娘別生氣了，妳以前又不是沒在二少爺跟前服侍過，還能不知道她們的脾性嗎？好歹看在以前姊妹一場的分上，就這麼算了吧？」

黃鶯雖然罵出了口，可這會兒還有幾分心虛呢！她是來做生意的，可不是來吵架的，萬一驚動了侯夫人，到底是自己的不是了，便急忙點了點頭道：「那我們快走吧，店裡的馬車也在外面候著呢，完了事我也早去早回。」

黃鶯當即跟著那丫鬟去了侯夫人跟前，將那衣服拿出來給她們看了。她以前是服侍過人的，處處都說得妥貼細緻。

侯夫人覺得夏天裡穿寬袖子的衣裙舒服，她便笑著道：「丫鬟們要服侍主子，端茶遞水的，若是穿寬袖子的，只怕幾天下來打掉的茶盞還不夠自己的月銀呢。」

侯夫人一聽，可不就是這個道理？涼快好看是一回事，但畢竟丫鬟是用來服侍人的，這穿著方便才是第一重要的事。

幾個人商量定了，這才放了黃鶯離去。

黃鶯走到門口，才覺得自己回魂了，又想起方才那光景，其實侯夫人瞧著也沒她想的那樣可怕嘛！

那廂黃鶯剛走，這邊小丫鬟便把方才花園裡面發生的事情說給了侯夫人聽。

侯夫人聽了，笑著道：「我原一直以為這丫頭似乎是不大檢點的，怎麼難道是我看錯了？這麼瞧著，竟是一個正派的，倒是我給錯過了。」侯夫人知道鄭玉的脾性，性子浮躁且又喜歡拈花惹草，房裡的丫鬟沒幾個不跟他有幾分曖昧的，所以她也自然對鄭玉管得嚴苛一些。可誰知道越是這樣，鄭玉便越發油腔滑調，對丫鬟動輒調戲。他房裡的丫鬟，原本就對他有些念想，更是禁不起他那一張嘴的撩撥。後來因雪燕的事情，雖說安生了一陣子，但是背地裡也沒少吃丫鬟們的豆腐。

王嬤嬤聞言，開口道：「以前在二少爺那邊服侍的時候，仗著有幾分姿色，是傲了些。如今瞧著，大概是趙老闆會調教人，倒是比以前看上去好了不少。」

侯夫人聽了，開口道：「姑娘家傲一些其實也好，最怕那些耳根軟的，你說什麼就什麼。」侯夫人想了想，又開口道：「聽說她娘如今還在府上當差，妳抽空問問她，若是聘她閨女到府上做個良妾，答不答應？」

王嬤嬤一聽可不得了了，這以前可不是她們兩人上趕著想要的事情，這一提還有不答應的道理嗎？

王嬤嬤接了侯夫人的指示，不能不按照主子的心意辦事，等晚上吃過了晚飯，便抽空去了大楊氏家裡了。

大楊氏這幾年在侯府的日子不好過，從來都是要看著王嬤嬤的臉色辦事，如今瞧見王嬤嬤不請自來，心下不免就擔憂了幾分，生怕是自己那不長進的男人在府上又闖了什麼禍事出來，又要讓一家人吃不了兜著走了！

大楊氏忙請了王嬤嬤進來，又是搬椅子又是倒茶的，她平常在侯府上看著凶悍，可到底也不敢得罪這些管事的。

王嬤嬤坐下來，四下看了一眼，見隔壁房裡的燈亮著，黃鶯正坐在裡頭教兩個小丫鬟做針線，瞧著倒是安安靜靜的模樣，王嬤嬤心裡就想著，難道當初自己真的看錯人了，這姑娘不是想著爬二少爺的床？可那福順家的一天到晚地說二少爺要提拔了她閨女當一等丫鬟，這總沒有錯的。

大楊氏瞧不準王嬤嬤的心事，便陪笑道：「王嬤嬤親自來，可是有什麼事情吩咐？」

王嬤嬤便開口道：「也沒有什麼大事情，就是太太讓我來問一聲，妳家姑娘的病好完全了沒有？如今二少爺房裡的人不夠用，太太想著，用生不如用熟，倒不如請了妳家姑娘再回去伺候，月銀和周姨娘她們一樣。」

大楊氏聽到之前幾句的時候，心裡還有些不願意，心道這世上哪有把人放了出來又請回去的？且如今瞧著黃鶯每日裡挺高興的，又不用看人臉色過活，何必再回去當奴才呢？可王嬤嬤最後這一句，卻讓大楊氏徹底明白了！和姨娘一樣的月銀，那不就是說，太太這會子是有心想讓黃鶯去給二少爺當通房呢！

大楊氏頓時緊張了起來，張大了嘴巴，又緩緩地咬了下唇瓣，裝作不懂地道：「太太想讓鶯兒回去，這我倒是聽明白了，只是這月銀和周姨娘一樣，這……這到底是什麼意思？」

王嬤嬤看著她那強忍著笑的神色，端起茶杯抿了一口水，抬起頭道：「這不就是你們一家老小天天盼著的事情嗎？怎麼如今反倒跟我裝起了糊塗來呢？」

大楊氏聞言嚇了一跳，壓住了眉梢的幾分笑意，差點兒就要應下了，忽地瞧見黃鶯在裡頭做針線的身影，便躊躇了片刻，拿喬道：「我家鶯兒性子倔，出來了沒準就不願意回去了，我還要問問她的意思。」

王嬤嬤瞧大楊氏還這般裝蒜，心下暗笑，但還是放下了茶杯，起身道：「那妳們慢慢商量，等商量好了，再來給我回話吧！」王嬤嬤撂下話就走了。

大楊氏殷勤地送到了門口，瞧著王嬤嬤轉了彎，這才關上了門，靠著門背後哈哈傻笑了幾聲，樂得身子晃悠晃悠地進去給黃鶯報喜了！

黃鶯瞧見大楊氏進來時臉上那一臉高興的笑容，便隨口問道：「什麼事情讓妳樂成這樣？妳不是素來和王嬤嬤不對盤的嗎？怎麼她倒有空找妳？」

大楊氏急忙走進去，見兩個小丫鬟也在，開口道：「妳們出去玩會兒，我和妳們鶯兒姊有話要說。」

黃鶯低頭咬斷了線尾巴，抬起頭道：「有什麼話就說吧，還這樣神神秘秘的。」

大楊氏最近瞧著黃鶯這樣心裡也高興，這會兒見她神色淡淡的，就恨不得能把這個喜訊告訴她，讓她也跟著自己樂一樂，便急忙開口道：「我們家真是祖上積德了，大喜事啊！太太改變主意了，要接了妳進去當姨奶奶了！」

黃鶯聞言，終究是傻了，睜大眼睛問道：「妳在說什麼夢話？太太把我趕了出來，怎麼還會讓我回去呢？」

大楊氏便笑著道：「這誰能知道呢？也許是太太如今覺得妳好了，心裡後悔得緊，所以讓王嬷嬷親自來說的。這是太太吩咐的事情，哪裡會錯？妳就安安心心地等著當姨奶奶吧！」大楊氏高興得臉上都笑成了一朵花。

黃鶯卻是笑不出來了，愣了半晌，忽然就抬頭道：「要當姨奶奶妳自己當去，我不稀罕！」

大楊氏見黃鶯忽然就發起難來，一時也不知是什麼情況，問道：「妳這又發什麼火呢？妳在那邊坐小月子的時候，不是還盼著二少爺能來接妳回去嗎？如今太太發話了，比二少爺可不知強了多少倍，妳又不願意了，這到底是為了什麼？」

黃鶯聽大楊氏這樣說，脹紅了臉，扯著手裡的帕子道：「我是盼過，可是二少爺來了嗎？太太發話了又如何，我進去了還不是要伺候二少爺，可二少爺又怎樣？為了他已經搭上了雪燕和銀蝶她們了，難道還要搭上我自己嗎？」

大楊氏越發聽不明白黃鶯這話的意思，不解地道：「這是太太的意思，太太怎麼會打妳呢？必定是喜歡妳，才又喊了妳進去啊！」

黃鶯聽了這話，心下又氣了幾分，開口道：「怪道以前表姊看不起我們，我們也確實讓人瞧不起。不就是進去當人小老婆這樣的事情，妳就高興成了這樣。我如今好不容易跟了表姊，想安安心心地學些生意，妳又來撩我！」

大楊氏被黃鶯說得一時也不知如何辯駁，支支吾吾地道：「我當妳會高興，這畢竟是好事，誰家不想著？原來妳卻不想了……」

黃鶯畢竟是小姑娘，當初跟了二少爺，一來自然是想做侯府的姨娘，讓家裡看著體面一點；二來也是真心喜歡鄭玉，以為鄭玉對自己有幾分真心，便是將來有了少奶奶，也不定就會把自己給忘了。可是經了銀蝶的事情，又想起自己出來之後那人對自己這般不聞不問的，她便恨得要死了，如何肯答應再進去給他做小呢？

黃鶯咬了咬牙道：「我便是一輩子嫁不出去了，也不進侯府給二少爺當姨奶奶！」

大楊氏這下可就真的慌神了，勸慰道：「當姨奶奶有什麼不好的？有人服侍，月銀也不少，一輩子吃香喝辣的，要是再能生下個一男半女的，將來少奶奶再寬厚些，好日子還在後頭呢！」

黃鶯這時候根本聽不進去這些，她已經完全被趙彩鳳獨立自主的女性魅力給迷住了，第一次知道女人也可以活得這般精彩。她也想像趙彩鳳這樣活著，不靠男人，就靠自己的雙手，這種感覺真的是太讓人震撼了！

能得到別人的尊敬，不像以前般卑躬屈膝，這簡直就是另外一種生活。如今她連說話的聲音都大了，看見別人也不著急彎腰屈膝行禮，她從來不知道自己能過這樣的日子！

怪不得以前總有人寧願在外頭找一個平民百姓當平頭夫妻，也不願意在府上做姨娘。

黃鶯一想起這些，反倒覺得又期待又興奮，只斬釘截鐵地開口道：「妳去回了王嬤嬤吧，就說我不願意，辜負太太的一番好意了！」

大楊氏實在不能明白黃鶯是怎麼想的，這趙彩鳳到底有什麼本事，跟她灌了什麼迷魂湯，明擺著的侯府姨奶奶竟都不願意做了！大楊氏嘆了一口氣，想了想終究是拗不過她，便道：「妳再好好想想，我先不去回王嬤嬤，等過幾日妳想好了，我再回她去。」

黃鶯轉著身子不去看大楊氏，拿起一旁的針線活又做了起來，低著頭道：「我主意已定，妳就是再等上一年半載，我也還是這個意思。」

大楊氏被黃鶯堵得死死的，一心恨鐵不成鋼，心想必定是她覺得臊了，抑或是覺得丟不下這個臉面再進去，故而一口回絕的，便又不死心地勸慰道：「當初妳是養病出來的，也不是太太攆出來的，如今太太又喊了妳回去，哪裡會有什麼人說三道四的？說到底，那些背地裡說三道四的，也無非就是吃不到葡萄說葡萄酸唄！」

黃鶯被她嘮叨得煩了，瞪了她一眼，拿起針線就往門外去了。

大楊氏被黃鶯給晾在了裡頭，心裡到底想不明白，這才幾天工夫，怎麼閨女的心思說變就變了呢！

趙彩鳳這邊，第二天晌午吃過了早飯，李奶奶就過來了。原來李奶奶怕夜長夢多，拖到了許氏忌日那天到底有些晚，到時候兩家人在宋家祖墳那邊遇上了，總不好說。更何況明軒他爹死了這麼多年，牌位還沒進祠堂呢，如今要是把這件事情給定下了，到時候宋明軒就可以請了兩人的牌位進祠堂，也可以光明正大地祭一回祖了。

這趙家村上百年才出了一個舉人老爺，可不能在這些小事情上頭讓外鄉人看了笑話。

趙彩鳳見李奶奶來得早，特意沏了一杯好茶上來，瞧見李奶奶臉上還帶著幾分笑容，開口問道：「李奶奶來得這樣早，莫非是昨兒交代的事情有著落了？」

李奶奶捧著手裡的茶盞，低下頭去，略略喝了一口茶暖了暖身子，這才開口道：「這事情解決宜早不宜遲，所以我昨兒回去之後，就跟妳全叔說了，他聽了之後也覺得很是，就帶著我連夜去了一趟宋家老宅，找宋老二他們把事情給明說了。」

趙彩鳳沒有過去，自然也不知道他們是怎麼說的，就聽著李奶奶繼續說下去。

「鄉下人家本就窮苦，妳也知道明軒他祖父年輕時最是愛玩的一個人，這些年靠著那幾畝祖產，本就過得很拮据了，可祖上畢竟富裕過，靠著變賣田產和一些老祖宗留下的東西，好歹還能餬口，這些我們都是知道的。如今明軒中了舉人，按說一人得道，雞犬升天，他們也有這個心思，只是前幾年宋老爺還在，所以……」

趙彩鳳對這些窮親戚的想法倒是理解得很，誰都作夢想要自己一夜暴富，就算自己沒能一夜暴富，有個一夜暴富的親戚也是好的。宋明軒這樣，趙彩鳳也沒想過他們不會找來投靠，因此心裡雖然不願意，但還是笑道：「親戚之間互相拉拔也是應該的，如今宋老爺子也去了，事情能解決的也好解決了，我們開的條件也算不得不近人情，想來他們是同意了？」

李奶奶便點了點頭道：「一開始宋老三沒同意，後來被宋老二給說服了。鄉下人家，見了銀子連爹娘都不認的多得是，更何況你們這要求原本就是應該的。」

趙彩鳳聽李奶奶說應下了，點了點頭，又問：「他們要了多少銀子？李奶奶您告訴我，回頭我就拿給您。」

李奶奶見趙彩鳳提起了錢來，擺擺手道：「沒敢要銀子！有妳全叔陪著，他們也不敢說什麼，還說等妳婆婆忌日那天，就把祠堂給打掃一下，讓你們帶著妳公公和婆婆的牌位一起供回去呢！」

趙彩鳳知道必定是李全從中斡旋，宋家那兩個兄弟才不敢獅子大開口，心下又感激了李家幾分。「他們既然不肯要錢，又應了這樣的事情，那我倒是越發不能省了這銀子。我這就去包上五十兩銀子來，麻煩全叔幫忙，請兩個得用的木匠，將宋家的祠堂給修一修。」

李奶奶聽了，笑著道：「妳這孩子，也忒實誠了，沒得花這個冤枉錢！」

「這銀子花得可不冤枉，相公高中舉人那時候手上緊，也沒有多餘的銀子，又跟那邊鬧得不好，這事情就耽誤了下來，明年又是他下場子的時候，若是高中了，必定還是要回來祭祖的，總不能還這樣破破爛爛的。」

李奶奶見趙彩鳳說的有道理，應了下來，又道：「那這銀子我就收下了，到時候再讓妳全叔替妳張羅著。」

送走了李奶奶，趙彩鳳總算是落下了一塊心頭巨石，見客堂裡面還供著許氏和宋老爹的牌位，便點了一炷香供上。

這日到了許氏的忌日，趙彩鳳一早就已經把供品瓜果和香燭冥餉之類的東西都準備好了，跟著宋明軒揣著籃子去給許氏上墳。因為宋家的祖墳離得有些遠，宋明軒便沒讓陳阿婆過去，她腿腳不方便，還是在家裡比較好。

陳阿婆也沒執拗，想到他們一會兒還要回來擺儀式將宋明軒他爹和許氏的牌位請去祠堂，便索性待在家裡，把祭祖用的菜都燒上了，省得一會兒沒有菜在祖先跟前供著。反正宋家祖宅那邊，肯定是想不起要準備這些的。

這時候正是初春時節，萬物復甦，先前路邊的高粱地早已經種上了麥苗。趙彩鳳挽著宋明軒的胳臂，在田埂上左右看了一眼，問他。「你還記得在哪兒嗎？」

宋明軒紅著臉道：「就在那邊，我記得那兒有一條溝的，當時有車過來，妳差點扭著。」

趙彩鳳走過去看了一眼，果真見邊上有一條溝，這會兒裡面長滿了枯萎的雜草，上面冒著零星的嫩芽。

宋明軒牢牢握住了趙彩鳳的手，低著頭慢慢地往前走。

「要是沒有妳，別說考進士，便是這個舉人，只怕也是考不上的。」

趙彩鳳聽見宋明軒這低低的、帶著幾分動容的聲音，笑著道：「又開始感恩戴德起來了？」

宋明軒原本有些感慨，聽趙彩鳳這麼說，頓時就又沒了那份感覺，索性也和她調笑了起來，道：「光感恩戴德只怕不夠吧？娘子妳說是不是？」

趙彩鳳便笑了起來。「當然不夠，得要你感恩戴德一輩子才成呢！」

宋明軒聽了這話，覺得心裡滿滿都是甜膩膩的，不由得就加重了握住趙彩鳳的力氣，湊到她耳邊道：「執子之手，與子偕老。」

宋明軒說這話的時候聲音軟軟的，他平常又溫文爾雅習慣了，說話的聲音本就帶著幾分書生的清越，像是羽毛一樣輕輕拂在趙彩鳳的心上，趙彩鳳便忍不住臉紅了起來，抽了抽被他握在掌心的手指，抬起頭道：「都老夫老妻了，還這樣肉麻！行啦，婆婆的墳頭都快到了，讓她老人家瞧見了多不好意思。」

宋明軒聞言，也收斂了幾分，只是卻不鬆手，兩人一起加快了步子，往宋家祖墳那邊去了。

宋家祖墳那裡，果然又新修了一座墓，便是宋老爺子的。宋明軒瞧了一眼那墓碑上的名字後，稍稍偏過頭去，只往許氏的墳前走了過去。

趙彩鳳從食盒裡頭拿了供品瓜果出來，放在墳頭祭拜，又從籃子裡頭拿了一塊油布出來墊在地上。

宋明軒斂袍跪了上去，看著許氏墳頭的松樹倒是長得茂盛，眼中一下子便蓄滿了淚水，一時間說不出話來，低著頭嗚咽了幾聲，臉上早已是淚流滿面了。

趙彩鳳知道他從小和許氏及陳阿婆相依為命，感情自是不一般，也忍不住落下淚來，跪在一旁燒紙，一時間兩人倒也沈默。

過了片刻，宋明軒才算是穩了一些情緒，拿帕子擦了擦眼淚，哽咽道：「娘，這輩子妳除了把兒子養大成人，還有一件事情最讓兒子感激的，就是妳作主讓我娶了彩鳳這樣的好媳婦。如今我們兩個過得很好，等兒子明年春闈榜上有名，兒子再回來看妳。」

趙彩鳳也擦了擦眼淚，開口道：「婆婆，您在下面要保佑明軒身體健康，這是最重要的，別的倒還不打緊。」在趙彩鳳看來，身體是革命的本錢，什麼都不重要，但是不能把命給折騰沒了。像許氏這樣，原本這會子大可以享清福的，偏偏卻……

宋明軒見趙彩鳳這麼說，越發就下定了決心，明年下場子，必定要爭取一個靠前的名次。

兩人在墳地裡又燒了一會兒紙錢，就瞧見宋老二的媳婦正站在不遠處往這邊看呢。

趙彩鳳和宋明軒收拾了東西，兩人順著羊腸小徑走出去，來到了宋老二媳婦的跟前。

宋老二媳婦見了，堆著一臉笑地迎了上來，開口道：「祠堂裡頭都準備好了，等著你們把大伯和大嫂子的牌位請進去了。」

趙彩鳳正狐疑怎麼宋老二媳婦的態度一下子變得這般好，只聽她繼續道——

「原先都是老太爺攔著，我們做小輩的也沒法子，從來沒有把親兄弟往外趕的說法，更何況這次你們又拿出許多銀子來修祠堂，我們就越發不好意思了。」

趙彩鳳一聽，頓時明白了，必定是李奶奶將那五十兩銀子給了宋家兄弟，託他們好好修祠堂呢！趙彩鳳原本給李奶奶那些銀子，其實也是謝謝她為自己出力，如今給了宋家兄弟他們，只怕這五十兩銀子就未必都落在修祠堂上頭了。

趙彩鳳到底又對李家感動了幾分，心道：這銀子既然是你們拿了，那好歹也要修出一個讓我滿意的樣子才成！便索性開口道：「明年最快五、六月分，我們還是要回來祭祖的，到時候這祠堂可要修得體面些，若是相公真的高中了，這遠近的鄉紳員外肯定是都要過來的，到時候看著太寒酸，像個什麼樣呢！」

宋老二媳婦連連點頭道：「姪媳婦說的是，可不就是！其實這祠堂一早就想修了，但是妳也知道，我們鄉下人家，能拿出幾兩銀子來？這事情就這麼一直拖著了。」宋老二媳婦說著，又偷偷地瞧了趙彩鳳一眼，小聲地打探道：「聽說姪媳婦在城裡開了兩家店，想請人回去幫忙……」

宋老二媳婦的話還沒說完，趙彩鳳已經知道她打的什麼算盤了。宋老二他們家有兩個兒子、一個閨女，兒子已經有十五、六歲的樣子了，閨女年紀還小，不過十一、二歲。但是趙彩鳳知道，就是在現代，這樣的窮親戚也是很難打發的，能不能撈到好處還兩說，到時候沒準還要被人背地裡數落幾句，趙彩鳳想了想，開口道：「這事情我已經交代給了李奶奶，如今倒是不好再去說了。況且我找人進城，不過就是做苦力、搬東西的，這種事情自然不能請自家兄弟了。」

宋老二媳婦聽出了趙彩鳳話中的推託，也有些不好意思。其實出來之前就和宋老二商量過這件事情了，宋老二說脖子先別伸太長了，等宋明軒中了進士，好處自然會有，如今就讓兒子進城當小廝，欠了人情不說，還撈不著什麼好處。

「姪媳婦這麼說，倒是也有些道理。只是再過兩年兩個哥兒也大了，如今還是在家裡種地，到底沒什麼出息。」

趙彩鳳聽了這話，就有些不爽了，開口道：「出息是天上掉下來的嗎？我相公還不是一步步地考上來的。」

宋老二媳婦平常就知道趙彩鳳厲害，聽了這話更是不敢接話。她的兩個孩子當年私塾也不是沒去過，奈何學不出來，這能怪誰呢？宋老二媳婦便陪笑道：「妳說的是對，只是做爹娘的，哪裡有不為自己兒女操心的？」

這句話聽著倒還有些像人話來著，趙彩鳳便也嘆了一口氣道：「妳放心吧，怎麼說你們也是明軒的叔叔、嬸嬸，好好守著這個家，別鬧出什麼笑話，給明軒招上什麼黑，以後該有的還是會有的。」

宋老二媳婦見趙彩鳳忽然就鬆了口，忙開口道：「宋家也不知道祖墳上冒了什麼青煙，居然出了明軒這樣有出息的子孫！可惜他爹娘去得早了，不然以後這日子多好啊！」

宋明軒聽到這些話，心裡就有些難受，趙彩鳳便也沒接著宋老二媳婦的話說下去。

三人一行走到了路口，趙彩鳳這才開口道：「二嬸子，家裡阿婆也都安排好了，那我們就回去請了我公公、婆婆的牌位過去，麻煩妳在祠堂裡頭張羅一下。」

宋老二媳婦連連點頭道：「去吧去吧，祠堂裡已經安排好了，這雞鴨都送上去了，就等著把大伯和大嫂的牌位放進去了。」

趙彩鳳點了點頭，便和宋明軒往家裡去了。

宋明軒從小和他們沒有半點交際，雖是親戚卻全無情分，這會兒是連一點場面上的話也不肯說，見宋老二媳婦走了，臉上還露出幾分鬱悶，微蹙著眉宇，開口道：「妳給李奶奶修祠堂的銀子，到底還是落到了他們手上。」

趙彩鳳嘆了一口氣道：「是我當初沒和李奶奶說清楚，我應該說這銀子不是我出的，是鄉親們見你中了舉人，湊出來要給宋家修祠堂的。可惜李奶奶太實誠了，反倒直接把銀子給了他們。」

宋明軒聽了趙彩鳳這話，眉宇的皺紋就更深了。他在這件事情上執拗得很，聽見這些人的名字都要擰上眉頭的，自然不肯把銀子給他們。

趙彩鳳便開解道：「其實你也不用鬱悶，我們回來之前不是說好了嗎？原本也是要花銀子解決這件事情的，如今只當已經花了這筆銀子了。」

「那怎麼能一樣？妳掙銀子這麼辛苦，白白讓這些人給拿了去，我如何不心疼！」宋明軒說著，又忍不住嘆了一口氣。

兩人回了家中，陳阿婆已經燒好了幾樣菜，擺上了桌子。鄉下人祭祖喜歡用豬頭、蹄膀之類的，趙彩鳳一走進門，看見那燒得肥油外冒的蹄膀，覺得一股子噁心從心頭泛了起來，還沒進門呢，急忙就將手裡的食盒遞給了宋明軒，扭頭走到院子裡，扶著院子裡的梧桐樹乾嘔了起來，偏生趙彩鳳早上一向吃不下什麼東西，無非就是吃了幾口小米粥和一個、半個窩窩頭，這會子早已經消化光了。但是那股子噁心的勁兒一上來卻又怎麼也壓不下去，趙彩鳳把自己的膽汁都快吐出來了還覺得不夠，一雙眸子早已經憋得通紅。

宋明軒見趙彩鳳急著往外頭跑，也慌忙放下食盒和籃子追了出去，見她臉色蒼白，吐的卻只有一地綠水，忍不住心疼地問道：「這到底是怎麼了？難不成才回來就水土不服了？還是吃壞了什麼東西？」

趙彩鳳一開始也往這個方面想，可又覺得不對，這兒離京城不過才七、八十里的路，這就水土不服了？她難不成是紙架子糊的？趙彩鳳心下有些奇怪，又細細地想了片刻，這才驚訝地低喊道：「糟了，這次我癸水已經過了半個月沒來了！」

原來前一段日子趙彩鳳要照顧店裡的生意，跑得特別勤快了一些，這一來一去就把這件事情給忘了。以往每個月的那幾天，趙彩鳳是不出門的，要是真的有什麼事情，也都是掌櫃的上門來請示。以前條件不好，要出去打工，那是沒辦法，如今條件好一些了，誰還願意夾著一褲襠的草木灰到處走呢？

宋明軒聽了這話，臉都變色了，這這這……若真的是這樣，這孩子只怕早就有了，然而前幾天他們過來之前，他還狠狠地折騰了趙彩鳳一回……兩個人的臉色頓時都有些迷茫了起來。

趙彩鳳揉了揉額頭，開口道：「倒是頭一次遇上癸水不準的事情，不然等事情辦完了，回京城再找個大夫看看吧？反正不可能是前幾天晚上有的，不可能那麼快的。」趙彩鳳一想到那天晚上的種種激烈行為，也覺得這若真是有了孩子，那這孩子也太堅強了，這都還好好地待在裡頭，可真是……

宋明軒愣了半晌，還沒說出一句話來，聽趙彩鳳這麼說，堪堪就嚇出一身冷汗。這要是因為自己一時的貪慾把女兒給捅壞了，那他這輩子都會良心不安的！

宋明軒急忙遞了一塊帕子給趙彩鳳擦嘴，又道：「都怪我，沒記著妳癸水的事情，怪道最近我老覺得有些事情似乎不大對，一時間卻想不出來，可不就是這時間足足錯過半個月了！」

陳阿婆正在後面廚房做菜，聽見前面開門的聲音就知道他們兩人回來了，只端著菜往前面來，見兩人都在院子裡的梧桐樹下頭，便擦了擦手出來問道：「你們回來了不在客堂坐著，在院子裡站著是個什麼意思呢？」

宋明軒尷尬地看了一眼趙彩鳳，轉身對陳阿婆道：「阿婆，彩鳳似乎是有了……」

陳阿婆一時沒聽分明，就聽宋明軒說有了，也沒往那處想去，問道：「有了？有什麼了？」她話音剛落，忽然就茅塞頓開一樣地想了起來，拖著瘸腿連忙走到院外，抬高了聲音問道：「彩鳳，妳真的有了？」

宋明軒便急忙道：「癸水都過了半個月了，她沒留心。」

陳阿婆聽了這話，數落道：「你們這群孩子，瞎折騰！這路上多顛簸啊，還往家裡跑！

明軒你也是的，彩鳳忙生意，自己記不得自己的癸水，你怎麼就不留心幫忙記著？這下好了，這村裡頭請個大夫還得走上十幾里路呢！」

宋明軒這會兒也是再自責不過了，但是好歹這孩子還留著，並沒有因為他們小夫妻倆不懂事而被扼殺在萌芽狀態。雖然後怕歸後怕，可眼下最重要的事情，還是得先把趙彩鳳給供起來了！

「我……我這就去全叔家，看他能不能幫忙到河橋鎮上請個大夫過來，好歹先診一下脈也好！」宋明軒說著，這兩道眉頭都快擰到一塊兒去了。

趙彩鳳急忙攔住了他道：「你著急什麼，又不是什麼大事，先坐下歇歇吧！」

宋明軒這時候是急得話都快說不明白了，一個勁兒地道：「這怎麼不是大事？這可是天大的事情！」

趙彩鳳見他臉脹得通紅，忍不住笑了起來，道：「行了，知道你高興。可眼下還有事情沒做完呢，況且我也不想讓村裡人知道我有了，尤其是你那兩個叔叔家。」

宋明軒聞言，頓時明白了。他連和那些人說話都覺得厭煩，趙彩鳳要跟她們交際寒暄，自然是更厭煩的，這一旦聽說趙彩鳳有了身孕，到時候必定是要湊過來說些好話的，沒得讓人噁心。宋明軒想了想，開口道：「那咱先按下不說，等進了城裡，再請個大夫好好診治診治。」

趙彩鳳見宋明軒答應了下來，總算鬆了一口氣。她原本就覺得難受，這種時候又偏是心情浮躁，沒有什麼心思去寒暄，如今好不容易關係緩和了一些，要是她們再跑過來煩兩日，趙彩鳳只怕也要忍不住翻臉的。

宋明軒見趙彩鳳看上去神色好了不少，便急忙進屋裡倒了一杯茶出來，遞給她漱了口，又道：「那妳先進去歇一會兒，一會兒我們再過去祭祖吧！」

趙彩鳳在客堂休息了半日，方覺得略略好了一些，這才裝了幾樣菜，放在食盒裡頭。

宋明軒怕趙彩鳳累著，便自己一手提著食盒，一手抱著許氏和趙老大兩人的牌位，和趙彩鳳一前一後出去了。

大楊氏等了兩日，卻不見黃鶯有絲毫回心轉意的樣子。她原想找了楊老太再商量商量，卻想起上回楊老太為了這事把自己臭罵了一頓，心道沒準這回又要討一頓罵，倒是不划算了，只好硬著頭皮，進了侯府回話。

小丫鬟進去通報，說是福順家的到了。

裡面王嬤嬤便跟侯夫人說笑道：「福順家的倒還拿喬了呢，原說昨兒就來告訴我的，愣是拖到了今日。」

侯夫人也笑著道：「我最不理解這些拿喬的人了，橫豎都是一樣的結果，還在那邊裝蒜，當我們傻呢！」侯夫人說完後，開口道：「讓她進來吧！」

小丫鬟便轉身去把大楊氏請了進來。

大楊氏心下還有幾分鬱悶，平常她男人闖禍，連帶著自己也在侯夫人跟前沒臉面，這侯府的正院她還沒來過幾回呢，如今好不容易進來了，卻是來回絕這樣的好事！

王嬤嬤見福順家的擰著眉頭往裡面走，心下還冷笑了起來，心道：這福順家的作戲倒是作得挺專業的，給誰看呢？誰不知道妳這會兒心裡是樂翻天了！

大楊氏進門後，急忙向侯夫人行禮，抬起頭瞧見王嬤嬤那張看不出什麼喜怒的臉，頓時就覺得有些心虛，擰著眉頭開口道：「按理說這是天大的好事，太太能瞧得起黃鶯是她的福分，可惜她沒這個造化，竟說不想回來。」

大楊氏這話一開口，便讓王嬤嬤和侯夫人都嚇了一跳。

侯夫人的臉色頓時就微微變了變，誰能想到這才出去沒多久的人，心眼就已經這麼大了，連主子的意思都敢忤逆了！侯夫人覺得臉上無光，可轉念一想，當初畢竟是自己攆她出去的，她如今不想回來，到底還有幾分血性。

王嬤嬤聽了這話，倒是半天沒反應過來，心裡一串串的狐疑。當初這母女兩人為了掙個一等丫鬟，都那般的機關算盡了，她當日說的也很明白，她們沒道理不明白她的意思啊！

王嬤嬤便不動聲色地問道：「是不是在外頭有了人家了？若是還沒定下來，打發幾兩銀子也就夠了，這樣好的事情，你們家幾世也修不來的，妳可想清楚了。」

大楊氏本就覺得可惜，聽了王嬤嬤這話，越發就鬱悶了起來，開口道：「人家倒是沒有，也不知道那孩子怎麼想的，只說不願意。她本就是一個倔脾氣的，我也拗不過她，就是她爹在家時也未必有用，所以這才來回了太太的。」

侯夫人原本以為是這福順家的拿喬，無非是想多收幾兩銀子，如今瞧著倒真像是她閨女不願意進來的樣子，便也只能開口道：「沒想到她還是一個心高氣傲的，我倒是小瞧了她。罷了，既然不肯再進來，那就算了，我們這樣的人家，也做不出逼迫人的事情來。」

王嬤嬤見侯夫人都這樣說了，也不再勸福順家的了，開口道：「既然太太都已經這麼說了，那這事情就作罷吧，妳也別透什麼風聲出去，讓人聽見了也不好！」

大楊氏懊惱萬分地點著頭，心裡真是一百個不情願，可想起黃鶯那樣子，她也實在沒有別的法子了。

趙家村這邊，趙彩鳳和宋明軒終於將宋老爹和許氏的牌位供入了宋家的祠堂，一家人在祠堂裡面祭過了祖先，說了幾句客套話後，那邊也沒敢強留著他們兩人，乖乖地放了他們回去。

宋明軒原本是打算在鄉下多住一陣子的，鄉下清靜，且又是最宜人的初春時分，最是唸書的好時節，可因為趙彩鳳的事情，宋明軒也只能放棄這個計劃，一回家就著急地整理行李，又忙著要前去李家，請李全找了馬車，看看能不能盡快趕回城裡去。

趙彩鳳倒是不著急，這一祭完祖，轉天就走了，傳出去也不像話，倒不如多住上兩天的好，也省得人起疑心。

宋明軒便應了趙彩鳳的話，只還是去了一趟李全家裡，事先定好車子，總是有備無患的。

趙彩鳳便隨了他去。

宋明軒回來的時候，就瞧見李奶奶跟在他後面一起回來了，趙彩鳳知道，宋明軒肯定是禁不住李奶奶盤問，將她有身孕的事情給說了出去，便開口道：「你這快嘴的，不是說好了不讓你說出去的嗎？」

李奶奶聽了，笑著道：「妳別怨他，是我自己瞧出來的。他進了門後，這一臉的笑先就騙不了人，我家李全頭一次當爹的時候，可不就是這個表情？」

趙彩鳳也跟著笑了起來，又對李奶奶道：「李奶奶，這事這兩日您可要幫我瞞著點，等我們走了也就清靜了。我不想和那邊多糾纏，省得她們上門，我心裡厭煩，又不好意思轟她們走。」

李奶奶知道今兒宋明軒和趙彩鳳已經把宋老爹和許氏的牌位供了過去，便開口道：「妳放心吧，過一陣子，我就說是我們家李全進了京城聽說的，這就結了。」李奶奶說完，頓了頓，又問道：「不過妳也真是不走心，怎麼這種事情自己不知道呢？如今月分還小，這樣在馬車上顛簸總是不好的。妳在家裡安心住兩天，過兩日我讓李全拉了牛車送你們去鎮上，牛車還比馬車穩當些。」

趙彩鳳點頭謝過了李奶奶，又說道：「對了，上回讓您幫我選兩個學徒和跑腿小廝的事情，若是有宋家的人來找您，您也別鬆口，只說我說的，自家親戚不能去做這樣的體力活兒，您不答應就成了。」

李奶奶聞言，頓時就明白了，必定是那邊的宋家人找過了趙彩鳳，想讓自己的孩子往城裡去，李奶奶便點了點頭。

趙彩鳳又道：「我是已經回絕了，可總想著沒準她們臉皮子厚，鬧不好又要去找您，到時候我走了，她們又說是跟我提過的，您老可就為難了，索性我這裡先跟您通了氣，也讓您知道我的意思。」

李奶奶便開口道：「他們敢？上回那五十兩銀子已經給了他們了，好歹也得收斂著些了！況且請了他們的孩子去，妳難不成還能放心用去？都是堂兄弟，如何用得？」

趙彩鳳就是這個意思，聽了李奶奶的話便直點頭道：「就是怕這個！別人家的孩子，你有一說一的，好歹還能說說，這要是請了那幾個孩子，我倒開不了口，竟是供著他們了，我也沒這個閒錢。」

李奶奶對於這事情是再知道不過的，她家就有那麼幾個窮親戚，也專門幹這檔子事情，說起來她還覺得有火氣，去年秋天的田租，到如今還沒收齊呢！李奶奶一個勁兒地道：「放心吧，這事包在我身上。她們要覺得不公道，難不成還能親自進了城裡問妳去？」

趙彩鳳又和李奶奶聊了好一會兒，李奶奶又說了幾句有了身子的人該注意的事情，這才臉上帶著笑，高高興興地回去了。

趙彩鳳見這會兒無聊，就拿起了針線打算縫兩下，卻被宋明軒給搶了過去。

「娘子，妳沒事就進去休息一會兒，沒得做這些針線累著眼睛了。」

趙彩鳳拗不過宋明軒，便點頭應了，又道：「那你來房裡看書，我就躺在床上看書，你把書唸出來，就當是唸給孩子聽的。」

趙彩鳳是現代人，如何不知道胎兒的聽力要四個月之後才有？只是她就想膩著宋明軒，聽他唸書的聲音，便覺得什麼煩惱都沒有了。

宋明軒聞言，倒是有些不知所措了，擰著眉頭道：「既然是要唸給孩子聽的，《大學》、《中庸》未免有些難了，等我找一本《詩經》出來，唸給孩子聽。」

趙彩鳳便噘嘴道：「不要，《詩經》裡都是一些情情愛愛的，你別教壞了孩子！」

宋明軒無語凝噎，紅著臉看著趙彩鳳道：「娘子……《詩經》也有很多寫其他的，並不都是說情情愛愛的。」

這趙彩鳳可不知道了，她古代文學沒學好，唯一知道的幾句《詩經》上的句子，都是和愛情有關的，所以她有這樣的想法也情有可原啊！

趙彩鳳便道：「那……隨便你吧，你唸什麼我聽什麼。」

宋明軒想了想，茅塞頓開道：「不然就唸個《三字經》好了，通俗易懂，孩子他一定也能聽明白的！」

趙彩鳳見宋明軒那一本正經的可愛模樣，忍不住掩嘴笑了起來，開口道：「不要，這麼小就學這些，你想讓他在我肚子裡就當個小秀才嗎？」

宋明軒聞言，又臉紅了起來，於是在屋裡的一堆書裡面翻了好半天，總算是翻到一本《前朝傳奇異志札記》，趙彩鳳聽了這個名字就覺得很有意思，央著宋明軒讀給她聽。

宋明軒便老老實實地唸了起來，這故事都讀了兩、三個了，這才反應了過來，合上書本問趙彩鳳道：「娘子，其實是妳想聽故事吧？怎麼能賴到孩子的身上呢！」

趙彩鳳見宋明軒那副恍然大悟的樣子，趴在被窩裡面笑得停不下來。

宋明軒也終於明白趙彩鳳這是拿他打趣呢，脹紅了臉，丟開書就上去撓趙彩鳳癢癢。

趙彩鳳哪裡禁得起他這般攻勢？連忙告饒道：「相公，饒了我吧，我下次再也不敢了！」

第五十九章

宋明軒和趙彩鳳兩人又在趙家村住了幾日，便到了回京的日子。

陳阿婆將屋裡都收拾乾淨了，這才揹著小包袱走出門外，看著自己住了大半輩子的破房子，感嘆道：「這回走了，再回來可就又要好一陣子了。」

李奶奶領著媳婦等人過來送她們，聽陳阿婆這麼說，笑著道：「下次回來，可就要多一口了！」李奶奶才說完，發現自己說漏嘴了，連忙補救道：「明軒、彩鳳，你們兩個可要賣力些啊！」

李全媳婦便笑著道：「下次回來，舉人老爺可就要變成進士老爺，咱們村可就要成為河橋鎮上最牛的村了！」

宋明軒雖然對春闈志在必得，到底還覺得有些不好意思，開口道：「承李嬸子的貴言，爭取這一科能中吧！」

李全媳婦笑道：「放心吧，一準能中！彩鳳一看就是個旺夫的，你說什麼都能中的！」

趙彩鳳被李全媳婦直白的話給逗樂了。

那邊李全在車上喊道：「你們說完了沒有？這牛車拉得慢，走晚了到晚上可進不了城了！」

眾人聽了這話，這才停了閒聊。

宋明軒扶著趙彩鳳上了牛車，兩人並排在後面坐著，陳阿婆就坐在前頭李全邊上。瞧著牛車越走越遠了，李奶奶這才唸了一句「阿彌陀佛」，道：「這世上總算也是好人有好報的。」

李全媳婦聽了，跟著點了點頭，又道：「咱家二虎和小武一樣大，按理說這會兒談親事早了點，可我心裡想著，到時候明軒若是中了進士，只怕就更不好開口了。」

李奶奶聽李全媳婦這話，也知道她的意思，開口道：「這事妳以為我和李全沒商量過嗎？只是現在確實也不是提這個的時候，一來孩子還小；二來如今他們日子過得好了，我們就巴巴地想給二虎攀親戚，這叫別人怎麼看呢？」

李全媳婦聽了這話，頓時就有些著急了，開口道：「可若是再等下去，萬一等明軒中了進士，只怕還不知道有多少人惦記著彩蝶呢！這到手的媳婦可不能就這麼丟了！」

李奶奶聽了就來氣，鬱悶道：「敢情妳這幾天殷勤地跑前跑後的，就是為了這個？妳說妳這眼皮子怎麼就這麼淺呢？」

李全媳婦見李奶奶數落自己，一時也沒話說，這種事情原也不是她一個女人說了算的，便也只好就這樣作罷了。

當夜，趙彩鳳和宋明軒回了京城，李全親自送了他們回來，趙彩鳳便留了他在家裡住上一宿。

楊氏原本以為趙彩鳳這一去少說也要住上十天半個月的，誰想到不過五、六天時間就回來了，還以為他們是遇上了什麼事情，急急忙忙地就把趙彩鳳給拉到一旁，小聲問道：「怎麼這麼快就回來了？妳公公、婆婆牌位進宗祠的事情可辦妥了？」

趙彩鳳一路顛簸，倒是有些累了，幸好李全知道她有了身孕，這一路上牛車都拉得很慢，進城之前又換了馬車，也是走得很慢，倒是沒讓趙彩鳳受什麼罪。

楊氏的話才問完，就瞧見趙彩鳳的臉色不大好，又補充了一句道：「妳臉色不好，是不是身上又不索利了？」楊氏素來知道趙彩鳳這身子算不得好，平常換季的時候也容易感染風寒，故而急忙地問著。

趙彩鳳擺了擺手，拉著楊氏的袖子，湊到她耳邊小聲道：「娘，我上個月癸水沒來。妳一搬走，我就忘了這事了……」

楊氏一聽，這還得了？這懷著孩子還走那麼遠的路、坐那麼長時間的車！這頭三個月最是要注意的，如今自己這才搬走呢，兩個孩子竟然就鬧出這樣的烏龍來，急得楊氏臉都綠了，一個勁兒地道：「妳這孩子，也忒胡鬧了！妳說妳這麼大的人了，怎麼就一點記性不長呢！」楊氏說完，忙喊了錢木匠道：「當家的，快去外頭寶善堂請個大夫來，彩鳳只怕是有了！」

錢木匠一聽也是大喜，他原本還在跟李全閒嘮嗑呢，這會子急忙停了下來，一溜煙就往外頭跑了出去。

楊氏急忙扶了趙彩鳳到屋裡坐下。

婆子沏了熱茶上來，趙彩鳳稍稍抿了一口，這才開口道：「我自己覺得還好，就是早上的時候有些犯噁心，只要不聞到那些味兒，倒也沒什麼。」

楊氏便道：「妳這才開始呢，往後有得妳受的了！不過也就難受三個月，等過了三個月就好些了，一直到肚子大了快生了，這才又會不好受起來……」楊氏生了五個孩子，可謂是經驗豐富，說起這些來如家常便飯。

趙彩鳳便聽她滔滔不絕地說著，一個勁兒地點頭。

宋明軒把車上的東西都搬了進來，又送了陳阿婆到後面的後罩房裡頭休息，這才空了下來，招呼起了李全。

沒過一會兒，錢木匠已經喊了寶善堂的陳大夫過來。廣濟路這邊就是方便，人口密集，藥鋪也多，寶善堂在這邊也有分號。錢木匠早已經跟大夫說了原由，所以一進門，那大夫便知道趙彩鳳必定是那有了身孕的人。

宋明軒和大夫行過禮數，便將人引到了趙彩鳳跟前。

趙彩鳳伸出手，放在大夫從藥箱裡面拿出來的藥枕上，雖低著頭，眼皮卻一個勁兒地盯著那大夫的神色，可這些年邁的大夫哪個不是老神在在的淡定表情，半點喜樂也瞧不出來。

等他的手指從趙彩鳳的腕脈上移開了，方才也一直盯著他不眨眼的宋明軒便忍不住開口問道：「陳大夫，怎麼樣？」

這時候陳大夫一直淡定的神色才算鬆動了一下，臉上露出些許笑容來，拱手對宋明軒道：「恭喜宋舉人了，尊夫人有了身孕，算算日子，也有一個多月了，只是胎脈有些不穩，還要開幾副安胎藥喝一下。」

宋明軒聽了這話，頓時臉紅得不知如何是好，他又不懂什麼叫胎脈不穩，還以為是前幾日晚上太用力，把自己親骨肉的根基給捅得鬆動了，這時候聽見陳大夫這麼說，自然是恨不得找個洞鑽下去，急忙點頭道：「那陳大夫快開藥吧，挑好的藥開！」

陳大夫見宋明軒這面紅耳赤的樣子，只當他是一時太過高興了，又說了幾句恭喜，繼續道：「我這就開藥方，一會兒你們派個人跟我去藥鋪裡抓藥就成了。尊夫人瞧著有些疲態，還要多多休息為好。」

宋明軒一個勁兒地點頭，低頭看著陳大夫將藥方開出來，那一手行草自然是沒什麼人能看得明白的。

楊氏只又讓錢木匠帶上了銀子，跟著陳大夫上藥鋪抓藥去。

宋明軒這時候總算是鬆了一口氣，可想起大夫說趙彩鳳胎脈不穩，難免又自責了起來，上前兩步，忽然將趙彩鳳攔腰抱起。

趙彩鳳嚇了一跳，急忙抱住了宋明軒的脖頸問道：「相公，你做什麼呢？」

「送妳回房休息，大夫說妳胎脈不穩！」宋明軒簡短地回答了一下，幾步就把趙彩鳳抱到了房裡頭。

楊氏在後面看得直樂呵，高高興興地去了廚房，打算張羅一桌好吃的，好好招待一下李全。

錢木匠抓了藥回來，楊氏便在廚房裡面熬了起來，見錢木匠要去後頭找李全閒聊，便拉住了他道：「我有件事情想和你商量一下。」

錢木匠知道楊氏心裡藏不住事情，便道：「有什麼事情，妳就說吧。」

楊氏這才開口道：「討飯街對門的余奶奶看上了我們家小蝶，一心想讓小蝶當他們家孫子的媳婦，只是她那個媳婦實在不好相與，這要是小蝶將來過門了，只怕會受她的氣，所以我就說咱小蝶已經許了人了。」

錢木匠分明知道趙彩蝶還沒許人，楊氏這樣說只是推託之詞，但是之前沒聽她提起過，這會兒突然說起來，到底有些意外，便又道：「這事情也瞞不了人，將來小蝶大了，總會有人上門求親的，到時候反倒弄得臉上不好看了。妳的意思是……」錢木匠說到這裡，也有些明白了。「李全家有三個兒子，大的太大、小的太小，李二虎和趙武一樣大，跟趙彩鳳差了四歲，倒是合適得很。」

楊氏瞧見錢木匠的神色變了變，就知道他應該是品出了自己的意思，開口道：「彩鳳找了明軒，也算是沒嫁錯，將來她有造化做官太太，那也是她的福分。但是我在趙家村住了十幾年，覺得李家這戶人家是極好的，當初若不是有他們家幫襯著，我跟孩子只怕挺不過來。況且如今李全會經營，又當上了里長，家裡就跟小地主一樣，小蝶嫁過去也不用下地幹活，雖說是住在村裡，終究也是當少奶奶的，我倒是瞧著這門親事很不錯。」

錢木匠和李全也是老交情了，聽了這話自然是願意的，和這種知根知底的人家當親家，心思都能省下不少，確實是一門不錯的親事。

「既然妳這麼想，一會兒我就去探探他的口風，若是他也願意，我們就把這事情提一提？」

楊氏聽錢木匠這麼說，自是喜不自勝，點頭道：「那你悄悄地先問問他，他若是應了，我再說，也省得尷尬。」

李全本來也就存了要跟趙家攀親戚的心思，只是如今眼看著明年宋明軒就要下場子了，到時候要是考上了進士，難免不被人說他們是想攀附趙家。李全又是一個實心思的人，雖說常在外面跑，人卻是難得的老實忠厚，寧可別人占自己一分，也絕不自己多占別人一分，因此雖然他幾次都想開口，但最後話到了嘴邊，又給嚥了下去。

此時聽錢木匠聊起這事情，李全忍不住就高興了起來，又興奮、又激動地道：「不瞞你說，我心裡其實也存著這樣的想法，可眼下正是你們家要往高處去的時候，改明兒要是明軒中了進士，我們這種鄉下人家可真的是高攀不起了，所以我想來想去的，也不敢開這個口。」

錢木匠聽李全說得實誠，笑著道：「明軒就算中了進士，那也是他老宋家的事情，我和彩蝶她娘還是過該過的日子，兒女的婚事，還得由我們兩個操心，更不會因為明軒中了進士就瞧不起鄉下的老鄉親，明軒和彩鳳都不是這樣的人。」

李全雖知道是這個理，可心裡畢竟還是感激，一時間高興得有些語無倫次了，撫掌高興地道：「這可太好了，這次回去，我娘和媳婦還不知道要怎麼樂了！」

到了晚上吃晚飯的時候，楊氏特意多做了幾個菜。

錢木匠和李全喝著小酒，兩人臉上都是掩不住的喜色，趙彩鳳看著就覺得他們兩個鐵定有事。

楊氏幫他們兩個都滿上了酒，笑著道：「她叔，那彩蝶和二虎的事情，咱就這樣說定了吧？雖說年紀還小，可如今要是定下來了，我心裡也放心些。」

趙彩鳳聽了這話，就知道楊氏是想把趙彩蝶許配給李全家的老二了！雖然不喜歡古代這種父母之命的包辦婚姻，但是對於趙彩鳳來說，宋明軒還不就是這麼來的嗎？幸好自己的運氣不錯，宋明軒是個根正苗紅的有為青年，不然她這一輩子也算是毀了。

趙彩鳳細細地想了想，李二虎那孩子其實還挺好的，不過聽說在讀書上頭似乎差了一點。但是李家一家人都這樣好，趙彩蝶過去了不受委屈那倒是真的，與其貪圖那些大的榮華富貴，珍惜這些小富小貴，其實也是一種惜福。趙彩鳳想到這裡，也覺得沒什麼意見了，也笑著說了幾句恭喜的話。

楊氏更是高興得不得了，心道這是雙喜臨門！

唯獨坐在一旁吃飽了正在哄小五玩的趙彩蝶還蒙在鼓裡。

李全瞧著趙彩蝶那一臉乖巧可愛的樣子，便從懷裡掏出一個玉墜子來，走到跟前遞給她道：「小蝶，來把這個玉墜子給戴上。」

古代訂親總要一樣信物，李全平常出門也不常帶東西在身上，這玉墜子還是他老爹留給他的，只是如今這好親事送上門，他也顧不得許多，便拿出來送人了。

楊氏見了，連忙推拒道：「她叔，這可不行！這東西太貴重了，你還是收起來吧！禮數上的事情，等過幾日我們合計好了再說，不用這麼著急的。」

李全堅持道：「嫂子別客氣，這是應該的。我們鄉下人家，也沒什麼好東西，這墜子也不貴重，就是上頭傳下來的，有些年歲而已，給小蝶戴就正好了。」

楊氏見李全這般堅持，也沒有別的法子，只得收下了。

晚上，趙彩鳳和宋明軒早早的就洗漱睡下了。

趙彩鳳在車上搖了一整天，到底有些累了，靠在宋明軒的懷裡道：「如今連小蝶的婚事都定下了……」

宋明軒摟著趙彩鳳笑道：「是呢！」

趙彩鳳想到什麼，突然臉色一沈，開口道：「咱的孩子，我可不准你定什麼指腹為婚、娃娃親的！」

「為什麼？」宋明軒不解地問道。

「我要自己好好地挑，不計是男孩還是女孩，都要長大些才能看出好壞來，尤其是容貌，都說女大十八變，咱萬一是個兒子，眼界高，你給挑了一個他不喜歡的，怎麼可好？萬一是個閨女，找了一個黃豆芽一樣的相公，又怎麼辦？」趙彩鳳說起這些來，還真有些擔憂的樣子。

這話宋明軒就有些不愛聽了，這黃豆芽一樣的相公，說的不就是以前的自己嗎？以前自己可不就是瘦得跟豆芽菜一樣的？宋明軒擰著眉頭道：「這都說娶妻娶賢，容貌固然重要，但品性才是最重要的。再說這男子吧……十六、七歲能中秀才的，都已經是佼佼者了，要是能中舉人，那更是不容易的事情，娘子妳這要求有些太高了點吧？」

趙彩鳳一聽，這話不對呀，宋明軒這分明就是在自誇嘛！說十六、七中秀才都已經是佼佼者了，那他十四就中了秀才，豈不是佼佼者中的佼佼者？趙彩鳳抬起頭來睨了宋明軒一眼，見他這回倒是臉皮厚得臉都不紅，便笑道：「變著樣子說自己好，也不嫌臊得慌？」

宋明軒本就是隨口一說，倒是沒怎麼在意，如今被趙彩鳳這麼一說，到底也明白了，頓時就面紅耳赤了起來，支支吾吾地道：「我……我真的不是自誇，只是……只是常言道，莫欺少年窮……男人關鍵的日子，還是在成家立室之後，妳……妳千萬別誤會，我沒這個意思啦！」

趙彩鳳見宋明軒一下子急了，說話都支支吾吾起來，抬起頭，忽然間就吻上了他的唇瓣，小巧的舌尖描摹著他的唇形，冷不丁就探入猛吸了一口，這才鬆了開來，翻過身不去理他了。

宋明軒從身後抱著趙彩鳳，摟著她的腰，大掌輕撫在趙彩鳳的小腹上，將她抱在懷中入睡。

這一年的夏天雖然不是特別炎熱，但對於懷著身孕的趙彩鳳來說，自然是非常難熬的。有錢人家家裡都設有冰窖，裡面放著窖冰供夏日用，但是對於趙彩鳳和宋明軒來說，這窖冰自然是用不起的。

幸好古代沒有溫室效應，所以也熱得有限，再加上房子都是木結構的，也不蓄熱，所以除了正午的時候熱得喘不過氣來，別的時候倒是還可以忍耐。而店裡面因為要做生意，趙彩鳳倒是花了大價錢，給天衣閣裡頭添了窖冰。

這日黃鶯來廣濟路上的宅子裡彙報生意，雖然已是申時三刻，但她從外面進來，自然是帶著一身熱氣。

趙彩鳳命婆子給她遞了一碗綠豆湯，黃鶯一口氣喝了下去，仍舊暑氣未消。

黃鶯放下了碗道：「表姊眼看都要生了，怎麼還這樣耐著熱呢？這幾日天氣太熱了，店裡也沒有什麼客人，不如我讓送窖冰的夥計明兒將窖冰送到家裡來，也讓表姊舒服舒服吧！」

趙彩鳳自從回京之後，聽說黃鶯拒了侯夫人請她進府當姨娘的事情，倒是覺得沒看錯這姑娘，後來又因為自己有了身子，便也漸漸撒開手讓她出去走動。黃鶯畢竟是在侯府做過丫鬟的，這待人接物方面倒是嫻熟得很，且她素來又是有些性子的，並沒有一般做丫鬟的奴性，做起事情來有板有眼，連馬掌櫃也經常誇讚她。

「不用了，雖然天氣熱，來的客人少，可萬一來了，總不好意思讓她們熱出一身汗來。這些客人都是嬌客，妳讓她們熱一次，就再也沒有下回生意了，切不可因省這些小錢，丟了將來的大錢。」趙彩鳳一邊說，一邊也端起綠豆湯喝了一口。本來趙彩鳳也是打算買一些窖冰回家給宋明軒用的，可誰知入夏之後，玉山書院那邊的校舍就修好了，宋明軒和劉八順在家裡待了小半年，早已經憋得不成了，便收拾了行李過去了。

只是如今趙彩鳳有了身孕，宋明軒每過十天也是要回來一次的，並不像以前一樣，一去書院就忘了家裡的事情。

黃鶯聽趙彩鳳這麼說，便也點了點頭，道：「表姊說的很是，只是這樣自己受苦，到底讓人心疼。如今店裡頭其實也不缺銀子，表姊大可以不用這麼省儉。」黃鶯如今是真心關心趙彩鳳的，平日裡小衣服都送了不少過來。這半年陸陸續續有人向她提親，可她誰都沒答應，倒是讓大楊氏好生為難，卻又拿她沒辦法。

其實趙彩鳳倒是覺得還好，以前在現代大夏天空調失靈的時候，那個滋味才叫難熬呢，如今再熱，能熱得過現代去?也不過就是正午的時候悶熱些，午覺睡得不安生罷了。

「妳放心吧，我們鄉下人耐得住。倒是妳，從小在侯府裡面長大，必定是耐不住熱的。」

黃鶯聽了這話，倒是臉頰一紅，笑著道：「我如今是越發懂了，為什麼那些在府上的姊妹死活不肯出來，這光是一冬一夏，沒有炭爐子和冰盆，在外頭的日子確實很不好過。」黃鶯想到這些，又感激了趙彩鳳幾分，便拿起一旁的扇子為她搧起了風來。

兩人又陸陸續續地聊了幾句，黃鶯把最近店裡的生意都說了一遍，最後留下了帳本，這才離去。

趙彩鳳最近省儉，其實也是有原因的。她雖不是出身富貴的人，但在生孩子這一方面，也是極其看重的。她又不是這古代土生土長的人，有著女人生來就是要生孩子的自覺，覺得這孩子是兩個人愛情的結晶，既然要生下來，自然是要優生優育的。可是寶育堂裡面最好的那幾個院子，住半個月就要二百兩銀子，而且吃飯還要另外算。趙彩鳳細細算了一下，這樣下來，她光是生一個孩子，少不得就要花上三百兩的銀子。

可趙彩鳳也知道，這銀子不得不花。到時候她要是住了進去，宋明軒自然是不放心，也要住過去的。那邊人多嘴雜的，也就只有最好的那三個院子才既清靜又雅致，倒像是專門供人讀書的小別院。且前些年就有住在文曲院裡面生產的產婦，最後相公考上狀元的。趙彩鳳一心要住那邊，其實也是想給宋明軒爭一個好兆頭，所以一早就讓錢喜兒給提前定下了時間。

說起這個來，趙彩鳳就不得不埋怨一下這寶育堂的老闆娘了，這麼貴的定價，可真是坑人啊！趙彩鳳私下裡都尋思著，要不要跟她套一套近乎，弄個老鄉價來？

趙彩鳳看完了帳本，算了一下銀子，倒是還夠用，只是店裡的銀子她不能隨意動，都要做流水用的。如今手上能動的，也只有舊年八寶樓送過來的紅利銀子。

趙彩鳳正合上帳本心疼錢呢，外頭就有婆子進來傳話。

「奶奶，外頭有車馬運了一車的冰塊來，說是送給奶奶解暑的。」

趙彩鳳如今月分大了，身子有些臃腫，問道：「誰家的？」

那婆子回道：「拉車的說是鎮國侯府上的。」

鎮國侯？那不就是……趙彩鳳微微一愣，旋即開口道：「妳去讓人把冰塊放進冰窖裡頭，打賞幾兩銀子，再放人家走吧。」

那婆子點頭稱是，便出去招呼人了。

趙彩鳳靠在軟榻上，細細地想了起來，聽說程蘭芝好像也是這個月的產期……

趙彩鳳這會子再回想起來，卻似乎有些想不出來蕭一鳴到底是長得什麼模樣了。她只記得那年錢木匠命危回京，蕭一鳴滿臉鬍子、雙眸紅腫的樣子，那是她頭一次有些心疼蕭一嗚。說到底，是自己虧欠了他的。

楊氏聽說有人送了冰塊過來，自然也是高興，笑著走了進來道：「我正說綠豆湯沒有冰鎮著不好吃，倒是有人送來了！那冰塊冒著寒氣，可涼爽了，彩蝶和小五兒一眨眼就喝下兩碗去了。」

趙彩鳳聽了，嘴角也微微翹了翹，開口笑道：「冰鎮過自然是好喝的，可這會子也已經傍晚了，還是不能貪涼了才好。」

楊氏也知道趙彩鳳和蕭一鳴之間的那些事情，到底沒再往下說，開口道：「妳再歇一會兒就可以吃晚飯了。」

昨兒晚上房間裡多了窖冰，趙彩鳳倒是難得睡得舒爽，今日一早起來都神清氣爽的。缸裡面的冰塊已經化成了水，楊氏便進來舀了出去，給院子裡的花草澆水。

用過了早飯後，外頭太陽眼看著就要大了起來，這時候卻聽見有人在敲門。婆子急忙就去應了，見是錢喜兒帶著個小丫鬟從馬車上下來。

趙彩鳳瞧見錢喜兒進來，才要從廊下迎出去呢，就被喊住了。

「妳快進去，外面暑氣重！」

趙彩鳳便乖乖地在裡頭坐了。她如今月分大，肚子頂著胃，坐下來也坐不實，只能稍稍歪著一點，瞧見錢喜兒跨進了門，這才問道：「怎麼來得這樣早？」

錢喜兒笑著道：「就是過來跟妳說一聲，在文曲院生娃兒的孔家三少奶奶回家去了，今天大姑奶奶已經命人打掃了，我算著妳也是時候進去了，只怕再拖下去，這孩子要生在外頭了。」

算算日子，趙彩鳳也就在這幾天了，若是等發動了再進去，只怕也忙亂。古代不比現代，一通電話救護車很快就到了，這邊得找馬車的找馬車、搬東西的搬東西，況且馬車又顛簸，到時候她疼得七死八活的還要受這份罪，想想也害怕。況且，這幾天肚子裡的小傢伙也確實不安生，每日裡動個不停的，恨不得踹開了肚子蹦出來一樣，趙彩鳳也是叫苦連天。

「那我一會兒就去一封信，讓相公回來。」

「不用去信了，我今兒一早就讓人過去報信了。再過半個多月就是秋闈了，到時候書院也是要放假的，他們留在那兒也沒意思。」因為今年有閏月，這中間又多了一個月，所以如今才七月分，實際倒是已經過去八個多月了。

趙彩鳳見錢喜兒都已經安排妥當了，也放下心來，又道：「過了秋闈就是春闈了，這日子倒是過得快了。」

錢喜兒聽了這話，又想起劉八順說等這回春闈過了，便是自己考不上，也要正兒八經地娶她過門，臉上便透出了幾分紅雲來，低著頭小聲道：「是啊，春闈就要到了，宋大哥和八順也要下場子了。」

趙彩鳳瞧著她那含羞帶怯的模樣，也跟著開口道：「上回給永昌侯府五姑娘做的嫁衣，妳直說好看的，如今看來也是時候給妳做一件了。」

錢喜兒聞言，越發面紅耳赤了起來，開口道：「那怎麼行？妳別當我不知道，那一套衣服妳收了她五百兩銀子呢！這樣貴的衣服，我這種人穿在身上，只怕要折壽呢！」

趙彩鳳便笑著道：「妳胡說什麼？妳這種人又是什麼人？將來的官太太還這般謙虛，那平常人家的姑娘就活該不穿嫁衣了，只裹著一塊紅布就出嫁了不成？」

錢喜兒聽趙彩鳳說得好笑，忍不住笑道：「妳又亂說！妳見過誰裹著一塊紅布就出嫁的？」

趙彩鳳停了笑，一本正經地開口道：「所以啊，妳也不必自謙。人生來就是平等的，並沒有什麼高低貴賤之分，衣服呢，做來也是讓人穿的，再貴的衣服如果不穿在人身上，那也只是一件死物罷了。」

錢喜兒聽了這話，到底有些感觸，低下頭去，略略想了片刻，道：「妳這一點，可真是跟我家大姑奶奶一模一樣。可我就是不懂了，人怎麼會生來就是平等的呢？說到底還是不平等的吧？」

趙彩鳳聽她這麼說，倒是忍不住笑了。「咱不說這個話題了，我只問妳一句，當初我的嫁衣是妳親手繡的，如今妳的嫁衣，到底讓不讓我給妳張羅？」

錢喜兒聞言，倒是不好拒絕了，點了點頭道：「眼下妳可別折騰了，這都要生的人了！」

趙彩鳳心下卻已經有了計較，趁著這幾日沒生，她還有些空呢，這萬一要是生了，後面少不得得耽誤上兩個月，這一眨眼就是年底了，再過兩個月就得下場子，等一個月放榜後，過不了幾天又要殿試，殿試完了考庶起士，最多到明年五月分，錢喜兒和劉八順肯定是要辦婚事的。這妝花雲錦又難織，兩個月也耽誤不起呢！

趙彩鳳心思一動，便拉著錢喜兒道：「揀日不如撞日，妳今兒就跟我進去選選，嫁衣要什麼樣子的！」

錢喜兒哪裡拗得過這大肚子的？只被她給拉了進去，兩人在冊子上尋了圖案，一樣樣地試下來，最後錢喜兒選了喜上眉梢、福壽三多、玉堂富貴三個圖案，趙彩鳳又挑了半日，又選了一個流傳百子的圖案，把錢喜兒臊得臉都紅了，拗不過她，這才答應了下來。

趙彩鳳便將這些圖案打散了，重新按照服裝的設計布局。裙襬上是喜上眉梢；後幅是福壽三多圖案；前胸袖口衣襟則繡上玉蘭花、海棠花、牡丹花，是為玉堂富貴；上衣下襬從左到右是流傳百子的圖案。

這些圖案並未犯忌諱，又喜氣，好看得很，只是流傳百子的圖案太過複雜了，怕雲錦織不出來，因此兩人合計了一下，又把百子改成了開口石榴，倒是容易很多了。

兩人在書房裡面一待就是一個晌午，趙彩鳳留了錢喜兒在家裡吃過了午飯，眼見著中午的時候天氣陰了下來，太陽躲到雲層裡面去了，趙彩鳳這才放了錢喜兒離去。

趙彩鳳將嫁衣的稿子設計好了，便讓婆子送去了天衣閣，自己在房裡整理起了要去寶育堂的東西。

古代沒有拋棄式的尿布，窮人家的孩子要嘛光屁股，要嘛就是用大人穿過的舊衣服給孩子兜屁股，這對於從現代來的趙彩鳳來說，是完全不能接受的。當初楊氏生小五的時候，她就極力反對楊氏這樣做，後來還自己花錢買了上好的棉布，在開水裡面燙了幾回，燙得軟軟的，這才給小五用上了。

如今小五早已經不用那些尿布了，倒是正好留了下來，又是用舊了軟綿綿的，趙彩鳳便命婆子洗乾淨了，都摺疊得整整齊齊的。

小孩子的衣服也都是用開水燙過的，古代沒有柔軟精，趙彩鳳只能自己用手揉，揉得軟綿綿了，這才捨得放下。

楊氏沒有趙彩鳳這般講究，笑著道：「別人家的孩子都愁沒新衣服穿，妳這好端端的衣服，一拿回來就洗舊了，是個什麼道理呢！」

趙彩鳳也不跟她爭辯，反正自己的孩子有自己的養法。

不過楊氏也只是說一說，其實她心裡也明白，這舊衣服穿著比新衣服舒服。

晚飯過後，宋明軒就回來了。原來錢喜兒派了劉家的小廝去送信之後，宋明軒就已經歸心似箭了。這幾日因為秋試在即，書院裡的人也走得差不多了，劉八順知道宋明軒是再待不住了，只讓那小廝在外頭等著，兩人當下就收拾了東西，又去和韓夫子告了假，便跟著小廝一起回來了，只是因為下午下了一場陣雨，所以在路上耽擱了片刻，回來便晚了一些。

趙彩鳳忙讓婆子給宋明軒又熱了飯菜送過來。

宋明軒瞧著趙彩鳳那圓滾滾的肚子，越發就心疼了起來。雖說女人生孩子是沒辦法的事情，但這個罪卻當真是不好受的。宋明軒忙扶著趙彩鳳坐下，開口道：「就算喜兒妹子不來傳信，這兩天我也是要回來的。八順說這生孩子的事情可說不準，尤其是最後這幾天，沒準他待不住了，想早些出來呢！」

趙彩鳳倒是覺得還好，只是這幾日長得越發快了，身子沈而已，至於是不是要生了，她也說不上來。楊氏說第一胎入盆慢，趙彩鳳如今看著似乎還沒入盆，所以大概還要幾天呢！

「你急什麼？他不急，你倒是先急了起來！」趙彩鳳輕撫著肚子，調笑道，忽然間臉色就變了，捧著肚子，眉宇擰作一團。

宋明軒正坐下來打算吃晚飯呢，見趙彩鳳這樣，嚇得手裡的筷子都掉了，急忙站起來道：「娘子，妳怎麼了？」

趙彩鳳緩緩坐下，稍稍過了一會兒，臉色才恢復如常，開口道：「沒事沒事，大約是我方才說了他壞話，所以他就欺負起我來了，踢了我一腳呢！」

宋明軒聞言，這才鬆了一口氣，嚴肅了幾分，語重心長地對著趙彩鳳肚子裡的孩子道：「孩兒，你要體恤你母親辛苦，可不能這般調皮了，不然等你出來了，我可就要打你的屁股了。」

誰知宋明軒不說還好，這一說，肚子裡的孩子就跟能聽懂一樣，變著法子又蹬了趙彩鳳兩腳！趙彩鳳坐在凳子上，疼得滿頭大汗，連連道：「我的小祖宗，你可千萬別再折騰我了，若是想出來了，就直接出來吧，在我的肚子裡逞凶，算什麼好漢啊！」

沒想到趙彩鳳這話一說，孩子果真就又安靜了，惹得兩人苦笑連連。

用完飯後，宋明軒也整理起了東西。聽說那文曲院裡面樣樣都有，藏書也豐厚，還有以前人留下的札記，他早就想進去看看了。宋明軒一邊整理東西，一邊道：「天底下居然還有那樣生孩子的地方，可惜太貴了些，到底有些捨不得。」

趙彩鳳見宋明軒這矛盾的樣子，笑著道：「定金我早已經付了，如今院子已經給我們空著了，若是不去，這定金的銀子也是打水漂的了。」

宋明軒一聽打水漂，立馬就開口道：「那怎麼行呢，定金只怕也要好幾十兩銀子呢，到底不能浪費了！眼下是我們的第一胎，自然是要重視些的。」

趙彩鳳聽了這話，故意挑刺道：「那你的意思是，若是第二胎、第三胎，就隨便生生好了嗎？」

宋明軒原本就不是這個意思，聽趙彩鳳這麼一說，有口難辯地道：「不不，我不是這個意思，我只是……只是……」他這個舉人老爺遇上了能說會道的趙彩鳳，也只有乾著急的分了。

趙彩鳳見他急得說不出話來，笑著道：「行了，你只是心疼銀子罷了，我知道的。」

宋明軒被趙彩鳳說中了心事，到底有些臉紅，又開口道：「我不是心疼銀子，我是心疼娘子妳賺錢辛苦，恨不得明日就能下了場子，將那功名考下來，也好讓妳在家裡面安安心心地當太太。」

趙彩鳳聞言，往宋明軒的懷裡靠了靠，小聲道：「你有這份心，我就心滿意足了。以後的日子還長著呢，少不了我當太太享福的日子。」

第二天一早，趙彩鳳和宋明軒便帶著楊氏和一個婆子、一個小丫鬟一起去了寶育堂待產了。沒想到東西才在文曲院裡面安頓好了，就有人上門來拜訪了。來的不是別人，正是如今也身懷六甲的程蘭芝。

程蘭芝的月分和趙彩鳳差不多，但是肚子看上去倒是比趙彩鳳還大了一些，她臉蛋圓圓的，面色紅潤，想來也是養得很好，是前兩日才剛剛搬進來待產的。

兩個孕婦在廳裡頭坐了下來，程蘭芝才開口道：「我原本是沒打算過來的，可後來聽說妳要過來，又想著平常我們也沒有什麼見面的時間，倒不如在這裡見了，所以就和太太說了要過來這裡生，正巧這兒剛好有個空出來的院子，我便過來了。」

趙彩鳳知道程蘭芝的意思，雖說她和錢木匠這輩子算是沒有交集了，可骨子裡這種骨肉親情如何能割捨得了？若是她在蕭家生產，只怕錢木匠是很難瞧見孩子的，若是在這邊生產，到時候兩家孩子抱到一起瞧一瞧，沒準還能見上一面。

趙彩鳳便笑著道：「這兒生也一樣，且比起家裡還更清靜放心，到時候又有專門的人服侍著，倒是不用我們操心什麼。」

程蘭芝點了點頭，又道：「這幾日他軍營裡頭事情也多，也不常回家，只說處理好了，興許坐月子的時候還能陪我幾日。其實我哪裡用得著他陪，不過是想讓他多看看孩子罷了。」一程蘭芝提起了蕭一鳴，臉上的笑意就更甚了。

趙彩鳳也笑著道：「男人總是這樣的，他如今當了差，忙是自然的。倒是我家這一個，明年春天就要下場子了，也不知道到時候是丁是卯，能不能榜上有名還未可知呢！」

程蘭芝知道趙彩鳳是自謙，笑道：「宋舉人明年必定蟾宮折桂，妳就等著好消息吧！」

兩人又閒聊了幾句，程蘭芝便告辭走了。

侍走到了院外，身邊的丫鬟才開口問道：「奶奶怎麼沒有問一問，上次三爺讓送窖冰的事情呢？」

程蘭芝微微垂下了眉宇，想了片刻才開口道：「罷了，有什麼好問的呢？那一年妳是跟著我一起進的誠國公府別院，三爺的心思，妳還不清楚嗎？如今這樣，已是極好的了。」

那丫鬟聞言，也低著頭不再發話，悄悄抬起頭看了一眼程蘭芝，見她的眉宇已經舒展開來了，才略略放下了心。

說來也是巧合，大約是今日坐馬車顛簸了，到了晚上趙彩鳳身上便有些不對勁，坐立不安了起來。站著的時候，總覺得身子墜墜的難受。

楊氏看了，開口道：「這是入盆了，大概過不了兩、三天就要有動靜了。」說著，臉上早已經有了喜色。

趙彩鳳卻是頭一次生孩子，心裡緊張得很。要知道，古代女性死亡率最高的事情不是生病，而是難產啊！趙彩鳳一想到這個，便有些害怕了。

宋明軒瞧著她一臉緊張的樣子，安撫道：「妳不要怕，如今這是在寶育堂，裡面住了十幾個京城最有名的穩婆，妳稍微有些動靜她們就來了，保證萬無一失。」

話雖然這樣說，趙彩鳳到底還是不能放寬心，晚上睡覺的時候也有些不安生，在床上翻來覆去的睡不著。

因為臨近分娩，宋明軒也沒有和趙彩鳳同床，而是在她床對面的大炕上睡著，見趙彩鳳睡不著，他也睡不著了，問趙彩鳳道：「娘子，妳要不要喝水？我去給妳倒？」

趙彩鳳開口道：「不想喝水，就是睡不著。」

宋明軒索性坐了起來，點了桌上的蠟燭，湊過去替趙彩鳳掖了掖被子道：「既然這樣，那我陪妳說會兒話？」

趙彩鳳便點了點頭，撐著腰也想起身，宋明軒急忙彎腰幫著趙彩鳳坐起來。這不動還好，一動，趙彩鳳忽然覺得下身似乎有一根弦斷了一樣，頃刻間胯下就一灘水漫了出來！趙彩鳳這時候還未開始陣痛，但她到底也知道是怎麼回事，拉著宋明軒的手，強自鎮定地道：「相公，我破水了，你……你快去幫我喊個穩婆來。」

宋明軒聞言，伸手往那床單上一摸，果然滿手濕答答的溫熱液體，他也是頭一回遇到這樣的事情，倒是比趙彩鳳還緊張了幾分，沒來得及披上衣服就大聲喊道：「快來人，娘子要生了！」

趙彩鳳這會子也是哭笑不得，只是破水了而已，還沒開始陣痛，只怕到生還要等一會兒呢，便扶著腰道：「還沒要生呢，你急什麼？把燈點亮一些，披上衣服後再出去喊人。」

宋明軒這時候早已緊張得滿頭大汗，這趙彩鳳還沒開始疼呢，他倒是先嚇出一身汗來了，急忙披著衣服出去，才到房門口，就瞧見楊氏也已經披上衣服過來了。

「彩鳳怎麼了？」

宋明軒伸手抹了一把額頭上的汗，回道：「破水了，倒是還沒開始疼。」

楊氏聽了，淡定地「喔」了一聲，不緊不慢地吩咐身邊的小丫鬟道：「妳去喊穩婆過來瞧瞧。」又見宋明軒這一臉汗的樣子，笑著道：「明軒，你這一頭汗是做什麼？放寬心，彩鳳還沒開始疼呢！」

不一會兒，便有穩婆來看過了，仔細檢查了一番後，開口道：「破水了就不能等了，還得吃一帖催生的藥，讓孩子早些出來才好呢！」說完，便吩咐人熬藥去了。

約莫過了半個時辰，藥已經送了過來，趙彩鳳還沒開始陣痛，但想著孩子早些出來，也就一口把那藥給喝了下去。

宋明軒瞧著趙彩鳳喝了那藥，忙送了一顆蜜漬果子過去。

楊氏從外面進來，臉上帶著幾分喜色，笑著道：「今兒晚上約莫是時辰好，我方才出去，聽說蕭家三少奶奶也發動了，這會子已經疼了起來，看樣子她倒是要比妳早些了。」

趙彩鳳聽說程蘭芝要生了，倒也不奇怪，今兒中午就覺得她的肚子比自己大來著。

宋明軒見這時候趙彩鳳沒有動靜，心裡又著急，七上八下的，站也不是、坐也不是。

趙彩鳳看著也心煩，索性笑道：「你去拿本書來，給我唸幾個故事吧！」

宋明軒這時候雖沒有唸故事的心情，但娘子大人之命他也不敢忤逆，便去一旁的書房裡面拿了一本志異小說出來，一邊擦汗一邊唸了起來，有些結結巴巴的。

趙彩鳳也沒什麼心思聽，兩人就各自心中緊張，面上又不敢表現出來。

宋明軒唸完了一個故事，連自己都沒弄清自己唸了什麼，忽然聽見趙彩鳳「唉喲」一聲，他嚇了一跳，手裡的書就落到地上，連忙湊上去問道：「娘子，怎麼樣了？」

趙彩鳳抓著他的手，擰著眉頭等著那一陣疼痛過去了，咬牙道：「疼……疼死了！」

單從趙彩鳳捏著自己手臂的力道，宋明軒也能感受到趙彩鳳有多疼，咬著牙喊道：「快來人哪，娘子要生了！這次真的要生了——」

第六十章

雖說是第一胎，這孩子到底沒怎麼折磨娘，趙彩鳳疼得比程蘭芝晚，生得倒是比程蘭芝快。這邊一屋子人圍著看孩子了，那邊才說還在用著力道。

錢木匠也在院子裡，聽說程蘭芝還沒生出來，已經急得臉色都有些變了。當年程家大姑娘就是難產死的，這件事對錢木匠多少有些陰影。

楊氏見錢木匠額頭上滲出汗珠來，勸慰道：「你別擔心，這裡是寶育堂，聽說杜家大少奶奶在那兒呢，一會兒就能出來了。」

錢木匠這才稍稍點了點頭。

裡面宋明軒已經抱著自己的兒子，坐在了趙彩鳳的床邊，笑得合不攏嘴，一個勁兒地道：「娘子，妳看他是像我還是像妳？我怎麼瞧不出來呢！」

楊氏從外面進來，見宋明軒抱著孩子那彆扭的樣子，孩子都快從胳肢窩裡露出來了。

「這會子哪裡能看得出來？小孩子要滿月了才能長開呢！」楊氏從宋明軒的懷中把孩子給接了過來，盯著看了幾眼後，笑著道：「都說兒子像娘，我瞧著倒是跟彩鳳剛出生那會子像得很呢！」

宋明軒聽了，就有些不樂意了，開口道：「娘，妳方才還說孩子要滿月了長開後才能看得出像誰呢！」

楊氏聞言，笑著道：「那哪裡能一樣？彩鳳是我生的，我記得她還沒滿月時的樣子呢！」

趙彩鳳瞧著宋明軒那憋屈勁兒，忍不住就樂了，拉著他的袖子道：「行了，你快去睡吧，都鬧一夜了，我也累得很。」趙彩鳳剛剛才睡了一會兒，被宋明軒格格格的笑聲給笑醒了。

宋明軒坐下來，伸手輕輕撫摸著趙彩鳳的臉頰，瞧著眼圈都黑了，自是心疼不已，開口道：「妳睡吧，我不睏，我在這邊陪著妳。」

楊氏把孩子抱了出去，交給了這邊專門的奶娘，等再進門的時候，就瞧見宋明軒和趙彩鳳兩人都睡得實沈了。楊氏瞧見宋明軒抓著趙彩鳳的手，人就坐在床下的腳踏上，靠在趙彩鳳的床頭睡了，便拿了一件衣服幫他披上了。

楊氏走到外面，這時候晨光初現，東面的太陽緩緩升起，楊氏便朝著趙家村那邊的方向，淡淡地開口道：「宋家嫂子，彩鳳生了，是個男孩，妳在下面一定要保佑他們小夫妻倆和和美美的才好。」

早上辰時，住在鵬程院的程蘭芝也終於生了下來，是個八斤重的胖閨女，怪道把自己的娘折磨成了這樣。

蕭一鳴昨夜接到通知，連夜就從軍營回來了，這會子也守在了程蘭芝的床頭。

程蘭芝睜開眼睛，第一眼便瞧見蕭一鳴坐在邊上，忽然就覺得心裡所有的委屈似乎都煙消雲散了……

趙彩鳳在寶育堂住了半個多月就回去了，這半個多月就花了她幾百兩銀子，再住下去，她可要割肉了。好在過了中秋之後，外頭就不熱了，家裡面也樣樣齊全。怕楊氏忙不過來，翠芬也從討飯街搬了過來，兩人輪流照看著趙彩鳳坐月子。

趙彩鳳除了餵奶和把自己餵飽之外，倒是省心得很。外頭店裡面，黃鶯又是一個有頭腦的，生意也照看得來，便是大楊氏上門瞧見趙彩鳳，那股熱絡勁兒和以前也不能比，只是有一件事，她實在是憋太久了，對趙彩鳳不吐不快。

「大外甥女，改明兒妳出了月子，有件事情可得幫我勸勸妳表妹。」

趙彩鳳見大楊氏說得這般為難，還以為是什麼大不了的事情，倒是提起了幾分小心。

大楊氏接著開口道：「妳妹子也不知道中了什麼邪了，這幾個月向她提親的人有好幾個，她就沒一個能看上眼的！」大楊氏說著，又覺得可惜，年頭侯府的姨娘沒做成也就算了，前幾日有一戶家裡有些家底的人家，兒子還是一個秀才，不嫌棄他們是侯府的奴才，想聘了黃鶯去，黃鶯卻還是不肯。

對於黃鶯的婚事，趙彩鳳倒是沒放在心上，古代的姑娘雖然嫁得早，但是黃鶯如今也不過才十七、八，也不至於就成了剩女了。只是她如今放著好人家的少奶奶也不去做，倒是讓人有些奇怪了。

趙彩鳳想了想，開口問道：「是不是她心裡有了什麼人，妳不知道？」對於黃鶯的性子，趙彩鳳如今倒是有六、七分的瞭解，當初和鄭玉那一回，其實她也是用了心的，不然定不會輸得這樣慘，後來她知道鄭玉對她無情，當即就清醒了過來，這樣有性子的姑娘，私下裡又喜歡上了什麼人，也未必沒有這個可能。

大楊氏經過趙彩鳳這麼一提點，擰著眉頭想了片刻後，開口道：「按說也不可能，雖說如今她在店裡幫忙，去的大戶人家多了，可她已經絕了進大戶人家當姨娘的念想，怎麼也不可能再喜歡上什麼人的，若說真的喜歡……」大楊氏說到這裡，倒是有些傻了，難不成是那小子不成？

趙彩鳳見大楊氏的臉微微變了顏色，也看出了點端倪，問道：「難道，她真的有心上人了？」

大楊氏想了半晌後，堅定地搖了搖頭道：「沒道理的，她放著人家的奶奶不做，倒喜歡上一個跑堂的？」

趙彩鳳一聽「跑堂的」，頓時就從榻上抬起了上半身。

大楊氏蹙眉道：「大外甥女，這事妳可得幫我問問那丫頭，她難不成……難不成喜歡上了麵館裡頭的小順子？」

趙彩鳳聽大楊氏這麼一說，倒也是驚了不少，就黃鶯那眼界，她能看上小順子？之前趙彩鳳還敲打過小順子，讓他別癩蝦蟆想吃天鵝肉呢！

大楊氏走之後，正巧楊老頭託小順子送拉麵過來，趙彩鳳便讓丫鬟喊了小順子進來。

小順子穿著短打的衣服，袖子擼到胳膊肘，見了趙彩鳳懷裡抱著的奶娃娃，一個勁兒的喜歡，恨不得自己就湊過去抱一把，可又覺得自己身上髒，不好意思湊過去。

趙彩鳳打趣道：「你這麼喜歡孩子，趕緊娶了媳婦生一個唄，眼瞅著都二十的人了！」

小順子便紅著臉頰不說話，小聲道：「店裡生意太好，沒時間張羅這事呢！」

趙彩鳳聽了，笑道：「敢情是我家的店害得你這會子還打光棍，那你這終身大事，我可得包下了才行呢，不然我這東家就太不近人情了！」

小順子嘿嘿地笑個不停。他剛從外頭進來，正熱得緊，此時被趙彩鳳一打趣就有些忘形了，從懷裡摸了一方帕子出來，在額頭上擦了擦汗又給收了進去。

趙彩鳳這眼睛尖得很哪，一眼就瞧見那料子是她們天衣閣裡頭專門做絲綢中衣多下來的好料子，她送給了黃鶯，讓她也給自己添一套好中衣的。沒想到這做剩下衣服的邊角料，倒是成了小順子手裡的帕子了？

「這哪能勞動妳呢？妳現在還是好好地養著吧，我的終身大事，再緩多長時間都是一樣的呢！」小順子笑著道。

趙彩鳳見他這嬉皮笑臉的樣子，清了清嗓子，一本正經地道：「你說的什麼混帳話？用了我們家姑娘的東西，還說什麼緩多長時間都是一樣的，我看你是吃了熊心豹子膽了！」

小順子私底下追求了黃鶯小半年，最近才有那麼點苗頭，他心裡自然是樂得很，可這事情他也不敢透露半分，誰叫大楊氏一心想讓黃鶯嫁得好呢。自己一個泥腿子的小廝，在京城要錢沒錢、要房沒房的，有什麼本錢娶人家閨女呢？小順子正為這個事情犯愁呢！最怕的就是這事情兜不住了，最後鬧得雞飛蛋打的，如今聽趙彩鳳這麼說，頓時就嚇得腿軟了，連忙跪下來道：「彩鳳，我的好姑奶奶，妳這回可千萬得幫我呀！」

小順子這一喊，倒是嚇得趙彩鳳懷中的小寶貝也哆嗦了一下，趙彩鳳瞪了小順子一眼，輕輕地安撫著睡夢中的小寶貝，小聲道：「你輕點聲響，孩子都被你嚇著了！」

小順子連忙伸著脖子看趙彩鳳懷中的孩子，見那孩子長得白白胖胖的，一張臉尤其秀氣，眼皮上頭的摺痕清晰可見，若是睜開眼睛，必定是一個好看得不得了的小娃兒。

小順子有些不好意思地抓了抓腦袋，也壓低了聲音道：「彩鳳，妳說這可咋辦呢？我是妳姥爺的徒弟、妳表妹是你姥爺的外孫女，咱倆這輩分上還差呢！」

趙彩鳳把小寶貝放在榻裡頭安頓好了，這才起身道：「你要是一開始就這麼想，那還打我表妹主意？說的比唱的好聽，誰不知道你的心思呢！」

小順子傻笑了幾聲，皺著眉頭道：「雖說我是癩蝦蟆想吃天鵝肉，可妳想想，這世上有幾個男的是不想吃天鵝肉的？」

這話倒是說得實誠得很，趙彩鳳都找不到話反駁了，笑著道：「那如今這眼看著要吃上了，你又慌個什麼勁兒呢？」
小順子連忙道：「我這不是怕到嘴的肉又飛了嘛！」
趙彩鳳瞪了小順子一眼，嗔怪道：「越說越不像話！我表妹那麼好的模樣，你把她比成了一塊肉，她聽了非撕爛你的嘴不可！」
小順子憨笑道：「平常也沒見她少撕了……」
趙彩鳳笑了起來。「敢情你們都動過手啦？」
小順子連連擺手道：「沒沒，沒那回事！都是她撕我，我哪裡敢……」小順子越說，聲音就越發低了下去。
趙彩鳳哈哈笑了，心道這又是一個妻管嚴的了！待笑完後，到底也開始為他們的事情操心了起來，開口道：「你也知道，你們如今這樣是不合禮數的，這外頭講規矩的人家說這個叫做私相授受，傳了出去到底不好，你明白不？」
小順子點了點頭道：「這事我也知道，只是……只是我不知道怎麼開這個口？妳瞧我這樣子，到底……到底配不上她。」
趙彩鳳見如今小順子倒是有些自知之明了，還知道配不上黃鶯，便也知道他對黃鶯是真的上了心的，開口道：「行了，配不上你也喜歡上了，難不成這事情還能作罷嗎？」
這事情自然是不能作罷的，所以趙彩鳳便也只好擰眉替他們想了起來。大楊氏定然是對小順子不滿意的，可若是當眾說出來，大楊氏應該也不可能當眾下了別人的臉。趙彩鳳想來想去，覺得這件事情還得大家夥兒商量妥當了才行。

正巧第二天一早，黃鶯上門向趙彩鳳交代事情，兩人說完了店裡的事情後，黃鶯留下來看了一會兒小娃娃，正要走呢，趙彩鳳便從袖子裡面扯了一方帕子出來，丟在了黃鶯面前。

這帕子正是昨兒小順子用過的那一塊，趙彩鳳特意把它要了過來，為的就是試一試黃鶯。

黃鶯見了帕子，話還沒說呢，臉就先脹得通紅，開口道：「表姊哪兒來的我這帕子？我還說前不久丟了一方帕子呢，原來是丟在表姊這邊了，害得我好找呢！」

趙彩鳳見黃鶯反應極快，心道她倒是聰明，只是在自己跟前聰明是沒用的。

「妳這丫頭，反應倒是不慢，不過這帕子不是我撿的。」

黃鶯聞言，臉頰越發就紅了，低著頭不說話。

那邊趙彩鳳便繼續道：「妳是預備一輩子不嫁人還是怎麼著？妳娘正要我勸妳呢，讓妳趕緊找個人嫁了！我昨晚思來想去，覺得撿了這帕子的人倒是不錯，只是不知道妳願不願意？」

黃鶯聽趙彩鳳這麼說，越發把頭低了下去，咬著唇瓣道：「小混混一般的人，誰在乎呢！」

趙彩鳳聞言，正色道：「唉喲，妳不在乎早說啊，害我昨晚一宿沒睡好，還想著這樣的人，要是大姨不同意可就難辦了，好不容易想到了辦法，這會子妳卻說不在乎……得了，就當我白想了！」

黃鶯聽說趙彩鳳想到了辦法，眼睛早已經亮了，開口道：「表姊妳當真的？妳真的想到能讓我娘點頭的辦法了？」

趙彩鳳見她態度變得那樣快，裝作嘆息地道：「想到了又怎樣？反正妳又不在乎他！」

黃鶯聽趙彩鳳這樣說，終於也忍不住了，急忙開口道：「好表姊，妳可千萬幫我這一回呢！」

趙彩鳳見黃鶯脹紅了臉認了，忍不住噗哧地笑了出來，問道：「那小子有什麼好的，妳還真被他給迷上了？」

黃鶯便低著頭道：「妳不是常說，找男人要找對自己好的，且要一心一意的，也不能瞧著對方窮就瞧不起對方，得找有上進心的嗎？我瞧著小順子挺符合條件的呀！」

趙彩鳳見黃鶯說得認認真真的，跟著點了點頭，又問：「除了這些，妳還喜歡他些什麼呢？這成親過日子可不是一天、兩天的事情，妳得想清楚了才行，所以我也得問清楚。」

黃鶯又擰眉想了想，這才開口道：「別的也沒什麼了，就是因為這些。要真的還有的話，那肯定就是他那張嘴太會說了，整日裡逗得我樂呵呵的，跟他在一起我就特別開心，好多開心的事情，以前從來沒遇上過。」

趙彩鳳聽黃鶯這麼說，又瞧見她臉上的笑容便明白了，這是姑娘家陷入愛情才有的表情，一般時候還瞧不見呢！看來小順子這嘴皮子抹蜜的本事還真的不小呢！

趙彩鳳見黃鶯這樣說，這才鬆口道：「既然這樣，那等過幾日寶貝兒滿月的時候，我在席面上跟妳娘提一提，到時候一家人都在，妳娘只怕一個人反對也沒用。不過她若是心裡不暢快了，回去還需妳開解開解她。」

黃鶯見趙彩鳳應下了這件事情，高興得不知如何是好，笑著道：「那可太好了！表姊，妳真是我的再生父母，我以後就全憑妳差遣了！」

趙彩鳳見黃鶯高高興興地走了，也忍不住揉了揉太陽穴，有些事情她自己都還沒想明白呢！原本覺得黃鶯這個性，心比天高一樣的，肯定是瞧不上小順子的，她自己都勸了小順子幾回呢，可誰能想到，那小子居然還有兩把刷子，愣是把這樣一個心高氣傲的姑娘給搞定了！

趙彩鳳笑著搖了搖頭，轉身就瞧見小傢伙正睡在床裡頭打哈欠呢，那小嘴唇又紅又潤的，嫩嫩地張了兩下，忽然就「哇」地一聲哭了出來。趙彩鳳用手指在他唇邊逗了幾下，小傢伙便噘著嘴巴去就那指頭，這架勢一看就是餓了。

趙彩鳳便笑著把他抱起來，餵起奶來了。

過了片刻，宋明軒知道黃鶯走了，這才拿了一張紙頭進來，上面已經陸陸續續寫了六、七個名字，都是這些日子宋明軒翻了古詩典籍一個個地取出來的。古來取名就有「男《楚辭》，女《詩經》」的說法，宋明軒也延續了這個傳統，選了幾個名字出來。

趙彩鳳接過宋明軒遞過來的紙頭，一個個唸了出來。「保真、中正、修遠、德輝、維哲……」

趙彩鳳一邊讀，一邊在心裡過了一遍，最後把宋明軒給拉了過去，指著「修遠」兩個字道：「路漫漫其修遠兮，吾將上下而求索，我喜歡這個。」

宋明軒也眼神一亮，點頭道：「我也喜歡這個！原本只想拿這一個給妳看的，又怕妳說我，所以就都抄了過來。」

趙彩鳳便抬起頭睨了宋明軒一眼，笑道：「哼，就你會拍馬屁！」

宋明軒瞧著嬌妻麟兒，心情大好，也不顧小修遠還在睡覺，就把他抱了起來道：「小修遠，爹的乖孩子，你要快快長大，爹教你唸《三字經》。」

趙彩鳳見他一邊抱，一邊搖，這滿眼的溺愛都要漫出來了，笑著道：「你快放下吧，祖宗，要這樣被你搖來搖去慣了，將來我可抱不了他。」

宋明軒卻捨不得鬆手，笑著道：「妳抱不了，那我就抱著他，我抱著他看書也無礙的！」

趙彩鳳笑道：「你能抱著他看書，你還能抱著他下場子嗎？」

「這個倒是不能了。」宋明軒一本正經地道。

趙彩鳳見他那副嚴肅的樣子，忍不住笑了出來，從他懷中把孩子給接了過來道：「快去看書，盡在這邊搗亂！」

宋明軒依依不捨地將小修遠還給了趙彩鳳，嘴裡還默默唸道：「我先把孩子的名字告訴阿婆去，一會兒再去看書。」

趙彩鳳便隨他去了，又把吃飽了的宋修遠放下來任他睡著。

這日是趙彩鳳出月子和給宋修遠辦滿月酒的日子。宋、趙兩家在京城也沒個什麼親戚，就還是老習慣，一家人在一起吃了頓團圓飯。

掌勺的依舊是楊老頭，打下手的還是小順子，師徒兩人倒是在廚房裡面忙得不亦樂乎，連兩個打雜的婆子都被趕了出來，笑著在院子裡陪著大楊氏等人嘮嗑。

古代坐月子的規矩大，趙彩鳳雖然也有寶育堂送的坐月子指導手冊，但還是拗不過楊氏的那些老辦法，總拘著她不准出門。趙彩鳳每日也只有坐在窗前大炕上的時候，才能曬一曬外頭的太陽。

如今正是九月裡，倒是秋高氣爽的時候，外面風也不涼，趙彩鳳便難得站出來呼吸了一下新鮮口氣。

楊氏見了，便數落道：「快進去、快進去！怎麼又出來了？妳這才剛出月子呢，可別受了風，落下什麼毛病來！」

趙彩鳳哪裡肯聽。這原本就是一個四合院，四面都圍著，院子裡哪裡來的風？不過就是透著幾分涼快而已。

黃鶯見了，開口道：「小姨，妳就讓表姊在外頭曬會兒吧，我去幫表姊搬一張凳子出來，讓她坐著總行的。」

楊氏自己坐月子的時候還沒這樣講究，對趙彩鳳卻是無微不至，深怕她落下什麼病根來。瞧見黃鶯高高興興地去搬凳子，楊氏心裡也高興，又對大楊氏道：「大姊，我瞧著鶯兒最近越發出挑了，這婚事倒是怎麼說的？」

大楊氏提起這事情還覺得憋屈呢，她自然不敢說年頭的時候永昌侯府還想著讓黃鶯回去的事情，只把最近黃鶯不肯嫁給那個秀才的事說了一遍，最後嘆息道：「也不知道她是怎麼想的，讀書人有什麼不好？妳家姑爺不就是個讀書人嗎？秀才將來沒準還能中舉人呢，她能當個舉人太太，也是不錯的。」

楊氏聞言，笑著道：「興許是她如今在外頭跑習慣了，心眼更高了，瞧不上窮秀才也是有的。我家彩鳳剛跟了明軒的時候，那日子也是窮得沒處過的。」

大楊氏連忙道：「那戶人家可不是窮秀才，家裡有兩個鋪子，在安泰街上還有一處宅子，聽說在京郊也有幾畝地的！反正應該不算窮人家，家裡面雖說不是多體面，但也有幾個使喚的人，哪裡就窮了？」

楊氏一聽，這可真的不窮啊！非但不窮，這樣的人家在京城可以算是不錯的了。楊氏也跟著不理解了，開口道：「這倒是讓人捉摸不透了，這樣好的條件，能看上鶯兒，按說已經很好了。」

大楊氏也連連嘆息，搖頭道：「我這不心裡也納悶嘛，所以才讓大外甥女去問一問，這到底是怎麼一回事？」

那邊黃鶯搬了椅子出來讓趙彩鳳坐著後，兩人又將宋修遠抱在懷裡，外頭暖洋洋的太陽曬在他的小臉蛋上，他瞇著眼睛，倒是一副愜意享受的模樣。

一時間，大廳裡面已經擺好了兩桌酒席，自己人在家也不講究什麼規矩，還跟以前一樣，男人坐一桌、女人坐一桌。楊老頭燒了兩桌的菜後，這會子也歇了下來，讓大家都坐下。

大家夥兒都滿上了酒後，楊老太便開口道：「明軒，你是讀書人，今天又是你的大好日子，你好歹說幾句。」

宋明軒便有些不好意思地站起來，舉著酒杯道：「也沒什麼好說的，只是……要多謝娘子，為我生下了修遠。」

眾人聽了這話，都噓他道：「你要謝她，只管晚上被窩裡謝去，這會子誰讓你說這些的？」

宋明軒紅著臉道：「那就一會兒單獨謝，這會子咱們先喝酒吧。」

小順子乖乖地在邊上伺候著，也不敢坐下來，跟著兩個婆子一起端菜倒酒的。

大楊氏瞧著他那殷勤的勁兒，心裡總覺得彆扭得慌，可小順子天生就生了一副笑臉，那笑容就跟掛在臉上似的，不管你對他怎麼樣，他都是這樣笑嘻嘻地看著你，用大楊氏的話說——長了一副跑堂的面相。

趙彩鳳一早就和宋明軒通過氣了，他也知道今兒要幫著小順子向黃鶯提親，故而拉著小順子道：「快別忙了，一起坐下來吃吧！」

小順子笑道：「你們吃你們的，我給你們倒酒端菜！」

楊老頭見了，開口道：「讓你坐下來吃，你就坐下來吃，別廢話！」

楊老頭算是小順子的師父，這一日為師，終生為父，小順子在楊老頭的跟前可不敢吭氣，只好笑著一起坐到了席上。

楊老頭開口道：「趁著今兒高興，有件事我也要說一下。我如今年紀大了，這拉麵的活計實在是幹不了了，所以從明兒開始，這麵館就交給小順子打理了，彩鳳，妳說如何？」

這些話一早就是趙彩鳳和楊老頭套好的，原來楊老頭也喜歡小順子，說這孩子重感情，還討喜，又對黃鶯好，心裡是滿心贊成的。只是他的出身確實寒酸了一點，在京郊只是一個普通的農戶家，家裡還有幾個兄弟姊妹，他在家大不大、小不小的，所以雖然能說會道的，到底不受寵。

不過這些對於趙彩鳳來說，倒不是劣勢，而是優勢了。古代人雖然有老來從子的習慣，但大多數人家都更看重長子，而得到利益最多的長子，也相對的要付出更多的贍養義務，所以小順子這個排行，以後倒是不用擔心鄉下的老太太找上門，只要每年都寄一些銀子回去，這小日子應該也過得還成。

趙彩鳳想了想，便開口道：「想當年我和相公剛到京城，要不是小順子熱心幫忙，我也沒有今天。姥爺，如今您年紀也大了，這拉麵的活也的確累人，小順子既然拜了您做師父，那這麵館我就送給他了！」

小順子一聽這話，嚇得從凳子上給滑了下去，連忙擺手道：「彩鳳，這可使不得、使不得！我不過就是一個打工的，妳能賞我一口飯吃，讓我在京城有個落腳的地方，我已經很感謝妳了，這店面我是萬萬不能要的！」

趙彩鳳見他插嘴，瞪了他一眼。「你著急什麼？我的話還沒說完呢！」

小順子聞言，只好乖乖地閉嘴了。

趙彩鳳繼續道：「如今你也老大不小了，總要成家立業的，可你這沒房沒錢的，哪個姑娘願意跟了你？」

黃鶯聽趙彩鳳這麼說，心裡已經感動了幾分，只差開口說自己願意跟了他，可瞧著大楊氏就坐在自己身邊，到底有些怕，不好意思開口，便抬起頭來朝趙彩鳳那邊看了一眼。

小順子聽了這話，也低下了頭。他這條件，原本是想著等在城裡賺夠了銀子，隨便到鄉下聘個姑娘進門算了的，誰知道竟讓他遇上了黃鶯，還就看上眼了。

趙彩鳳說完這一句，也就坐下了。

這時候輪到楊老太上場了，楊老太原本就是一個直性子的人，拐彎抹角的話她也說不來，便直接開口對大楊氏道：「想當初我和妳爹，靠著一個麵館也養活了你們姊弟三人，後來要不是妳弟弟太能折騰，我們家的日子也不會過得這樣苦。」
大楊氏冷不丁見楊老太說起以前的事情來，面皮微微一紅，開口道：「娘，妳還提起以前的事情做什麼？那時候我是怨過你們太過重男輕女，對弟弟千依百順的，可現在他人也走了，這事情都過去了，還說這些幹什麼呢？」
楊氏見大楊氏沒聽到點子上，笑著道：「大姊，娘的意思是，開麵館餓不死人。」
大楊氏往楊氏那邊看了一眼，還是沒明白這是什麼意思。
那邊黃鶯倒是先急了，朝著小順子一個眼色丟過去。
小順子頓時雙腿一軟，走到大楊氏跟前跪了下來，道：「大娘，妳能把黃鶯嫁給我嗎？我、我……我發誓我一定會對她好的！」
大楊氏聞言，覺得眼前一黑，嚇得就要昏死過去，一旁的黃鶯趕緊扶住了她，大楊氏這才微微回過神來，開口罵道：「你這癩——」
大楊氏話還沒說完呢，那邊楊老太笑嘻嘻地道：「你怎賴到現在才說！」
小順子嘿嘿地傻笑。
大楊氏左右瞧了一眼，見除了自己，人人都是眉開眼笑的，就連黃鶯都低著頭，一副嬌滴滴的模樣。大楊氏有些不可置信地拉著黃鶯的袖子，問道：「妳……妳當真要嫁給他去？」
黃鶯抬起下巴，很肯定地點了點頭，又道：「娘啊，姥姥說了，開麵館能養活一家老小，大不了我以後少生兩個。」

大楊氏聽了這話，指著黃鶯的腦袋罵道：「妳這個不害臊的姑娘！妳……」可事到如今，大楊氏也不知道該怎麼辦了，只能硬著頭皮道：「我不會再管妳的事情了，妳將來後悔了也別來找我哭！」

黃鶯便揚著腦袋道：「我做事，絕不後悔！」

大楊氏也知道黃鶯是個倔脾氣，哪裡拗得過她？一邊搖頭，一邊嘆氣。

趙彩鳳瞧著大楊氏鬆口了，便趕緊開口道：「快，小順子快起來，我大姨答應了！」

小順子高興得連連給大楊氏磕了幾個頭，直起身子的時候，額頭上還沾著一片灰呢！

大楊氏見了他這模樣，也忍不住笑了。

黃鶯和小順子的婚事訂在了來年的五、六月分，一來是因為黃鶯還想趁著這段日子再好好歷練歷練；二來也是因為從今兒開始到明年五、六月分，宋明軒都要在不斷的考考考中度過，趙彩鳳怕沒辦法把心思都放在店裡頭，也確實離不了黃鶯。

小順子這兩年也存了些體己銀子，雖說不夠置辦新房子，但是把麵鋪後面的院子打理一下，將後頭兩間房好好裝修裝修，倒是也夠他們小倆口住的了。

做這些事情都是要時間的，所以大家也就不急了。

席面吃到了一半，裡面宋修遠忽然就哇哇地哭了起來，趙彩鳳起身進去，瞧他屁股下面乾巴巴的，那這會子哭必定就是餓了。趙彩鳳便解開了衣服餵起奶來。

黃鶯也從外面進來了，臉上還掛著淡淡的笑容，坐在趙彩鳳對面的杌子上，小聲道：「表姊，這回真是多謝妳了。」

趙彩鳳低頭看著小娃娃猛力吸奶的樣子，笑道：「這也沒什麼，我是真心欣賞妳這份氣魄，敢愛敢恨的，這樣很好。」趙彩鳳說著，又稍稍嘆了一口氣道：「只是有一點，我還是要提點妳一句，女人再厲害，將來的主業還是相夫教子，妳選了小順子當妳的男人，那就要支持他、肯定他，他的好的與不好的，妳統統要包容他。」

黃鶯聽了這話，眸子裡就漾出一點水色來，淡淡道：「表姊，妳說的這個道理我懂。以前是我想錯了，被富貴迷了眼，瞧見那些人擺主子的派頭，心裡便羨慕了，可這些日子來，妳帶著我進進出出這麼多的高門貴府，真正能請了我們天衣閣做衣服的姨娘、小妾又有幾個呢？那些不過就是表面上的光鮮，是上不了檯面的。不說這些姨娘、小妾，便是她們生出來的庶子、庶女，到底也沒有幾個上得了檯面的。我自己所見的，那些能在外頭有幾分臉面的庶女，都是養在太太和老太太跟前的，也沒有幾個是跟著自己生養的姨娘。」

趙彩鳳聽了這話，越發覺得黃鶯比以前通透了，這大概就是所謂的當局者迷、旁觀者清。

「妳想明白就好了，看得多了，自然就明白了。我以前就跟妳說過，想掙臉面的辦法很多，妳從前選的那一條卻不是正途，如今妳已經走上正途了。」

黃鶯低下頭笑了笑，見宋修遠已經吃完了奶打起了哈欠，便從隨身帶著的荷包裡面拿出一串紅繩子編的小鈴鐺來，上頭還刻著「長命百歲」的吉祥話，戴在了宋修遠藕段一樣圓滾滾的胳臂上，撥了撥那鈴鐺，發出清脆悅耳的聲響來。

「小修遠，你快點長大，等過兩年，表姨給你生個小弟弟、小妹妹玩玩！」

趙彩鳳見黃鶯說起話來還挺一本正經的，怎麼逗起孩子來就這樣無厘頭了，忍不住笑道：「妳瞧妳，也不害臊！」趙彩鳳看了一眼那金鈴鐺，雖然小巧，卻做工精細，上面還有珍寶坊的篆印，看來黃鶯這回沒少花私房錢了。

接下來的日子，雖然過得平淡，但是對於宋明軒來說，每一天都跟打仗一樣。只是也不知為什麼，宋修遠卻反而沒有月子裡頭乖巧了。月子裡的宋修遠吃完了睡、睡完了吃，從沒聽過什麼哭聲，但是自從出了月子之後，每天鬧覺的頻率比從前多了好幾回。雖然宋明軒不說什麼，每每見他哭得厲害，還會放下手中的書進來哄他，這抱孩子的姿勢倒是越來越標準了，可趙彩鳳知道，這時候宋明軒心裡肯定是特別著急的，就跟當時她臨近大考，可家裡對面卻有一個二十四小時施工的工地一樣！

這日，正好錢喜兒來看望趙彩鳳，才坐了半個時辰，宋修遠就哭哭啼啼了兩回。

錢喜兒見宋明軒耐著性子抱孩子，臉上依舊一副雲淡風輕的笑，拉著趙彩鳳低低地道：「宋大哥的脾氣倒是好得很，這要是換了我家八順，只怕是要罵人呢！」

原來，劉家隔壁一戶人家死了老人，按照城裡人的習慣，是要在家停靈二十七日的，所以這幾天每日不分晝夜地鬧，劉八順早已經被鬧得磨去了耐性，說是要捲著鋪蓋回牛家莊老宅溫書去了。

趙彩鳳聽了這話，倒也起了心思。宋明軒心疼孩子，自然從來沒覺得厭煩，可孩子晚上睡覺，鬧得大人睡不好，她倒還好，白天總能補覺，但是宋明軒白天卻要看書，時間長了，連黑眼圈都熬出來了。

「其實他也不用回老家去，這京城附近，總有一處能讓人安靜唸書的地方吧？再不濟，還回書院去也是好的。只是眼下鄉試剛過，書院裡大約也沒什麼人，怕伙食上照顧不周。依我看，不如租一處清幽的院子，讓他們兩個人住進去，再雇一個婆子專門給他們洗衣、做飯，這樣就成了。」

錢喜兒聽了，挑眉笑道：「我也是這麼想的。昨兒我家大姑奶奶過來，我就跟她說了，她說回去讓人問問，看這附近有沒有這樣的宅子，若是有就租了住過去，我今兒原就是想來說這個事情的。八順一個人住過去，我也不放心，所以想問問妳的意思，可一見你們這一家三口在一起有說有笑的，我又不好意思開口了。」

趙彩鳳見她說著就低下頭去，倒還真帶著幾分嬌羞，便嗔笑道：「妳不早說，我就是為這個事情心煩呢！這團圓的日子將來有的是，何必在乎這一朝一夕的？還是先把眼前這難關度過了才好呢！」

錢喜兒見趙彩鳳答應了，心下鬆了一口氣，高高興興的就回去了。

過了兩日，劉家便差人來傳了消息，說是就在貢院外頭租下了一個宅子，正是今年鄉試過後，落第的考生退租了的，正巧還沒被人租下來，就直接讓杜家大少奶奶給租了。原來杜家二房的少爺，今年秋試倒是中了舉人，想趁熱打鐵，再考一回春闈試試。

趙彩鳳便把這事情跟宋明軒說了一聲，宋明軒雖然捨不得趙彩鳳和孩子，可是為了自己的功名，他也只能忍痛答應了，只往書房裡面去整理起了行李。

當天下午，趙彩鳳趁著宋修遠睡覺的時候，跟著馬車一起把宋明軒送到了住處去。兩進的小院子只住著三個大男人，寬敞得很。杜家不是小門小戶，所有的事情都安排得妥妥貼貼的，連門房看門的人都沒漏掉。聽說是宋舉人來了，忙著上前就搬行李，把趙彩鳳和宋明軒給迎了進去。

兩人才進門，就瞧見錢喜兒正在東廂房裡面為劉八順整理行李。

見趙彩鳳來了，錢喜兒便跑了出來道：「八順在家的時候就住東廂，我就還讓他住東廂了，把西廂房留給了宋大哥，妳看行不？」

趙彩鳳便笑道：「他們兩個在書院還擠一個房間呢，住那麼寬敞做什麼？一人一大間的，倒是比家裡還舒坦了！」

說話間，下人已經把宋明軒的東西送進了西廂房，錢喜兒便繼續道：「既是來拚一個功名的，自然是要住得舒坦點的。聽大姑奶奶說，他們家老太太特意把家裡手藝最好的一個廚子給遣了過來，說是要好好服侍好這幾位將來的翰林先生呢！」

劉八順承杜家這情自然是沒什麼的，他們本來就是兒女親家，可趙、宋兩家和杜家卻沒有半點關係，要實在說有關係，無非就是趙武在杜家的族學裡讀了幾年書，雖然每年趙彩鳳也都送了禮過去，可那些東西對於杜家來說，實在算不得什麼，杜家只怕真的是名副其實的積善之家了。

「等孩子再大一些，我能脫得開身了，一定親自去杜家謝謝老太太，還要謝謝妳家大姑奶奶。」

「妳快別客氣了！我家大姑奶奶說了，我們是同鄉，說這些就太見外了！」

兩人又說了一會兒話後，趙彩鳳便進去西廂房裡頭給宋明軒打點鋪蓋，她彎著腰將床上的被子鋪好後，卻發現自己被人從後頭給牢牢抱住了。

宋明軒將下巴抵在趙彩鳳的肩頭上，溫熱的氣息縈繞在她耳邊，聲音略顯低沈。「彩鳳，我人雖然在這裡，可我心裡會一直都想著妳和孩子的。」

趙彩鳳掙了一下，嬌嗔道：「誰讓你想著我和孩子了？想著怎麼才能讓功課精進，怎麼才能胸有成竹地下場子，怎麼才能將答卷寫好交上去，那就成了。至於別的，你都不用去想。」

「別的都不用想嗎？不用想著金榜題名、光耀門楣嗎？」宋明軒反問道。

「盡人事，聽天命。能金榜題名固然是好，便是不能，你也是我趙彩鳳的相公，也是我們孩子的爹。」趙彩鳳扭過頭來，眼角含著無限暖意，靜靜地看著宋明軒。

宋明軒覺得喉頭一緊，忍不住嚥了一口口水，低下頭，將趙彩鳳的唇瓣堵上了。

趙彩鳳伸手輕輕推開他，卻叫他一把抓住了手腕，反剪在身後，身子靠著背後的軟枕，抬著頭承受著宋明軒近乎瘋狂的汲取……

三月春光明媚，正是桃李漫天飛舞的時節。坐在深宮裡面的皇帝陛下，此時倒是有些為難了，眼前的兩份卷子，實在一時間難分軒輊啊！

皇帝將兩份卷子都平攤在龍案上，修長的指尖時不時地輕輕撫摸過上頭的墨跡。寫這文章出來的人，將來定然是大雍的棟樑之材，他這愛才之心，忍不住又在這個時候氾濫了起來。

皇帝喊了周公公過來，問道：「你說，這兩張卷子裡頭，會不會有一張是宋明軒的呢？」

周公公湊過去看了一眼，淡笑不語。他可是私下裡連宋明軒的〈辯妻書〉也看過的人，還拿這個當笑話講給了皇帝聽，如何不認識宋明軒的筆跡呢？倒是皇帝日理萬機的，雖然幾年前曾經看過宋明軒的書法，只怕這麼長時間下來，早已經忘了。

「陛下火眼金睛都認不出來了，老奴老眼昏花，又如何認得出呢？不如老奴下去，把前幾年宋舉人寫的那篇文章給找出來，讓陛下比比看？」

皇帝見周公公這麼說，啐了他一口道：「你這老刁奴，你這麼做豈不是讓朕徇私？朕要是知道了這裡頭哪一篇是他寫的，自然忍不住要點他做會元的。」皇帝說完，又細細地看了一遍這案桌上的兩篇文章，最後還是把視線停留在了左邊的那一篇上，捋了捋下頜的幾根山羊鬍子，開口道：「朕以為，還是左邊這一篇的文章老練通達、文辭圓融通順。雖然比不上右邊這一篇辭藻秀麗，但讀起來卻比右邊這一篇更深入人心，可見這位舉人已經完全領悟了這作文章的真意，可以做到深入淺出了。」

周公公只垂著眼皮瞅了一眼，笑著道：「皇上聖明，若是皇上定下了，那就請欽點會元吧，禮部的大人還在外頭等著呢！」

皇帝想了想，雖然很想伸手去揭上面的名字，但還是忍住了，咬了咬牙，蘸飽了朱砂筆，在左邊這篇文章上寫下了「會元」兩個字。

周公公收起了答卷，往外頭報喜去，這人還沒走到門口呢，就被皇帝給喊住了，招了招手讓他回去。周公公便捧著卷子又回去了。

皇帝看著他手裡捧著的卷子，又是一陣糾結，想了想又擺擺手道：「罷了，你快去吧！」

周公公如何不知道皇帝的心思？笑了笑，便垂著頭出門了，片刻之後才又從門外進來，手裡已經拿著禮部呈上來的春闈三甲名單。

皇帝探出了身子，一臉著急的樣子。

倒是周公公不緊不慢地開口道：「陛下，會試三甲已經出來了，請陛下過目。」說話間，周公公已經把那名冊遞了上去。

皇帝翻開冊子一看——

第一名會元：宋明軒。

皇帝覺得自己的一顆心似乎回到了胸口一樣，哈哈大笑了起來。「這個宋明軒，朕還真是沒看錯他了！朕就說那樣的文章，也只有他能寫出來啊！行了行了，趕緊通知禮部放榜去吧！」

周公公領了旨意，正要出去傳旨，又聽皇帝的聲音響起——

「讓他好好看書，別太得意了。下個月還要殿試，若是殿試考不好了，朕一樣瞧不起他。」

周公公自然知道皇帝這句話是對誰說的，笑著道：「陛下這是口諭嗎？這樣的話，宋舉人家這報喜的事，可要奴才親自跑一趟了。」

皇帝這時候心情也好，見周公公這麼說，開口道：「你親自去只怕會嚇壞了他，還是讓禮部的人去吧，這話也不用帶了，橫豎他心裡有數的。」

周公公點了點頭，笑吟吟的就出去傳旨了。

廣濟路宋家的小院裡，宋明軒一隻手抱著宋修遠、一隻手捧著一本書，口中唸唸有辭地讀著。可憐那孩子剛吃飽了奶，這會子倒是來了睏勁，原本是要睡下的，只是被他老爹抱得實在不舒服，所以睜著一雙滴溜溜的眼睛，看著老爹在他跟前滔滔不絕地唸著書，一邊流口水，一邊打瞌睡。

等老爹唸到了抑揚頓挫之處，宋修遠又睜大了眼睛，吹著口水吐泡泡，對著老爹露出一臉懵懂敬佩的表情。

宋明軒見狀便更得意了，又提高聲音唸了起來。

趙彩鳳從外面進來時，見宋明軒還抱著孩子，忙上前接過了孩子道：「你怎麼還沒把他放下？他剛喝過奶，稍微豎著拍一會兒，只要打了嗝，就該睡了。」

宋明軒低頭看了一眼對著自己吐泡泡的宋修遠，當老爹的自信心滿溢，拍著胸脯道：「他喜歡聽我唸書呢！妳看他盯著我，眼睛都不眨一下呢！」

趙彩鳳接過兒子，把他橫著抱好，不過半分鐘的時間，方才眼珠子都睜得有點累了的宋修遠就已經打起了小呼嚕。「你看看，孩子都睏成這樣了還唸呢！後爹！」

宋明軒聽了趙彩鳳的數落，臉上那叫一個無辜啊！又看了一眼她懷中的宋修遠，氣得牙癢癢的。臭小子，這樣不給面子，說睡就睡！你老爹唸書的時候，可是頭懸梁、錐刺股的呢！

趙彩鳳彎腰放下了睡熟的宋修遠後，那邊家裡的婆子就急急忙忙地跑了進來。婆子上氣不接下氣，眉開眼笑地喊道：「大喜啊！奶奶大喜啊！咱們爺中了！」

趙彩鳳對宋明軒這一科能高中倒是意料之中的，無非就是名次上不敢確定，這時候聽老婆子這樣說，反倒很淡定地問了名次。

老婆子興奮得憋不出一句話來，只豎著根食指，就是說不出來。

趙彩鳳倒是明白了，問道：「是頭名嗎？」

老婆子見趙彩鳳明白了，只一個勁兒地點頭，總算是憋過氣來了，笑著道：「劉家的小廝來報的，說是頭一名！他們家劉公子也中了，是第三名！」

大抵是經歷過上一科那種瀕臨滅頂的絕望，此時的宋明軒到底沒有預料中的狂喜，反倒淡定地開口道：「知道了，妳下去，賞他幾吊喜錢吧。」

趙彩鳳抬起頭，看著宋明軒依舊雲淡風輕的臉，眼前的他已經從青澀懵懂的男孩，蛻變成了成熟優雅的男人，那種骨子裡透出的沈穩和書卷氣，讓趙彩鳳有著前所未有的安全感，這並不是光靠金錢、家世以及身材就能讓人感覺到的。她喜歡的男人，終於在經歷了塵世的曲折之後，斂去鋒芒，化作了一塊溫潤的美玉。

趙彩鳳伸出手來，掌心在宋明軒的臉頰上輕輕地撫摸著，而後抬起頭、踮起腳，送上了自己的唇瓣。

外頭楊氏得了消息，高興地往裡面來，才一走到門口，隔著門縫就瞧見小倆口正抱在一起呢，楊氏臉上帶著幾分笑，搖著頭便又往外頭去了，只吩咐了小丫鬟，趕緊將原先預備好的喜錢拿出來，等著禮部報喜的官差到了，給周圍的鄰居百姓散喜錢。

兩人在房中吻得一時動了情，宋明軒便抱著趙彩鳳坐在了膝頭。偏生方才婆子進來報喜的時候又把宋修遠給吵醒了，這傢伙這回倒是老實，不哭不鬧的，只睜大眼睛看著爹娘兩人摟抱親吻，等宋明軒把趙彩鳳放在了身上，這才格格格地笑出了聲音來！

趙彩鳳聽見聲音，嚇了一跳，見宋修遠正看著他們兩個，臉頰頓時就紅了，只逗他道：「你這孩子，偷看大人辦事可是要長針眼的，怕不怕？」

宋修遠就又格格格地笑了幾聲，伸出雙手要抱抱了。

宋明軒便把宋修遠也給抱了起來，一隻手摟著趙彩鳳、一隻手摟著宋修遠。

門外不遠處，傳來了喜慶熱鬧的鞭炮鑼鼓聲，正所謂的金榜題名日，春風得意時。

一個月後，三百貢生齊會殿試，宋明軒又不負眾望，被皇帝欽點為頭名狀元，成為大雍開國百年以來，第一個連中三元之人。皇帝一高興，親自手書了一個「三元及第」的匾額，送到了宋明軒的府上。

牌匾是周公公親自送過去的，回宮之後對皇帝如實開口道：「皇上，宋狀元如今住的這個宅子，還是他夫人租來的，聽說他們老家只有三間破茅房，為了這個，宋狀元在書院裡頭被人說是吃軟飯的，很是丟面子，不然的話，他也不會去寫什麼〈辯妻書〉了。」

皇帝聽了，挑了挑眉，問道：「那你是什麼意思呢？」

周公公笑著道：「奴才是個俗人，覺得這三元及第的牌匾是極好的，可這樣的好東西，也得有一座好宅子配著呢！」

皇帝自然是不能讓他的臣子被人罵是吃軟飯的，不然他這個當頭頭的也面上無光，因此當即就又賞了一座宅子給宋明軒。

京城宋府門口，幾個小廝正爬高將那三元及第的牌匾掛在門頭上。

趙、宋兩家人都站在門口，看著那黑底鎏金的大字掛了上去。

宋明軒懷中的宋修遠伸著粗短的小胳膊，指著上頭的金色大字，嘴裡面咿咿呀呀個不停，最後扭過頭來，啃了宋明軒一臉的口水，而後又格格格地笑了起來。

宋明軒捏了捏宋修遠圓圓的小鼻頭，意氣飛揚中透著一股語重心長。「兒子啊，從今往後，你要跟著爹爹一起平步青雲……」

——全書完

番外篇

宋明軒自中了狀元之後，又在後來的庶起士考試中奪了頭籌，皇帝欽點為翰林院修撰，在京城當了一個六品京官。

這日子過得飛快，一眨眼三年飛逝而過，這一陣子翰林院正籌備庶起士考核，等散館之後，原先沒有入翰林的那些進士，或者入翰林受編修、檢討，或者發往各部當主事，還有的去往大雍各處，任一方父母官。

宋明軒身為上一科狀元，倒是無須參加這考核，只是看著同僚們悶頭苦讀，心裡到底有些羨慕。

宋修遠如今虛歲已經四歲，趙彩鳳去年又給宋明軒添了一個閨女，取名為宋靜姝。

宋明軒白日在翰林院編文修書，晚上回府就逗弄一雙兒女，這日子當真是過得自由自在。

可是，他那些小心思，又如何逃得過趙彩鳳的一雙慧眼呢？

也不知道是不是宋明軒的基因過於強大，宋修遠從小就聰明得不像話，從會說話起就會《三字經》，如今剛剛四歲出頭，已經能背出小半本的《論語》了。

宋明軒瞧著兒子小小的個子，站在書房裡還不及自己的書案那樣高，倒是有模有樣地背書，一雙淺淺的眉毛皺在一起，背到抑揚頓挫處，臉上更是神采飛揚，宋明軒便也忍俊不禁了起來。

小丫鬟見宋明軒回來了，急忙上前福了福身子，正要告知一旁背書的宋修遠，卻被宋明軒給攔了下來。

宋修遠背完了一篇文章，嗓子有些乾了，轉身去搆那茶几上的水時，才發現自己的爹爹正站在身後。

宋明軒招手把宋修遠喊到了自己跟前，伸手捏了一把他的小臉，見他一本正經的模樣，笑著道：「修遠怎麼不出去玩？外頭你小舅舅來了，你怎麼也不出去陪著他玩一會兒？」

宋明軒口中的小舅舅便是楊氏給錢木匠生的兒子，大名叫錢雙全。說起這個名字來，一開始是讓宋明軒取的，可是宋明軒取出來的名字大多文謅謅的，楊氏又不識幾個大字，好好，可叫起來還不如小五子上口。趙彩鳳倒是瞧出來了這一點，便笑著道「娘妳一輩子生了三個兒子，前兩個一文一武的，那最後這一個自然是文武雙全的」，於是宋明軒靈機一動，這小五子的名字就叫錢雙全了。

都說龍生龍、鳳生鳳，老鼠的兒子會打洞。這錢雙全也算是像極了錢木匠，如今已六歲出頭，大字不認識一個，卻皮得可以上樹掏鳥、下河抓魚，和宋修遠簡直就是截然不同的兩種人。大家夥兒估摸著想要讓兩個人中和一下，所以楊氏時不時帶著他過來找自己的小外甥玩，偏生自己的小外甥不領情，就喜歡自己泡在書堆裡。這錢雙全倒是無所謂，反正宋家這宅子大，正好可以發揮他的特長，上樹掏鳥窩、下水捉魚去！

宋修遠見自己老子這樣問自己，一本正經地回道：「常聽父親說，書中自有黃金屋、書中自有顏如玉，這些東西既然書裡頭都有，那還要出去玩幹什麼？」

宋明軒聽了這答案，拍了拍腦門，心道他自己這麼大的時候，可也是大字不識一個，哪裡能說出這樣的話來？小時候只覺得宋修遠聰明，便出於好奇地教了他《三字經》，這若是教出一個書呆子來，只怕趙彩鳳要跟自己急了。

於是宋明軒急忙道：「小孩子家家的，你知道什麼叫黃金屋、什麼叫顏如玉嗎？」

宋修遠見宋明軒問他，擰著小眉毛想了半天，最後沒想明白，便老老實實地搖了搖頭。

宋明軒總算鬆了一口氣，自己親手從熏籠上拿了茶壺，倒了一杯遞給宋修遠道：「喝口水，潤潤喉嚨。」

宋修遠抱著杯子喝完了半盞茶後，忽然抬起頭問宋明軒道：「爹爹，什麼是騎大馬呀？小舅舅說，姥爺每天晚上都會讓他騎大馬，可我看著，家裡馬廄裡的大馬這樣高，便是父親，我也沒瞧見過自己騎馬的，小舅舅怎麼就敢騎呢？」

宋明軒正就著方才宋修遠的杯子打算把剩下的半盞茶喝完，聽見宋修遠這樣一本正經的問話，嗆得咳了起來。

依趙彩鳳的教育方式，丫鬟、婆子們除了把宋修遠的衣食住行照顧好之外，任何慣著他、依著他、寵著他的行為，都會被趙彩鳳給喝住，所以可憐的宋修遠長這麼大，還沒機會在自己老爹的身上撒一泡尿，更別說是騎大馬了。

宋明軒想起這個，心下還有點小內疚呢！想當初自己小時候，還在宋老爹的身上騎過好多回，如今宋修遠這一副小大人的樣子，沒準就是因為童年生活娛樂不夠造成的！

宋明軒稍稍嘆了一口氣，抬起頭看了一眼在一旁服侍的小丫鬟，揮手道：「這兒沒妳的事了，妳出去吧。」

小丫鬟偷偷地瞧了宋修遠一眼後，福身退出了門外。

宋明軒見那丫鬟走了，臉上嚴肅的表情頓時鬆動了，一把將兒子抱在了懷中，握著他的小手道：「你想知道什麼是騎大馬，爹爹倒是可以告訴你，只是這事情不能讓你娘知道！」

宋修遠一聽老爹願意告訴自己，一雙烏溜溜的眼珠子立即瞪得大大的，點著頭道：「爹爹真肯告訴孩兒嗎？孩兒肯定不告訴娘親，咱們拉勾？」

宋明軒見宋修遠這樣有誠信度，便很欣慰地跟他拉了勾。

宋修遠已經忍不住抱著宋明軒的脖子道：「爹爹，那你快帶孩兒去騎大馬！爹爹一定會保護孩兒的，是不是？」

宋明軒瞧著宋修遠那一臉猴急的樣子，伸手在他的鼻梁上刮了一下後，把他放到椅子上坐下，伸手把自己身上的官服給脫了，露出裡面家常的衣服來，趴跪在地上，拍了拍自己的屁股道：「修遠，這大馬你喜不喜歡呀？」

宋修遠頓時茅塞頓開，原來這就是錢雙全所謂的大馬！宋修遠嚇得急忙用手摀著自己的小嘴，伸著脖子，眼珠子滴溜溜地看著自己肥嘟嘟的短腿，小聲道：「爹爹，孩兒會把這大馬壓壞的。」

宋明軒便道：「你這小身板，怎麼可能壓壞呢？快點快點，讓爹爹這匹大馬載著你在書房裡面轉一圈！」

宋修遠的內心已經快被征服了，可愣是沒有動自己那一雙小短腿，糾結道：「爹爹，要是讓娘知道了，肯定又要罰孩兒了，到時候娘要是生氣起來，連爹爹也罰了，罰爹爹不准進房裡睡覺，那爹爹該怎麼辦呢？」

宋明軒哪裡想得到，這兒子想事情還挺全面的。前一陣子趙彩鳳染了風寒，怕傳染給宋明軒，便告訴宋修遠，是爹爹不乖，所以娘不讓爹爹進房。原本不過就是個玩笑話，可沒想到他這小腦袋瓜居然就記住了。

這時候正是十二月裡，雖然房裡擺著炭盆，到底有些冷的，宋明軒脫了官袍，又在冰冷的地板上趴了半晌，忍不住就打了一個噴嚏。

宋修遠聽見老爹打了噴嚏，一下子就從椅子上給蹦躂了下來。

宋明軒皺著眉頭道：「乖修遠，你看，你這再不上來讓馬跑一圈，這馬可就要著涼生病了，到時候，你娘也要生氣的！」

宋修遠一聽這話有道理，終究還是忍不住誘惑，翻身上了宋明軒的後背。宋修遠畢竟是小孩子心性，玩過癮了，反倒停不下來了，宋明軒又難得寵兒子一回，且仗著趙彩鳳不在，也就豁出去了，父子兩人便在書房裡面圍著書桌跑了好幾圈，把宋明軒給累得滿頭大汗。

好巧不巧，趙彩鳳在前頭餵好了宋靜姝過來時，就聽見後頭書房裡面嘻嘻哈哈地笑成了一團。

平常跟著宋修遠的小丫鬟就在門口候著，這大冷的天，搓著手、皺著一張小臉，正跺腳暖身子呢，見趙彩鳳過來，嚇了一跳，轉身正想往裡頭通報一聲呢，就被趙彩鳳給喊住了。

小丫鬟只好低著頭等趙彩鳳走過去。

房裡頭嘻嘻哈哈的聲音還沒斷，就聽見宋修遠奶聲奶氣地喊著。「駕……駕……」

那邊宋明軒則喘著氣回道：「爹爹這匹馬，是不是比馬廄裡的馬乖啊？」

宋修遠聽了，趴到了宋明軒的背上，狠狠地親了幾口，老遠就能聽見吧咂吧咂的聲響。

趙彩鳳原本想推門進去的，終究還是不忍心，回頭對那小丫鬟道：「妳不用在這邊守著了，大冷天的，到茶房裡面暖暖吧，不要說我來過。」

宋明軒和宋修遠笑鬧了一會兒，出了一身熱汗，連連喝了兩杯熱茶下肚，見身上的衣服還潮著，便穿上了官服，起身往前頭找趙彩鳳去了。

宋明軒也知道這一身汗味，要是靠趙彩鳳近了，必定會被她聞出來，所以忙讓丫鬟們備了熱水，自己進房洗漱去了。

趙彩鳳瞧著宋明軒已經洗了起來，這才放下手中的活計，走到房裡頭，假意上前服侍。

宋明軒有些心虛，不等趙彩鳳發問，便先開口道：「今兒翰林院裡頭的雪沒化開，大家夥兒一起掃了一回雪，身上怪難受的，所以回來就先洗個澡，省得一會兒熏壞了靜姝。」

趙彩鳳心裡笑道：這老大不小的人了，說個謊一張臉還紅得跟什麼似的！趙彩鳳道：「原來你們翰林院裡頭竟連個掃雪的下人也沒有，倒是讓你們這些翰林大老爺親自動手了。改明兒我也問問喜兒，不知道八順兄弟掃了沒有？」

宋明軒原本就是騙人的，趙彩鳳這一下子就捏到了他的痛處，嚇出一身冷汗來。

趙彩鳳瞧著他那模樣便覺得好笑，拉起了袖子，拿著汗巾替他擦背。

宋明軒瞧趙彩鳳再沒往下說，這才稍稍鬆了一口氣，又開口道：「等明年開春的春闈過了，咱翰林院倒是要走一批人了。」

趙彩鳳聽宋明軒提起這個來，也低下頭沈吟了一下。「我知道你的心思，你無非也就是想出去歷練個幾年。」

宋明軒見趙彩鳳一言就說出他心中所想，到底有些不好意思，開口道：「做翰林也沒什麼不好的，韓夫子就是翰林出身，一輩子都在京城，還當了帝師，說起來也是一件光耀門楣的事情。」

趙彩鳳便笑著道：「你這一開口就一股子不甘心的酸味，當我還聽不出來？你說當帝師吧，現如今皇上的幾個兒子也都成年了，可如今連誰當太子也還沒撂下一句准話，這帝師，也不知道是猴年馬月的事情了。」

雖說趙彩鳳對這些個國家大事不關心，可宋明軒在朝為官，她也不可能充耳不聞。這些年也算得上國泰民安，唯一一件讓大家都惴惴不安的事情，大抵就是這太子之位究竟花落誰家。

早年皇上很喜歡的大皇子，生母徐妃是誠國公府的，誠國公倒臺後，徐妃也被貶為了嬪，從此一蹶不振。大皇子沒有了外戚的後盾，想要奪嫡只怕是不成了。

二皇子生母早逝，從小多病，並不是太子的絕佳人選。

如今成年的皇子裡頭，也就只有三皇子和五皇子的機會最大。三皇子的母妃蕭氏乃蕭將軍的胞妹；五皇子的母妃梁氏，是當朝首輔梁大人的孫女，可惜梁大人年事已高，快到了要致仕的年紀。

只怕這太子之位，差不多也快要定下了。

宋明軒聽趙彩鳳這麼說，低頭笑了笑，開口道：「前幾日皇上傳了我去御書房問話，我原當還和從前一樣，讓我陪著下幾盤棋，誰知道他給我看了幾份奏摺，這裡頭有大臣提出了立嫡的事情，說儲君乃是國之根本，應該盡快冊立，永保大雍江山千秋萬代。皇帝雖然沒說什麼，可我能瞧出來，聖心不悅啊！」

趙彩鳳聽了這話，也明白皇帝不開心的原因——這自己還活得好好的呢，一幫臣子已經開始給自己選接班人了！說好聽點那叫未雨綢繆，說不好聽那不是咒皇帝早死嗎？立嫡這種事情，除非是皇帝自己起的心思，不然攤到誰身上，先提起這事情的都落不得好。可眼下不同，梁大人年事已高，他要是一退下來，五皇子這太子之位就懸了，所以趙彩鳳也明白，這如今到底是誰這麼著急。

趙彩鳳擰眉想了想，歷朝歷代，但凡是參與了奪嫡的人，押對了寶也就算了，能位極人臣，享榮華富貴。可看走眼的也不少，那些人就可憐了，不管是有才的、沒才的，反正這輩子算是完了，想要翻盤只能等下輩子了。宋明軒如今不過是一個小小的翰林修撰，若是落入了這種事情裡頭，將來怎麼樣可就不好說了。

「相公，你不是說年底的時候有庶起士考核，明年春天散館，那些人可以到外頭去嗎？相公既然心裡也想出去，不如我們就出去吧！」這一來算是避禍；二來也圓了宋明軒長久以來的願望。只是如今皇帝對宋明軒看重得很，到時候萬一不肯放他走，恐怕倒是難了。趙彩鳳想到這裡，又忍不住擰起了眉宇。

宋明軒又開口道：「皇上雖然聖心不悅，可畢竟皇子們大了，立儲君也確實是合情合理的事情，所以皇帝也沒有理由駁回去，只怕接下去的這一年，京城不會太平。」

一說起國家大事來，兩個人便都有了愁容。

宋明軒見趙彩鳳也跟著自己愁了起來，便開解道：「罷了，船到橋頭自然直，這些事情也輪不著我們擔憂，大不了皇帝真的要問起來時，我也當一回兩邊倒的牆頭草。」

趙彩鳳見宋明軒說的沒個正經，笑著道：「你以為牆頭草好當的？到時候兩邊都得罪了，看你怎麼個好！」

宋明軒這時候也不及多想，從浴桶裡面伸出一隻胳膊來，摟住了趙彩鳳道：「大不了辭官回家，在趙家村開一個教書館，反正修遠聰明，等他將來考了進士，我們享他的福也不遲。」

趙彩鳳沒好氣地戳了宋明軒一腦門，見水有些涼了，便幫他擦乾了身子，擦到下身的時候，就瞧見那處地方已經又不聽話地站了起來。

兩人雖已成婚多年，可依舊柔情密意不減，宋明軒便抱著趙彩鳳在床上好一陣折磨，直到外頭奶娘說宋靜姝哭了，這才把趙彩鳳給放走了。

結果到了晚上，宋明軒就病了。

第二天，請大夫來瞧了，指說是一冷一熱，感染了風寒。

趙彩鳳哪裡能不知道這病因?先是給兒子當大馬騎出了一身的汗，洗過澡後卻還不知收斂，愣是撩撥得自己受不住了，又弄得一身汗，這兩身汗下來，身子終究是扛不住了。

趙彩鳳讓小廝去替宋明軒告了假，回房就瞧見宋修遠躲在柱子後面不敢出來，要不是後面的小丫鬟沒藏好，趙彩鳳還看不見他呢！趙彩鳳便喊了他道：「快出來吧，娘已經看見你了！」

宋修遠低著頭走到趙彩鳳跟前，開口道：「娘，聽說爹爹病了，孩兒可以去看看他嗎？」

趙彩鳳瞧著宋修遠這孝順勁兒，倒是很想准了，可這古代醫療條件差，孩子能不生病還是少生病，不然的話，養不大的機率實在不小，因此趙彩鳳蹲下來，將他身上的斗篷拉了拉好，捏捏他的小臉道：「快去房裡待著，外頭冷。你爹病了，你要是進去，會被過了病氣，要是你也生病了，那就不好了。」

宋修遠聽趙彩鳳這麼說，眼眶都紅了一半，咬了咬牙點頭答應了，帶著身邊的小丫鬟回房裡。走到半路的時候，他抬起頭看了一眼那小丫鬟，問道：「春草姊姊，妳說我娘會不會知道，爹爹生病是因為昨兒我把他當大馬騎了？」

春草就是昨兒在書房門口候著的丫鬟，瞧著小少爺這樣惴惴不安的樣子，真是心疼得很呢，便拉著他的小手道：「不會的，爺生病肯定是昨兒晚上天冷，跟小少爺沒關係呢，奶奶不會怪小少爺的。」

宋修遠的性子倒是和宋明軒像了十成十，自己心裡想定了的事情，任憑別人怎麼勸就是聽不進去，又覺得昨兒讓爹爹累得滿頭大汗的，那時候高興沒想起來，這會子倒是有些心疼了，嘟著嘴道：「不行，爹說好孩子要承認錯誤，我做錯了事情，自然是要認錯的。春草姊，妳去幫我把房裡面的金項圈給拿出來，我要戴上。」

春草一聽這話，倒是丈二金剛摸不著頭腦了，不解地問道：「少爺，您要那金項圈做什麼呢？不年不節的，戴那個玩意兒，怪重的。」

宋修遠此時早已經一臉嚴肅，聽了春草的話，小眉毛微微一挑，開口道：「我爹說了，犯了錯要負金請罪啊！」

春草沒唸過書，也沒聽過這樣的話，見宋修遠說得一本正經，忙點了點頭，回去給宋修遠拿金項圈去了。

趙彩鳳回到房中，見婆子已經熬了藥送進來，便親自端著藥碗送到了宋明軒的跟前。

宋明軒此時越發不好意思起來，又覺得若是讓趙彩鳳知道昨兒他那樣寵著宋修遠，宋修遠肯定慘了，便開口道：「沒想到昨兒就掃了一些雪，倒是病了起來，只怕回去又要被同僚們給笑話了。」

趙彩鳳便冷哼道：「省省吧，你打算騙我到幾時？別以為昨兒在書房你做了什麼我不知道。只一句，下不為例！」

趙彩鳳倒也不是拘著宋修遠，不准他瞎玩，只是覺得把長輩當大馬騎實在不是什麼好事情。小孩子心性未定，你這樣對他，他就會覺得這是應該的，往後對自己的父親便沒了那種敬畏的心情，這是趙彩鳳不願意看到的。所以，她不想宋明軒這樣寵著宋修遠，生怕他將來會跟這外頭的紈袴子弟一樣，目中無人起來。若到時候再想管他，可就管不住了。

宋明軒沒料到這事情趙彩鳳居然知道，頓時有些不好意思，鬱悶道：「這家裡頭的丫鬟都是妳的眼線了。」

趙彩鳳聽他那酸溜溜的口氣，捂著嘴笑道：「你可別錯怪了丫鬟，她倒是一個字也沒說，只是你們父子倆的動靜太大了，都當別人聾了不成？」趙彩鳳說著，又嘆氣道：「不過偶爾玩一回也就算了，咱家修遠的性子也確實悶了點，就快成個小書呆子了，也不知道你小時候是不是這樣的？」

宋明軒見趙彩鳳沒生氣，笑著道：「我小時候可不是這樣，那也是在泥堆裡長大的，平常還要跟著我爹娘在田埂邊上玩，像他這麼大的時候，大字都不識一個呢！」

趙彩鳳聽宋明軒這麼說，倒是有些著急了，開口道：「那怎麼辦？修遠這樣倒是讓人擔心了，這小小年紀的。」

宋明軒見趙彩鳳蹙起了好看的秀眉，本想摟著她，又怕把病氣過給了她。「妳別著急，前幾日蕭三奶奶不是才來過，說等開春了要請了你們去莊子上玩嗎？到時候妳只把修遠的書藏起來，讓他跟他那些兄弟姊妹們在田裡滾上兩個月，保准就呆不了。」

宋明軒提起這事情，趙彩鳳倒是想著了，擰著眉頭道：「上回她過來的時候，就說修遠好，我尋思著，她有那個意思，我怕你還記著那些舊事，所以就沒說什麼，你知道有這回事便好了。」

原來程蘭芝當日和趙彩鳳是同一日生的孩子，後來蕭一鳴在京畿大營任職，對程蘭芝也越發照顧疼愛，程蘭芝便有了念想，想把自己的閨女許配給宋修遠，兩家人結了秦晉之好，走動起來也方便。

宋明軒聽趙彩鳳說完，擰了擰眉道：「妳沒定下是對的，眼下太子之位未定，蕭家後面也不知是福是禍，我並不是不願意，只是不想把你們也牽扯到其中。」

一樁兒女婚事牽扯良多，趙彩鳳也是無奈，好在當時她並未應下，不然這會子倒是難辦了。

宋明軒喝了藥後，沒一會兒藥力就上來了，趙彩鳳見他昏昏欲睡，正要起身離去，外頭小丫鬟卻打了簾子進來。

見宋明軒閉上了眼睛，小丫鬟壓低了聲音道：「奶奶快出來看看，大少爺跪在門口呢！」

趙彩鳳聞言，倒是一驚。

宋明軒本就還未睡著，自然也聽見了，睜開眼睛，見趙彩鳳要出門，忙拉住了她的袖子道：「妳可千萬別教訓兒子，給兒子當牛做馬的，我是自願的！」

趙彩鳳見他那病中憔悴的樣子，還說出這番護犢子的話來，忍不住笑了起來。「行了，別人都說慈母多敗兒，怎麼在我們家反倒換了個個兒！」

宋明軒知道趙彩鳳也心疼兒子，便鬆開了手，放她出去了。

趙彩鳳掀開簾子一看，就瞧見宋修遠筆直地跪在廊下，脖子上還掛著沈甸甸的一個金項圈。那金項圈是陳阿婆去年拿了這幾年田裡的田租，讓楊氏去外頭首飾店給打回來的，足足有一斤重呢！為了讓陳阿婆高興，過年的時候趙彩鳳哄著宋修遠戴了兩天就拿下來了，真怕這東西把他的小脖子給壓斷了。

所幸丫鬟們還算懂事，下頭鋪上了軟墊子，但瞧著這小小的身子跪在外頭，趙彩鳳的心一下子就軟了半截，有些好奇地問道：「好好的，大少爺跪在這正房門口做什麼呢？」

一旁的小丫鬟不敢隱瞞，小聲地回道：「奶奶，大少爺說他是來負金請罪的。」

趙彩鳳一聽「負荊請罪」這幾個字，就忍不住笑出了聲來，視線落到了宋修遠脖子上的金項圈，搖頭道：「敢情你負的是這個『金』啊！那一般窮人家犯了錯，還請不起罪來了！」

宋修遠哪裡知道自己有什麼錯，也不知道為什麼娘親居然還笑了，委屈得小臉都皺了起來，一張小嘴嘟得老高，眼看著眼珠子裡頭亮晶晶的東西都要溢出來了。

趙彩鳳瞧見他這模樣，便半蹲跪著，把他脖子上的金項圈給摘了下來，遞給一旁的丫鬟道：「去把這東西收起來吧。」

宋修遠低著腦門不敢說話，娘可是平常挑一挑眉毛，爹爹都要陪笑好久的人呢！

趙彩鳳伸手摸了摸宋修遠的小手，涼涼的，這眼下都十二月，天氣越發冷了，在外頭待上個半天，這都要凍得發抖了。趙彩鳳伸手把宋修遠抱了起來，蹭了蹭他的小臉道：「本來呢，這什麼叫負荊請罪應該讓你爹爹教你的，但是今兒你爹爹病了，所以就讓為娘來教你吧！」

宋修遠一時間覺得受寵若驚，要知道，趙彩鳳平常是鮮少抱自己的，平常他也很少讓人抱著，若是奶娘多抱了他一會兒，趙彩鳳還會說「這麼大的娃娃，成天抱在手裡像什麼話呢」！宋修遠自己也覺得，自己有手有腳，能走能跳的，為什麼還要人抱著呢？可今兒趙彩鳳這麼一抱，宋修遠心裡還是覺得暖暖的，摟著趙彩鳳的脖子，在她臉頰上親了一口。

趙彩鳳便也扭頭在宋修遠的臉頰上親了一口。

宋修遠臉頰紅撲撲的，帶著幾分嬰兒肥，一雙眼珠子烏黑滾圓的，被趙彩鳳親了一口，還臉紅了起來，低著頭道：「老祖宗說不能隨便讓人親親，我也不能隨便親親人，老祖宗說要是被女孩子親親了，將來就要娶她當媳婦，可是娘是爹的媳婦，孩兒不敢娶……」

趙彩鳳聽了這話，也忍俊不禁了。孩子在智商方面的確得了宋明軒的真傳，可這情商未免也太……趙彩鳳想起程蘭芝想結親的事情，便故意一本正經地問宋修遠道：「那上回蕭叔叔家的令儀親過你，你長大了是不是要娶她呢？」

宋修遠聽了這話，小耳朵珠子都紅了起來，嘟著小嘴想了半天，最後才勉為其難地道：「要是她不再搶我的紅豆糕吃，我就考慮考慮。」

趙彩鳳心裡樂得不行，捏著他的小臉道：「將來令儀長大了，我讓姥姥教令儀怎麼做紅豆糕，讓她天天做給你吃，成嗎？」

宋修遠聞言，一個勁兒地點頭，小嘴裡口水都快流出來了。「我最喜歡吃紅豆糕了！」

趙彩鳳覺得這話怎麼聽著那麼耳熟呢……心下驀地一驚，當年趙文要娶翠芬的時候，可不就是因為燒餅嘛！都說外甥不脫舅家門，難不成宋修遠的基因裡頭，還有一些像趙文？

趙彩鳳拿帕子擦了擦宋修遠的嘴角，笑著道：「行了行了，娘不逗你了。」趙彩鳳說著，吩咐跟在後面的丫鬟道：「去廚房做一份紅豆糕送來書房裡頭。」

宋明軒的書房裡藏書頗豐厚，其中有一個小架子上堆著一堆的小人書，這些書都是趙彩鳳懷孕的時候宋明軒拿來做胎教用的……其實就是宋明軒閒來無聊，讀給趙彩鳳聽的。裡頭都是一些成語故事，比如：望梅止渴、臥冰求鯉、孟母三遷、聞雞起舞這一類，原本還有一個故事是賣身葬父，被宋明軒暗暗地給撕掉了……當然，這裡頭是有負荊請罪的故事的。

不過這些書都放得比較高，以宋修遠現在的高度還搆不著，所以宋修遠雖然認得很多字，卻沒看過這種帶著字的小話本，趙彩鳳便找了一本給他，遞到他跟前道：「你記性好，背書快是優點，但是你知道那《論語》說的是什麼意思嗎？」

宋修遠擰眉想了想，想點頭，最後卻還是搖了搖頭。

趙彩鳳也不說他，只把小話本翻到了「負荊請罪」那一頁，指給他看了起來。

宋修遠圓滾滾的手指頭便扒著書頁，上面不光有字，還有畫，他從來沒看過這麼有意思的本子，一下子就看得入迷，可是等到他看完這個故事的時候，原本紅撲撲的小臉蛋就更紅了。宋修遠抬起頭看著趙彩鳳，一雙眼睛亮晶晶的，抱著小話本道：「娘，原來這才是負荊請罪啊！孩兒知錯了，孩兒這就去向爹爹負荊請罪！」

趙彩鳳聽了這話，心尖尖都要化開了，摟著他道：「不用了，你爹說了，這次錯不在你，但是為娘還是要跟你說幾句道理。」

宋修遠見趙彩鳳嚴肅了起來，也正襟危坐，點點頭道：「娘，妳說吧。」

「娘不讓你爹給你當大馬騎不是因為我們不疼你，只是覺得這不是一件好事情。你還小，我們可以寵著你，但是外面的人不會寵著你，總有一天，你爹會老，那麼這世上沒有第二個人會願意當你的大馬，你懂嗎？」

宋修遠似懂非懂地點點頭，抬起頭看著趙彩鳳，最後開口道：「娘啊……那以後妹妹要是要騎大馬，我讓她騎好嗎？騎大馬真的好好玩的！我已經騎過一次了，可是爹爹不能再當大馬，那就讓妹妹騎我好了！」

趙彩鳳支著額頭，頓時有些不知所措了。明明邏輯很對，可為什麼字裡行間卻透出無比可憐兮兮的感覺呢？不過，對於宋修遠這樣有誠意的懇求，趙彩鳳也不忍心拒絕，便笑呵呵地答應了。反正過不了幾天，他一準就能把這件事情給忘了！

宋明軒在家裡養了兩日，身子就好得差不多了，其間因為趙彩鳳嚴格採取隔離措施，所以宋家沒有別人被感染到。等宋明軒再瞧見宋修遠的時候，已經是三天後的事情了。不過宋明軒進去書房時還是被嚇了一跳，就見宋修遠小小的身子縮在一張裹著狐裘的靠背椅上，邊上的茶几上還放著已經吃了一半的紅豆糕，宋修遠的嘴角沾著紅豆糕的屑屑，正興致勃勃地翻看著手裡的小人書，看見宋明軒進來，嚇得都不知道該把書藏哪兒……

當然，被嚇得更厲害的是宋明軒！

凡是帶畫的書，他都特意放在很高的位置，就是怕宋修遠不小心給翻到了，翻到小人書不打緊，萬一翻到了趙彩鳳最愛的春宮……那可就完蛋了！剛剛病癒的宋明軒又被嚇出了一身冷汗來，但還是壓抑著內心的狂亂，往宋修遠坐著的地方走過去。

宋修遠往後仰著身子，看著宋明軒氣勢洶洶地走過來。

宋明軒清了清嗓子，嚴厲地問道：「修遠，你在看什麼？拿出來！」

宋修遠被嚇得差點兒尿急，只好依依不捨地把小人書給拿出來。

宋明軒一看不過是一本隨常的小人書，不禁鬆了一口氣，一顆心又從嗓子眼回到了胸口，臉上的表情頓時也緩和了下來，一把將宋修遠抱到懷裡，兩人大手捂著小手，一起翻看起了小人書來。

「修遠，這書是誰給你的呀？」宋明軒開蒙時學的就是《三字經》、《百家姓》、《千字文》，都是先認字，況且他覺得宋修遠如今還小，也不想講得太深，所以《論語》也只是讓他認讀，並沒有去教他裡面的意解，可誰知道這孩子太聰明了，但凡宋明軒說過一次或者用過一次的成語典故或俗語，他都能記得，因而造成了如今一知半解的情況。

宋修遠見宋明軒並沒有生氣，也終於鬆了一口氣。在自己看來，這些畫著小人的書肯定不是什麼好書，不然的話爹爹不會把它藏得這麼高，但是娘親給看，在家裡爹爹都聽娘親的，故宋修遠便壯著膽子道：「這是娘親給孩兒看的，娘親說小孩子就應該看這種書。」

宋明軒這回是當真沒話說了，只是慶幸自己把那一頁賣身葬父給撕了。不過想想也是，如今宋修遠才四歲已經認得三千字了，又不給他看好看的書，確實有些說不過去，總不能真的從現在開始，就讓他學起四書五經來吧？

宋明軒想通了這一層，心下也豁然開朗了，因為心情大好，就拿起盤子裡的紅豆糕吃了一塊，嗯……兩天沒吃到甜食，嘴裡寡淡得很，難得吃一塊紅豆糕，怎麼就那麼好吃呢？宋明軒意猶未盡，就又吃了一塊……

然後，等宋修遠看完了手裡的小人書，正打算吃的時候，赫然發現自己半碟子的紅豆糕全被爹爹給吃光了！

宋明軒看了一眼只剩下屑屑的盤子，內心無比崩潰，一向小大人一樣的宋修遠終於忍不住，放聲哭了起來！

外頭的丫鬟聽見宋修遠哭了，急忙就進去瞧瞧，可見宋明軒在呢，她們也不好問，只好去請了趙彩鳳過來。

宋明軒鬱悶得要死了，什麼男兒有淚不輕彈的大道理說了一籮筐，可就是沒用。最後還是趙彩鳳想到了辦法，又去廚房拿了一碟子的紅豆糕來，看著宋修遠一個人滿足地吃了小半碟子，這才算過去了。

宋明軒回去當值的第二天，宮裡忽然傳了消息出來，說是蕭貴妃涉嫌謀害楚貴嬪腹中的皇嗣，被禁足在了長春宮中！這事情來得太突然，但是有心人必定會有所聯想，上個月月底才提起要冊立太子，蕭貴妃的三皇子也是其中的熱門人物，忽然間母妃就捲入這樣的宮闈禍事中，實在不是什麼好事情。

那楚貴嬪何許人也？乃是當今天子年輕時候流連煙花柳巷喜歡上的人，教坊出身，是罪臣之女，可皇帝非但不嫌棄她，還忤逆了太后娘娘的意思，把她接進了宮來，隱隱有真愛之感。楚貴嬪十年來聖寵不斷，卻只誕下一名公主，如今好不容易又有了龍裔，皇帝如何不高興？若不是太后娘娘臨死前有「楚氏不得升位」的遺命，只怕這時候早已位列貴妃了。

這事情雖說不簡單，可對於宋明軒這樣一個小翰林來說，到底管不著。

但是，這時候的蕭家卻已經急得如熱鍋上的螞蟻一般了。現在已經不是爭著立儲了，而是要保命啊！龍嗣沒了是事實，這要真的查出是蕭貴妃幹的，只怕蕭氏一門都要因此失寵了。若是擺在前幾年戰亂時那還好些，可如今天下昇平，韃子也不入侵了，正是鳥盡弓藏的時候啊！

宋明軒回家說了這事情，趙彩鳳便覺得這其中必定有蹊蹺，催促宋明軒道：「這事情怕沒那麼快解決，不如你明兒找了劉兄弟來，兩人商量一下，如何能在明年散館之時到外頭去謀個職，這樣也好避過這京城的風波，不然待在這裡，難保不會牽扯其中。」

兩人商議妥當後，外頭丫鬟進門傳話。

「蕭家三奶奶過來瞧奶奶了。」

趙彩鳳心下暗忖，雖說平素兩家也有走動，但一般都是湊著初一、十五上香的時候，在寺院裡小聚片刻，這樣巴巴地走上門來，多少讓人有些擔憂。趙彩鳳命丫鬟將程蘭芝迎了進來，見她臉上略有疲倦之色，看樣子倒是一宿未睡的樣子。

程蘭芝見了趙彩鳳，兩人先點頭見過禮，趙彩鳳便遣了丫鬟出門，程蘭芝也顧不得喝上一口熱茶，開口道：「宮裡出了點事情，三郎讓我來說一聲，明兒開春散館是宋大人最後的機會，若是那時候不走，怕後面就走不成了。」

趙彩鳳聽了這話，心下就怕了起來。雖然如今國泰民安，但蕭家大爺和二爺還守在邊關，若是真的出了什麼事情，在京城的這一家老小怕就要……趙彩鳳的話還沒說完，那邊程蘭芝的眼角已經噙了淚珠，站起來向趙彩鳳行禮道：「到時候，還請姊姊妳能把令儀帶上。」

「……已經到了這步田地了嗎？」趙彩鳳聞言，也不由得一驚，看來蕭家並不打算坐以待斃了。

「事情到底還沒到這個田地，是貴妃在宮中發了話出來，此事絕非她所為，她原是要以死洗刷清白的，但是又捨不得三皇子和八公主，皇帝也還沒有發話要如何處置。若是真的要讓蕭家一敗塗地，不如來個魚死網破。」

「這話是蕭老三說的吧？」趙彩鳳對蕭一鳴的脾氣到底還算了解，開口勸慰道：「事情還沒到那一步。妳總要先跟我說一說這原委，我們雖幫不上什麼忙，到底也可以幫你們一起想一想對策。」

程蘭芝見趙彩鳳這麼說，又稍稍平靜了片刻，這才開口道：「說起來，還牽扯到好幾年前的事情。是這樣的，因為蕭家是武將世家，家裡的姑娘也慣會舞刀弄槍的，所以從祖上傳下來一個玉膚膏秘方，是可以治疤痕的，尋常宮裡的人也不常用，幾年前蕭貴妃製了一些，送了宮裡的幾個貴人，楚貴嬪那邊就有。那楚貴嬪是南方人，小時候留下了生凍瘡的病根，如今雖然錦衣玉食的，可到了冬天就會生凍瘡，今年便就拿出來用了，可誰知道卻用出毛病來了，太醫說那玉膚膏裡面有麝香，楚貴嬪的孩子就這麼沒了！」

……這不就是「甄嬛傳」的劇情嗎？趙彩鳳忍不住輕輕撫了撫額，看來後宮險惡，也不是完全無的放矢啊！趙彩鳳開口問道：「既然說是送了幾個貴人，那其他貴人那邊還有這東西嗎？要拿出來比一比，不就可以知道這東西有沒有被人動過手腳了嗎？」

「偏偏不湊巧，這都是幾年前製的東西，老早就不知道去了哪兒了，哪裡還能找到？便是蕭貴妃自己宮裡也沒有了。當初還送了一些給我婆婆，可我婆婆昨兒在家裡翻了一整天，連個蓋子都沒找到。」程蘭芝說著，垂下眸來。

趙彩鳳倒是越發覺得心驚肉跳了，如果這事情真的是陷害，那害人的人可以說是從幾年前就已經開始在部署這件事情了！宮裡面的主子，誰也不稀罕這些東西，不過時新的時候用用，誰會藏著六、七年那麼長的時間？趙彩鳳低頭看著捏著帕子的手，以前她手背上也曾有一塊淡淡的疤痕，不過那疤痕淺得很，沒過兩年就自己長好了……趙彩鳳忽然一拍茶几，站起來道：「蘭芝妳等等，妳說的那個玉膚膏，沒準我家有！」

趙彩鳳急忙往臥室裡頭走去，她記得那年蕭老三曾送了兩盒玉膚膏給自己，自己聽說是宮裡娘娘們用的，一時捨不得用就收了起來。後來雖然搬了兩次家，那些東西到底沒有丟棄，還放在她從討飯街帶出來的小妝奩盒子裡！

趙彩鳳將那五斗櫥打開，拿了妝奩盒打開，果然見裡面還躺著兩個白瓷盒子！趙彩鳳從裡面拿了一盒出來，外頭的白蠟封口依舊，完全沒有動過。她又回到廳中，將那盒子遞給程蘭芝道：「應該就是這個東西！當年我手背燙傷，是相公問蕭老三要的，我捨不得用，就一直放了起來，還沒開過封口，盒子底下印有製作的年分。妳帶回去，讓人送進宮比一比，就知道楚貴嬪那裡面的東西有沒有被人給偷換掉了。」

程蘭芝萬萬沒想到會走這樣的好運，六、七年前的東西了，竟還會藏得這樣好，這一次，蕭貴妃有救了！

送走程蘭芝後，趙彩鳳才去書房將方才的事情一五一十地講給了宋明軒聽。

宋明軒也深覺這後宮裡人心算計相當可怕，更下定了要外放去的念頭。

一眨眼又過去半個月餘，宮裡那頭倒是傳來了好消息，那玉膚膏證據確鑿，蕭家又不知道想了什麼辦法，將差點兒被暗害的、做這玉膚膏的老太監給救下了。蕭貴妃沈冤得雪，到底還是安然無恙。是經過此事，原本對立嫡之事不太熱衷的蕭家，態度卻也變得強硬了起來，皇帝夾在中間，很是難辦。

這日，宋明軒作為皇帝的忘年之交，又被宣進宮下棋作伴。皇帝的棋友其實很多，下棋除了休閒，多半也是為了傾聽一些民意。比如上頭的大臣都已經問得差不多了，就會開始問問像宋明軒這樣的小嘍囉了。

一開始總不那麼容易開門見山，需得先下兩盤棋，熱熱身才行。

宋明軒也知道如今是非常時刻，必定不可出什麼差錯，不然的話，怕自己烏紗不保。

「明兒就是掃塵之日了，再過幾日便是年節了。」皇帝感嘆道。

宋明軒便笑著道：「皇上日理萬機，過年時候便要多休息休息。」

皇帝見宋明軒說話不鹹不淡的，明顯就是故意的，忍不住問道：「最近大家都在提立儲的事情，宋愛卿對此事有什麼看法？」

宋明軒聞言，抬眸笑了笑道：「大臣們都是為了大雍著想，這也是好事，是微臣覺得，如今陛下正值盛年，身康體健的，倒也不用急在一時。」

顯然宋明軒這回答很合皇帝的意思，皇帝笑著道：「你倒是不急，可眼下有些人怕已經等不及了。」

宋明軒雖然知道皇帝意有所指，可到底也不敢附和，誰知道這御書房裡有沒有那些人的眼線？便笑著道：「看來皇上這次是打算順應民意了？」宋明軒話音剛落，白子落在棋盤上，又是一局和局。

皇帝看了一眼宋明軒落子之處，嘆氣道：「事情已經到了這個地步，若不定下來，難免劍拔弩張。朝局剛剛穩定，四海昇平，何必又添內亂。」

宋明軒見皇帝這麼說，也知道他是下了決心的，是這人選似乎還沒擬定。五皇子乃梁貴妃所生的龍鳳胎之一，皇帝對他從小就偏愛，若講親緣，似乎是略勝一籌，且五皇子後面的是當朝首輔梁大人，不容小覷；三皇子穩重內斂，頗有武將之風，大抵也是隨了蕭家的基因，卻沒有五皇子這般受皇帝的寵愛。兩家勢均力敵，可畢竟太子能有一人。

宋明軒心中雖無抉擇，卻已定下了要離京的念想。見皇帝一時難以抉擇，跪下來，開口道：「臣是君的臣，君是臣的君，皇上不管有何定奪，微臣都是大雍的臣子，忠於皇上一人。」

皇帝對宋明軒的聰慧早已經瞭若指掌，是從不知他也有如此圓滑的時候，如今聽他說這些，倒是覺得宋明軒真是一個狡猾的不得了的人，是……這原本不就是他的本意嗎？

皇帝面上佯怒道：「朕最討厭你這種人了，遇事就知道躲！當年你拚死上告誠國公的氣魄去了哪裡？還是說你也入了這朝廷的染缸，把你那一身傲骨給醃成了軟骨頭了？」

宋明軒如何知道皇帝會突然發難？嚇得連連跪拜，開口道：「皇上息怒，微臣惶恐！」

「你惶恐？你想乾乾淨淨地做你的純臣，朕成全你！是這將來的路，就看你自己怎麼走了！」

宋明軒和皇帝交往三年，從未見皇帝發過這樣的大火，他急得滿頭大汗，一時間頭磕得砰砰響，直到皇帝走了，周公公才上前扶起他。

「宋大人，皇上已經走了，宋大人快起來吧！」

宋明軒驚魂未定。

周公公安撫他道：「皇上是在生氣呢，這事情別人都有私心，皇上想找個出主意的人，原想著宋大人通常直言不諱的，可誰知道大人你今兒卻來了一個獨善其身呢！」

宋明軒可是有苦難言啊，他今兒若是一開口，怕日後的日子就更難過了。

宋明軒從宮裡出來，坐上馬車的時候，發覺身後早已經汗濕了一片。

趙彩鳳也知道這時候是非常時期，在門口等著他回來，聽宋明軒將那宮裡的事情略略說了一遍，心裡到底也慌了幾分。

誰知道還沒到掌燈時分，宮裡的太監就傳了旨意出來，說宋明軒觸怒聖心，責令發往福建泉州惠安縣做知縣，三年之內不得遷升，擇日離京！

宋明軒拿到聖旨之後，這才鬆了一口氣。雖說知縣是正七品，比起他這個翰林修撰還低了一品，可泉州也算是魚米之鄉，是近些年來那邊有海賊出沒，倒是鬧出不少動靜。當初是宋明軒提出要加緊海防的，如今讓他過去，怕也是皇帝一早就下好的一步棋了。

御書房裡頭，皇帝對著滿堆的奏摺嘆息。

外頭周公公端了參茶進來道：「皇上，聖旨已經傳到宋家去了，皇上就不要再生氣了，把宋大人打發遠了，也就罷了。」

皇帝知道周公公刻意讓自己寬心，冷哼了一聲道：「你懂什麼？這個時候想跑的還不止他一個呢！是他能有想跑的心，就說明了他的立場。」

周公公便笑著道：「奴才不懂這些個什麼立場的，知道皇上對宋大人可真是疼愛得緊呢！」

皇帝佯怒道。

「剛才還說把他打發遠了解氣，這會子怎麼又變成疼愛得緊了？朕看你是老糊塗了！」

周公公便不再開口，送了參茶過去，笑著看皇帝喝了，這才道：「皇上說奴才糊塗，奴才就糊塗。」

因聖旨上說的是擇日離京，趙彩鳳倒是覺得越快越好，還得裝出一副逃離京城的樣子，那就最好了。楊氏和錢木匠如今也在京城住得熟了，倒是不想再動，唯一不放心的就是陳阿婆年紀大了，怕禁不起這舟車勞頓的。

黃鶯一年前也已經生下了一個兒子，如今在趙彩鳳的兩家店裡頭當總掌櫃，聽說宋明軒被貶，也急著過來問個究竟，其中的細節自然不能細說。

不過錢木匠倒是心裡有數得很，開口道：「三年說長不長、說短不短，不管有什麼事情，到時候也總該有個分曉了。」

楊氏到底心疼兩個孩子，開口道：「我聽說南邊那兒濕氣大，還有什麼瘴毒，尋常人並沒有人願意去那裡做官的，明軒你倒是怎麼得罪了皇帝，怎麼就讓你去那種鳥不拉屎的地方呢？」

趙彩鳳一聽楊氏說泉州鳥不拉屎，恨不得就要笑了出來。

還是黃鶯見多識廣，開口道：「小姨，妳亂說什麼？泉州可是南邊最好的地方呢，人稱海上絲綢之路，聽說那兒還有很多黃頭髮、綠眼珠的洋人，那邊的百姓用的都是洋貨，可不比京城裡的人過得差呢！」

楊氏便有些不好意思了。「這麼說，那兒還是個好地方？」

趙彩鳳便笑道：「是個好地方。」至於什麼海賊出沒啥的，還是不要告訴楊氏了。

楊氏又嘆氣道：「遠哥兒如今四歲了，我也放些心了，但姝姊兒才不到一周歲，這路上你們可得小心著點啊！」

趙彩鳳雖然很想著讓楊氏他們一起走，但她也知道楊氏是懶得動，至於錢木匠呢，蕭家究竟是個什麼結局也不清楚，他是萬萬不會肯走的。

趙彩鳳把店裡的生意全權託付給了黃鶯，隨身帶著一些銀票細軟，一家人連年都沒過，就啟程離京了。

京城十里坡外，六、七輛馬車停在路邊。

遠處蕭一鳴策馬而來，身後跟著一輛馬車。

宋明軒和趙彩鳳迎出了亭子外面，奶娘下了馬車，伸手把車上一個俏生生的小姑娘抱在了懷中，那孩子外面穿著大紅色的百子迎春斗篷，帽子上圍著一圈狐裘，小臉肉嘟嘟的，上面還有一對小酒窩，正是蕭一鳴和程蘭芝的閨女蕭令儀。

趙彩鳳原以為蕭貴妃渡過了一劫，程蘭芝會打消這個念頭，誰知道她竟還是將孩子送了過來。趙彩鳳見了，忙不迭地就親手把孩子接到懷裡來，在她的小臉上親了一口道：「令儀，跟著修遠哥哥出門玩一趟好嗎？」

蕭令儀從小和趙彩鳳投緣，一個勁兒地點了點頭，小聲道：「鳳姨，爹爹說，等我玩膩了，就去接我回家。」

趙彩鳳將小丫頭又送回了奶娘的懷裡，轉過身子，看著矗立在一旁的蕭一鳴和程蘭芝，開口道：「這世上不是所有的事情都可以靠武力解決的，除非到了絕境，收起你那些念想。」

多年的軍營磨礪，早已經讓蕭一鳴褪去了青澀，下頷青黑鬍渣依稀可見，見趙彩鳳那依然靈動銳利的視線掃了過來，還覺得依舊有些神魂蕩漾。

「孩子的事情，是我的一些私心而已，從小青梅竹馬，將來感情也好一些。」自己不就是輸在這青梅竹馬上頭嗎？蕭一鳴說完，笑著道：「這事情怕也耽誤不了幾個月，橫豎等有了准信，我就去把令儀接回來。泉州那邊有我的舊部，你們過去一切自有打點。」

「不用了，這次離京本就是——」趙彩鳳的話還沒說完，蕭一鳴便開口打斷了。

「天高皇帝遠，那兒是另外一番光景。除了這紫禁城裡的一群人，外頭的老百姓管誰當皇帝呢？」

蕭一鳴這話到底有些道理，一旁的宋明軒也略略沈吟了片刻後，開口道：「凡事多加小心，我們先走了。」

從京城到泉州大約有兩千多里路，趙彩鳳一家在路上足足走了有兩個多月才到。

說起來，在古代這種資訊閉塞的情況下，千里做官走馬上任，能不能走到任地還得靠人品呢，像電影「讓子彈飛」這樣的劇情還真的會發生。幸好有蕭一鳴派的親兵一路護送，所以路上也沒有出什麼岔子。

從年前開始走，等到泉州的時候，已經過了二月初二龍抬頭。當地的官員因為早已經接了朝廷的奏報，一早就在這邊等著了，是等瞧見宋明軒過來的時候，還是忍不住驚呆了。

原先聽說這個宋明軒是上一科的狀元，且是大雍連中三元的第一人，大家尋思著，少說也應該是一個過了而立之年的中年男子，可如今一看，這溫文爾雅、文質彬彬、玉樹蘭芝的人，怎麼看都嫩著呢！

惠安雖然是一個小小的縣城，可是作為海上絲綢之路的起點，這地方魚龍混雜，近些年在這邊上任的縣令，要嘛升遷了、要嘛進去了。但是不管是升遷的還是進去的，總之這身上乾淨不了。

宋明軒來惠安縣的第一天，便有當地富豪拿著宅子的鑰匙送到縣衙來，可等富豪看了一眼這一行十來個人，頓時不知道這宅子該如何送出去了。

因為泉州太遠，趙彩鳳來的時候就把家裡人在京城的丫鬟、小廝都放了回去，跟著過來的有幾年前買來的兩個丫鬟吉祥、如意，還有兩個孩子的奶娘。修遠出生的時候，宋明軒還未中舉，並無半點根基，所以宋修遠是她自己餵大的，後來才請了一個專門照顧宋修遠起居的老嬤嬤，這次離京並沒有跟著來，宋修遠雖然捨不得奶娘，可還是很乖巧地說「娘，我已經長大了，不喝奶了，奶娘家裡面還有哥哥姊姊，我就不要奶娘跟著了」，那奶娘聽了頓時就紅了眼眶，壓著眼角道「大少爺儘管去，等你回來了，奶娘還來府上服侍你」。

宋靜姝的奶娘身世可憐，是廣濟路上大戶人家的姨娘，生了兒子卻被正室給趕出了門，黃鶯可憐她孤苦無依，所以介紹她在宋家當了奶娘，倒是一心一意地服侍宋靜姝，把自己對孩子的念想，全投在了宋靜姝的身上。

蕭一鳴把蕭令儀送了過來，隨行還跟著一個奶娘、一個丫鬟，都是程蘭芝細心挑選的人，並沒有什麼不妥。

所以這一行人，除了蕭一鳴的兩個親兵外，就剩下宋明軒一個男人，宋修遠勉強能算個男孩子。

原先惠安縣的縣令已經調走了，這邊的師爺等著宋明軒來繼任，瞧著縣太爺這一家子，師爺吹了吹自己的山羊鬍子，朝一旁來送禮的人使了一個眼色。

「大人，縣衙倒是有房子，是以前的縣太爺都不住縣衙……」這叫師爺怎麼說呢？以前的縣太爺上有八十老母、下有嗷嗷待哺的孫兒，一家老小帶上丫鬟、僕婦，總有五、六十人，可如今這位縣太爺，師爺掰著指頭數了一下，加上那兩個軍爺，一行不過十二人。這十二個人去住那宅子，確實也不像話。

宋明軒瞧了師爺一眼，倒是恭敬有禮地道：「師爺不必忙了，縣太爺不住縣衙，那住哪兒呢？我家裡就這麼幾口人，有地方住就成了！」

一旁送禮的人便啞在了邊上，傻傻地看著縣太爺……

縣衙的房子倒是打掃過的，師爺請了縣衙的捕快一起幫忙將宋明軒那為數不多的家當給搬了進去。

宋明軒親自把一摞摞書放到書架上，趙彩鳳拿著布擦了擦桌子，笑著道：「幸好帶著這些小人書，不然這一路上可要憋壞了修遠。」

宋修遠這一路上除了把這些小人書看完了之外，連後半本《論語》都給背了出來。宋明軒想到這個事情就頭疼，遂放下手中的書道：「看來不能再等了，我如今新官上任，怕沒空教修遠，倒是要給他請個師傅，好好開始走正道了。」

趙彩鳳扶額嘆息，宋修遠這年紀，在現代不過就是幼稚園小班的孩子，居然就要開始學四書五經了？

趙彩鳳擰眉想了想，開口道：「不然這樣吧，找個師傅，從淺的開始教，讓令儀也跟著一起學。蕭老三把孩子託付給我們，我瞧著他就是有那個心思。反正是我們的兒媳婦，我們想怎麼教還不是我們說了算？」

宋明軒笑著道：「這樣也好，這樣兩個孩子還能更親近些。」

到了晚上，一家人吃過了晚飯，趙彩鳳才算歇了下來，把這縣衙原來就有的下人都招到了自己的跟前。這些都是惠安本地人，講的都是閩南語，趙彩鳳雖說也會唱幾首粵語歌，但其實廣東話和閩南語完全不是同一個語種，所以好請了師爺在這邊做翻譯。

不過好在這些下人雖然北京話說的不好，但都能聽得明白，實在不明白的還能用肢體語言，趙彩鳳也總算找到了一個全世界通用的交流方式。

因為宋修遠的奶娘沒有跟過來，所以這一路上宋修遠都是跟著趙彩鳳睡的，如今到了目的地，房間也整理了出來，按照道理宋修遠應該一個人睡了，可趙彩鳳怕他害怕，所以這幾天讓他睡在正房西面的次間裡頭，這樣晚上半夜有動靜的話，她和宋明軒也能聽得見。

晚上洗漱完之後，趙彩鳳便拉著宋修遠睡覺去了，宋修遠因為捨不得趙彩鳳，抱著她的腰讓她在床上陪著自己，分明睏得要死了，卻不敢閉上眼睛，深怕一睡著趙彩鳳就跑掉了。

趙彩鳳低下頭，看見宋修遠小眼睛瞪得銅鈴一樣，伸手在他眉心戳了一記道：「修遠快睡吧，明兒起不來，爹爹可是要罰的。」

宋修遠打了大大一個哈欠，往趙彩鳳的身上蹭了兩下，內心無比糾結地開口道：「娘親，雖然我知道我是一個男子漢了，可是……我好想要娘親陪我睡。」

趙彩鳳伸手揉了揉宋修遠的腦門，開口道：「不然，明兒我讓如意姊姊陪你睡，怎麼樣？」

宋修遠的腦袋搖得跟撥浪鼓一樣。

趙彩鳳便忍不住好奇地問道：「為什麼呀？最近如意姊姊天天服侍你，為什麼你不肯跟她睡呢？」

宋修遠皺著眉頭，幽幽地嘆了一口氣道：「如意姊姊又不是娘親，也不是媳婦，修遠不能跟如意姊姊一起睡。」

趙彩鳳忍不住噗哧地笑出聲來，捧著他那張一本正經的臉，問道：「這都誰告訴你的？人小鬼大！」

宋修遠實在熬不住了，打了一個哈欠，拽著趙彩鳳的衣襟睡下了。

趙彩鳳等他睡熟了，這才蓋好了被子，下了簾子往自己房裡去。

宋明軒這時候也已經洗漱乾淨，看見趙彩鳳穿著中衣過來，放下了手邊的書，從床上站起來，一邊下簾子，一邊問道：「修遠睡實了？」

趙彩鳳點點頭，皺著眉頭道：「還是得給修遠找個可靠的嬤嬤帶著，他這麼小，一個人睡我確實不放心。」

泉州的天氣比起京城暖和了不少，可這時候剛剛開春，晚上還是有些寒涼，況且南方也沒有生炭爐這一說，所以這大半夜的，還當真有些冷。

宋明軒從身後抱著趙彩鳳，蹭著她的肩頭道：「這一路上辛苦妳了。原本以為考了功名後，能讓妳過上好日子，沒想到還要這樣舟車勞頓，讓妳丟開京城的一切，跟我來這樣的地方。」

趙彩鳳扭頭在宋明軒的臉上親了一口，撫上他抱著自己的手掌，開口道：「我這算什麼？倒是阿婆和孩子們，這一路上辛苦了。明兒我打算請個大夫回來，給他們把把脈，這一走幾千里的，萬一要是水土不服，弄出病來，可就不好了。」這個時代吃喝的都是綠色食品，所以完全不用擔心因為飲食問題生病，唯一可能的就是水土不服。

宋明軒點點頭道：「明兒我就正式掛印上任了，以前在京城做了三年翰林，交際有限，現在做了一方父母，倒是覺得有些緊張了。」

趙彩鳳笑了出來，挑眉看著他道：「狀元都考出來了，有什麼好緊張的？大堂上一坐，驚堂木一拍，就是一個青天大老爺了。」

宋明軒知道趙彩鳳故意笑話自己，在她臉上胡亂地蹭了幾下，咬住她的耳朵道：「這一路上不方便，我們也沒空親熱，不如今兒妳給我壯壯膽吧？」

「無賴！」趙彩鳳瞪了宋明軒一眼，挽起簾子瞧了一眼，外頭宋修遠睡得正熟呢，便開口道：「這一路上你也不嫌累嗎？還想著這事——」趙彩鳳的話還沒說完，宋明軒就親了上來，那舌尖軟軟地就送了進來，勾得自己渾身都軟了。

宋明軒彎腰將趙彩鳳抱起來，幾步走到床前，兩人在床上摟作一團。因為宋修遠睡在外頭，趙彩鳳整個過程都捣著嘴，破碎的呻吟更添了幾番情趣，宋明軒恨不得將她揉化了……

雲雨之後，趙彩鳳睜大了眼睛在床上回味，宋明軒穿了衣服出去看宋修遠，見小傢伙的膀子和半邊身子早已經露在了外頭，無奈地幫他蓋好了，回房開口道：「不然明兒讓修遠先和阿婆睡幾天吧？」

趙彩鳳瞪了宋明軒一眼道：「虧你還是個大孝子呢，帶孩子最辛苦了，老人家覺頭短，這要是半夜醒了，一宿也不用睡了。情願我們自己辛苦些，也不能讓阿婆睡不好。」

宋明軒想了想，覺得很有道理，便索性給趙彩鳳蓋好了被子，開口道：「妳在裡面一個人好好睡著，今晚我陪著兒子。」

趙彩鳳見宋明軒這麼說，總算有些好男人的自覺，她這會兒身子乏得很，便點了點頭就睡去了。

第二天一早，宋修遠倒是睡得很滿足，宋明軒一整個晚上給他蓋了幾回被子，卻是睏得很，一時間還沒睡醒。

宋修遠突然喊了一聲後，一下子便從床上翻身下去，趿了鞋子跑到裡間找趙彩鳳去了。

趙彩鳳床榻勞累，這會兒也還沒醒，忽然被人拉了一下袖子，一睜開眼睛，就瞧見宋修遠站在自己跟前，滿臉擔憂驚嚇地看著自己。

趙彩鳳的瞌睡蟲一下子就少了一半，忙開口問道：「修遠，怎麼了你？」

宋修遠的小手依舊牽著趙彩鳳的袖子，糾結了半天才開口道：「娘親、娘親，妳快去看看爹爹，爹爹生病了！」

趙彩鳳聞言，嚇了一跳，心裡暗暗罵道：不中用的，這才讓你帶一晚上孩子就病了，簡直弱雞啊！

趙彩鳳慌忙就起身，披上了衣服跟著宋修遠一起出去，瞧見宋明軒還在酣睡，伸手往他額頭上探了探，沒有發燒啊！

宋明軒正睡得熟，突然被人摸了一下額頭，也迷迷瞪瞪地睜開了眼睛，就聽見趙彩鳳正在跟宋修遠說話。

「你爹沒生病，倒是你，不把衣服穿好了再起來，會生病的。」

宋修遠擰眉想了半晌後，疑惑地道：「娘親，爹爹的小雞雞腫了，難道不是生病了嗎？」

宋明軒聽見兒子這麼一句話，頓時嚇得從床上一下子就坐了起來。他本就臉皮薄，這時候臉已經脹得通紅了。

趙彩鳳則是笑得腰都直不起來了，抱著宋修遠哭笑不得，眼淚都要笑出來了。

宋明軒驀地冷著一張臉道：「從今兒起，我給你找一個住家先生，晚上你也不必回房來睡了，直接和你先生一起睡吧！」

宋修遠哪裡知道自己什麼地方得罪了爹爹，聽見宋明軒這麼說，忍不住「哇」地一聲就哭了起來。

趙彩鳳便沒好氣地瞪了宋明軒一眼，一邊安慰宋修遠，一邊道：「瞧你這樣，還堂堂縣太爺呢，竟跟孩子置氣！他不懂那就告訴他好了，這又不是什麼難以啟齒的事情。」

「這這這……這還不……」

對於古人來說，性事在沒有成婚之前，是一個完全神秘而禁忌的概念，至於性教育，那是更不用提了。趙彩鳳也有在成婚的前一個晚上，楊氏含含糊糊地告訴她，她那個地方，她男人會進來。這要不是趙彩鳳早知道這回事，怕理解能力再好，也未必能明白「男人能進來」是啥意思！

至於宋明軒吧，所有的技能都來自於春宮圖。

「好了好了，你快洗洗出去吃早飯吧，這事情你不好意思說，我來說。可你為了這個就跟孩子生氣，那可就太不應該了！」

宋明軒知道趙彩鳳在教育孩子這方面自有一套，倒也不再多言，一個勁兒地囑咐道：「千萬管住他的嘴，不要讓他出去亂說！」

趙彩鳳便點了點頭，將宋明軒推去淨房。

宋修遠瞧見老爹被娘親給趕走了，也不哭了，露著指縫瞧宋明軒走遠了，這才放下手、抬起頭，可憐兮兮地看著趙彩鳳。「娘親，我要和娘親睡，我不要和爹爹睡，爹爹會凶我！」

趙彩鳳便抱著宋修遠坐到床上，指揮道：「你先自己把衣服穿起來，我再告訴你，爹爹為什麼要凶你，成不？」

宋修遠想了想，覺得自己沒做錯什麼，爹爹凶自己肯定是爹爹不講道理，所以便點了點頭，自己在床上穿起了衣服來。等宋修遠穿好了衣服，這才好奇地看著趙彩鳳。

趙彩鳳便抱著宋修遠，捏捏他的包子臉，笑著道：「你不是一直問我，你什麼時候才能長成爹爹那麼高嗎？現在娘親就告訴你，等有一天，你的小雞雞也能腫起來的時候，就差不多啦！」

宋修遠聽了這話，驚訝得睜大眼睛，又問：「娘親，那小雞雞腫起來了，會不會很疼？」

「……」趙彩鳳這時候忽然有些後悔了，宋明軒那種一刀殺的教育方式其實也不錯，現在這個發展方向，怕會朝著打破砂鍋問到底走了！總不能告訴他——兒子，腫起來了非但不疼，還會很舒服喔！

趙彩鳳擰眉想了想後，開口道：「等到你的小雞雞腫起來，卻不疼的時候，你就長大了！」

宋修遠一臉受教地點了點頭，而後低下頭去，往自己的胯下看了一眼，似乎有強烈的意念，希望自己的小雞雞也能腫起來。片刻之後都沒有動靜，他才放棄了，道：「娘，那為什麼爹爹要生氣呢？」

趙彩鳳噗哧一聲笑了起來，開口道：「你爹爹沒有生氣，他是高興你關心他了！」

「真的？」宋修遠皺眉看著趙彩鳳，總覺得她是在騙人。

趙彩鳳覺得這次的教育真的是超級失敗的，便嘆了一口氣道：「修遠，你爹爹不是生氣，是怕羞。你想想看，要是你身上的小雞雞腫了起來，被別人看見了，你羞不羞？身上的東西都不能隨便給人看的，是不是？」

宋修遠聽了趙彩鳳這個解釋，才覺得有些道理，贊同地點了點頭。

趙彩鳳見這回總算說通了，便開口道：「所以呢，你看見爹爹的小雞雞腫起來這樣的事情，可千萬不能亂說出去喔！咱們拉鈎鈎好不好？」

宋修遠的小拳頭在袖子裡動了幾下，又抬起頭問趙彩鳳道：「那娘親，妳能不能勸爹爹不要讓我跟先生睡？我情願一個人睡。」

趙彩鳳把宋修遠抱在懷中，狠狠親了一口。「娘給你找個奶娘，讓奶娘帶著你睡。你現在雖然不吃奶了，可是還小，晚上睡覺蹬被子會著涼的。」

宋修遠擰著眉頭想了半晌，最後終於把手伸了出來，和趙彩鳳拉了拉手指頭。

選奶娘的事情雖然提上了日程，可是這裡畢竟人生地不熟的，最關鍵的是，趙彩鳳還想要找一個會說京城話的，所以這連續找了好幾日，都沒有一個能看得上眼的。

陳阿婆心疼宋修遠，非要拉著孩子跟自己睡，可是趙彩鳳又心疼陳阿婆辛苦，便還是在自己身邊帶著。

這日剛剛又送走了一個過來面試的奶娘，趙彩鳳也犯愁了。其實她天天帶著宋修遠也沒關係，是每每做那件事情的時候，就跟偷情一樣，雖然緊張刺激，到底心裡頭懸著。

瞧著主子長吁短嘆的，蕭令儀的奶娘便牽著蕭令儀過來了。

「奶奶，我家奶奶把姑娘送過來的時候，都跟我說清楚了，既然兩家存了這個心了，倒不如就讓哥兒和我家姑娘一起，睡在東廂房好了。我照顧一個孩子也是照顧，多一個也沒什麼。現在姊兒也不吃奶了，晚上就是蓋蓋被子的事，我也清閒得很。」

古時候有男女七歲不同席的規矩，可眼下宋修遠和蕭令儀虛歲也就四歲而已，養在一起確實也沒什麼關係。況且兩家人都有這個心思了，倒也不必避諱什麼。趙彩鳳想了想，便開口道：「既然這樣，那我再加妳一份月銀吧！」

那奶娘連連說不敢，趙彩鳳也不讓她推辭，就這樣定了下來，又開口道：「我正有事要跟妳商量，這幾日除了給修遠請奶娘之外，還物色了幾個先生，都是這邊的師爺推薦的，大爺這幾日正在考察，可能這一、兩天就會定下了。如今令儀養在我們家，我便作主讓她也跟著一起學一些吧。姑娘家也不用唸得太深，不過就是識幾個字，不做睜眼瞎罷了。」

奶娘臨走前就得了程蘭芝的吩咐，一切都聽趙彩鳳的安排，這時候聽說他們要讓蕭令儀進學，自然是答應的。

這日子一晃又過去了兩、三個月，宋明軒新官上任，倒是忙得不可開交。他是皇帝看上的人，這次雖然說是被貶出京的，可私下裡有些政治頭腦的人都知道，皇帝這是讓他出來避禍的，等京城的事情定下來後，這位縣太爺的青雲路，怕還長著呢！

正因為如此，下頭的人也不敢托大，一些常年不能推行的細則禁令都推行了起來，監管海防的官員也不敢怠慢他，不過幾個月的時間，倒是開創出了一番新的氣象來。

宋明軒忙，趙彩鳳也沒閒著。俗話說，千里做官，為求財，這十年父母官，一坐金銀山，那可都是至理名言啊！

宋明軒才來不過幾個月，這縣衙後門的門檻都換了一回了。趙彩鳳也不傻，知道宋明軒初來乍到的，手裡沒有幾個銀子，自然很難辦事，這些個地方富豪，讓他們出錢做一些好事情簡直比登天還難，但賄賂官員倒是能得很呢！

所以趙彩鳳和宋明軒兩人便合計好了，一個唱紅臉、一個唱白臉。白天，不管誰送東西過來，趙彩鳳全部照單全收，第二日宋明軒就忙著把那送禮的人給請回來，說自己娘子是個婦道人家，以前就是村姑啊，沒什麼見識的，這些銀子怎麼能收呢，收了可是要死人的！

那些送禮的人眼看著這銀子又要被吐出來，心裡那個著急啊！宋明軒便一轉話鋒，說最近朝廷要修建海防，戶部的銀子還沒批下來，這幾樣東西他留著也沒用，他們若是真想為老百姓出力，這東西便拿回去，折幾兩銀子過來，也算是為國出力了！

這話都說到這分上了，那些人也沒話說了，於是宋明軒便以縣衙的名義，集資了一批銀子，一部分用於海防修建，一部分用於基礎設施建設。

所有工程開工之前，都立石碑，將給過銀子的人家寫在上面，一開始大家都捨不得銀子，最後為了個名聲，也顧不得那麼多了，恨銀子塞不進去啊！

這些事情傳進皇帝的耳朵裡，那都是半年以後的事情了，縣官的摺子想要進京，要經過州府、巡撫、總督。

皇帝看著摺子，臉上的山羊鬍子抖了抖，笑著道：「這個宋明軒，到底年輕氣盛，把泉州的那些富豪給掏空了，怕走了後落不著好了。」

周公公聽了這話，笑著道：「皇上不就是存這個心思嗎？那些商賈人家仗著有朝廷庇佑，在外頭做生意，要不是大雍這些年強盛，他們哪裡能這樣安穩？如今讓他們使幾個銀子出來，有什麼好喊的？海防強勢，將來得好處的也是他們。」

皇帝挑了挑眉毛道：「是啊，養肥了他們餓死了朕。宋明軒這一手不錯，將來要是回了京城，可以讓他到戶部來，聽說他是屬雞的，沒準是個鐵公雞，戶部就缺這樣的人呢！」

周公公見皇帝高興了起來，遞了熱茶上前道：「陛下的一片苦心，宋大人其實是知道的，不然當時也不會走得那樣俐落。」

皇帝點了點頭，表示滿意，可看著一旁堆成小山似的立儲的奏摺，又皺起了眉頭來。

時光荏苒，三年一晃而過。

皇帝冊立三皇子為儲君，同年梁大人因年事已高，告老還鄉。後宮有人告發梁貴妃設計陷害楚貴嬪子嗣，嫁禍蕭貴妃，人證物證俱全，皇帝廢梁貴妃為嬪，遷出錦樂宮。

趙彩鳳還像以往一樣坐在院中做針線。

宋明軒一身官服從門外進來，年輕的縣太爺臉上如今更多了幾分沈穩睿智，此時他眉梢帶著幾分笑意，拿著一封明黃色卷軸快步而來，在一旁的花圃裡折了一朵含苞待放的芍藥花，簪在趙彩鳳的鬢邊，低頭輕道：「娘子，京城的調令來了……」

——全篇完

溫馨時光甜甜蜜蜜　嘻笑怒罵活靈活現／翦曉

2016年6月出版

福氣臨門

管妳是福星還是災星，
愛情面前，百無禁忌！

文創風 418 1

前世她是禮儀師，親人、前夫因此忌諱疏遠，最後孤獨以終，
不料穿越來到古代，她卻在母親死後才出生於棺中，
從此落得災星轉世的惡名，只能靠著外婆帶她避居山中，
偏偏當她及笄了，正要報答養育之恩時，外婆卻過世了，
如今又回到一個人生活，不管未來有多坎坷，她都會遵守與外婆的約定——
「要好好活給所有人看，告訴他們，妳不是災星！」

文創風 419 2

離開與外婆相依為命十五年的家園，九月再度回到祈家，
沒想到這竟然是個越過越「熱鬧」的開端——
先是兄姊們無懼災星惡名，小自噓寒問暖、大至幫她修繕屋舍，
連村民們都積極「敦親睦鄰」，三番兩次上門來找碴，
加上那名負傷闖入她家的神秘男子遊春，一住下就不肯走了，
老天爺～～她只想安安靜靜的過日子，怎麼那麼難啊？

文創風 420 3

當初遊春為了追查遊家滅門冤案的線索，才會惹來敵人追殺，
既然她人都救一半了，當然只好繼續收留讓他養傷，
可直到孤男寡女的同居生活就此展開，她這才發現——
這位仁兄不但提得起劍，拿得起筆，出得了廳堂，入得了廚房，
更是從無到有白手起家，終於成為家財萬貫的富商，
真是前世燒好香，這種古代罕有的新好男人竟然被她遇上了！

文創風 421 4

不論前世今生，許多人都因忌諱不敢碰觸她的手，
唯有他毫不猶豫牽起，令她兩輩子累積的傷害，彷彿全被療癒了！
難怪人家都說牽手是會把女孩子的心牽走的，
再世為人後的第二次初戀，還請多多指教了～～

文創風 422 5

九月棺生女身分遭人公開，她無端陷入牢獄之災，性命危在旦夕！
為了替她洗刷惡名、拯救性命，遊春在火刑當日製造佛祖顯靈的假象，
從此災星命運大翻轉，她竟成了佛光庇佑的福女，
甚至連皇上都驚聞福女出世，要她在九月初九這日為民祈雨！
這下可好，她這冒牌福女怎會祈雨？欺君之罪犯定了啊……

文創風 423 6 完

京都的水可不是一般深，一旦踏進來，要脫身可難了！
九月忐忑地奉旨來到京都祈雨，還要閃躲不知誰派來的追殺；
遊春終於找到遊家冤案的證據，進京告狀，卻反而入了刑部大牢！
事情看似毫無關聯，偏偏都指向同一個幕後黑手，
而且還牽涉到皇親國戚謀反，怎麼看都很難善了！

2016年6月出版

莫負蓁心

文創風 415～417

謝蓁怎麼也料想不到，分別多年，
竟是在京城見到這個當初不告而別的兒時玩伴，
而他，已是不同身分的人——

纏纏繞繞　密密織就情網／糖雪球

國公府的五姑娘謝蓁，隨著知府爹爹到青州赴任，
跟隔壁李家公子第一次見面，著實不是什麼愉快的記憶。
初見面她喊了他姊姊，又「不小心」摸了他一把，
嚇得他此後看到她就跟見鬼一樣，對她也總是愛理不理，
謝蓁可不氣餒，一口一聲小玉哥哥，
總是不依不饒的跟著他屁股後頭跑，笑嘻嘻的說喜歡他。
他們一起走失，一起被綁架，一起平安回家，也算是患難與共了，
從此兩人常隔著牆頭鬥嘴聊天，關係比起從前好上不少。
他約她放風箏那日，她以為他們是好朋友了，
沒想到他卻爽約了，讓她空等一整天。
連舉家搬遷這等大事都未曾提及，從此沒了音信，
難道，他就真的那麼討厭她嗎……

2016年5月出版

小醫女的逆襲

文創風 410～414

上有無良爹娘要伺候，下有雙胞妹妹需照看；
置身在這一貧如洗的農村，
憑藉她一手好醫術還有神奇的藥田空間伴身，
還怕闖不出一片天嗎？

妙手織錦文，巧心煉真情／墨櫻

想她陳悠乃一介精研中醫藥學的知識分子，
如今卻莫名穿越成貧困鄉下的農村娃，
這家徒四壁也就罷了，還爹不疼、娘不愛，日夜受到苦待，
連老天爺都看不下去，讓這對無良父母換了芯兒、轉了性。
也好，家人們「改湯換藥」正合她意，
她得以醫藥學識來顯身手、闢財路，
藉著藥膳吸金帶領全家奔小康！
雖說自農村貧娃發跡成商賈之女，日子是過得風生水起，
她卻始終有個隱憂：藥田空間以升級任務來主導她的人生，
不僅要求她「認識一秦姓男子」，還得為他「排憂解難」，
最後是「幹掉女配，配對男主」……
咦，等等，這任務分明要她將自己也搭進去啊！

文創風 464

彩鳳迎春 6 完

國家圖書館出版品預行編目資料

彩鳳迎春 / 芳菲著. --
初版. -- 臺北市 : 狗屋, 2016.10-
冊 ; 公分. --(文創風)
ISBN 978-986-328-661-5(第6冊:平裝). --

857.7　　105015127

著作者　芳菲
編輯　黃淑珍
校對　黃亭蓁　許雯婷
發行所　狗屋出版社有限公司
地址　台北市104中山區龍江路71巷15號1樓
電話　02-2776-5889～0
發行字號　局版台業字845號
法律顧問　蕭雄淋律師
總經銷　知遠文化事業有限公司
電話　02-2664-8800
初版　2016年11月
國際書碼　ISBN-13　978-986-328-661-5
原著書名　**《状元养成攻略》**，由北京晉江原創網絡科技有限公司授權出版

定價250元
狗屋劃撥帳號：19001626
網址：love.doghouse.com.tw　E-mail：love@doghouse.com.tw